遠い触覚

保坂和志

河出書房新社

遠い触覚　目次

遠い触覚

「いや、わかってますよ。」

小島信夫の代表作は『別れる理由』ではなく、『私の作家遍歴』と『寓話』だ。正確なところはいまは調べるのが面倒なので調べないが、『別れる理由』は一九六八年から八一年まで約十三年間『群像』に連載され、『私の作家遍歴』は七〇年代半ばから八〇年まで『潮』に連載され、『寓話』は八〇年から八五年まで、はじめのうちは『作品』に連載され、『作品』が廃刊になったあとは『海燕』に連載された。小島信夫はこの時期、他に『美濃』を七七年から八〇年まで、『菅野満子の手紙』を八一年から八五年まで文芸誌に連載した。

この中で『別れる理由』ばかりが長さゆえに有名になってしまい、『別れる理由』はその評判のために意外なことに三刷か四刷まで版を重ねているのだが、内容のとりとめのなさにたぶんみんな辟易して、他の本にまで手を出さなくなってしまった。なんと皮肉な事のなりゆきだったことか！　いっそ、『別れる理由』が評判にならなかった方が他の本が読まれたのではないか。『私の作家遍歴』は『別れる理由』と同じ全三巻だが、中身はどっしりと重い。これはラフカディオ・ハーンにはじまって、トルストイ、『ドン・キホーテ』などを次々にえんえんと読んでいく内容で、形式としては評論のようなエッセイのようなものに分類されるのかもしれないが、その精神は小説だ。

二〇〇五年の夏、私は小島さんから、「『私の作家遍歴』を水声社が復刊してくれる。時期はたぶん来年の秋らしい。」という話を聞いて、それならと思って『寓話』を個人出版することにした。小島信夫という人は、聞き違いや意味の歪曲が常態化していて、小島さんを経由するとすんなりいくはずの話もすべてもつれることになっていたのだが、そのためかどうか『私の作家遍歴』はあれから二年半以上経つが復刊される気配はまったくない。そんな話、もともとなかったのかもしれない。私は小島さんが意味を歪曲するのをよく知っていたくせに、やっぱりあのときも復刊の話を聞いて単純に喜んでしまったのだった。

が、『寓話』は〇六年二月末に無事完成した。〇六年二月二十八日は小島さんの九十一歳の誕生日だった。三月上旬に私は完成した『寓話』を届けて、文字入力と校正をしてくれたメンバー全員のあて名入りのサイン本を作ってもらった。

〇四年頃、小島さんははっきり言って理解力がはなはだしく低下していた。〇五年の七月に私の『小説の自由』を刊行したのを記念して、青山ブックセンターで対談してもらったのだが、五月に対談のお願いの電話をしたときも、ちゃんとした話が小島さんにできるのか？　それより何より七月の対談の日まで小島さんは生きているのか？　心配だった。しかしその対談は大成功で、会場に集まったおもに二十代の人たちが全員感動したと言っても言いすぎではない。もう本当に〝奇跡の一夜〟だった。

そのあたりをさかいに小島さんはぐんぐん活力を取り戻して、長篇の『残光』を書き、『寓話』完成のあとの三月末には世田谷文学館でもう一度私と対談をやり、その後もずっと元気だったのだが、六月半ばに突然脳梗塞で倒れ、そのまま意識が戻らず、十月に亡くなった。

こうして辿ってゆくと、『寓話』の完成はギリギリのタイミングだったということになる。老人というのは元気そうに見えてもいつどうなるかわからないところがあるから私は『寓話』制作中も、「最近小島先生はとても元気で、この分ではあと五年は生きるんじゃないかと思うけど、それでも一週間後に何かあっても不思議ではない。」と考えていて、だから『寓話』の完成が〝間に合った〟ときにはほっとした。しかし、振り返ってみると〝ギリギリ〟だった。

個人出版『寓話』は売れゆき好調で、一年後の〇七年夏に増刷した。しかし一年以上経つとさすがにぽんぽんさばけるというわけには行かず、「しばらく在庫がいっぱいだなあ……。」と思っていたところ、朝日新聞が読書欄の「たいせつな本」という一人二回ずつのリレー式のコラムを書いてくれと言ってきて、『寓話』とカフカの『城』を取り上げたら、またまたどっと『寓話』の申し込みがあった。

申し込みはメール限定だ。メールにはただ「購入希望」としか書かない人がほとんどだが、中には私の本をいままでどれだけ繰り返し読んできたかとか、私のおかげで小島信夫という作家を知ることができた、小島信夫を読む喜びが自分の人生の中に生まれたことを心から感謝したい、というようなことを書いてくる人もいる。そんな中にこのあいだ特別おもしろい内容のメールがあり、「これをプリントアウトして小島さんに見せたら喜んだだろうな。」と思ったのだが、それから数分もしないうちに、

「でも同じことなんじゃないか。」

という風に考えが変わった。

なんと言えばいいんだろう。「死ぬ前だったらこれを小島さんに見せることができたのに残念だ。」という風に思いそうなものを、私はそうは思わずに、「小島さんが死んでいても生きていても、こういう文章を書く人がいるかぎり、その言葉は小島さんに届くのだ（小島さんはそれを知るのだ）。」と思うようになっていたことだ。

私がカルチャーセンターの企画をしていたときに講師で来ていた人がいて、その人とはカルチャーセンターを辞めたあともずっとおつきあいがつづいている。私は講師だったその人自身より奥さんのSさんの方ともっとずっと親しいおつきあいをするようになっていたのだが、Sさんは若い頃から膠原病で九三年の十二月に亡くなってしまった。六十歳になるかならないかぐらいの年齢だった。亡くなる少し前、私は野間文芸新人賞という賞をもらい、それを新聞で知ったSさんがとても喜んで電話をかけてきてくれた。

芥川賞をもらったのはその一年半後の九五年の夏のことで、Sさんのご主人の方の、つまりもともとカルチャーセンターの講師としておつきあいがはじまったIさんからお祝いの電話がかかってきて、私は、

「奥さんが生きていらしたら、ものすごく喜んでくれたと思うと残念です。」

と言ったのだが、Iさんは即座に、

「いや、わかってますよ。」

と言ったのだった。

こういう考えがある。何と呼ばれているのか行動の名前は忘れてしまったが、雪が積もる地域

に棲む鳥が冬のあいだのたくわえとして、雪が降る前にトカゲやカエルを木の幹にくちばしで打ち付ける。鳥たちが獲物を打ち付けた位置つまり地面からの高さによってその冬の雪の深さがわかる、というのだ。

動物たちのこういう行動を知ると人間は「前もってわかる」とか「事前に察知する」とか「動物の予知能力」というような言い方をするのだが、それは動物たちにとっては「前もって」ではないのではないか。突然の雷雨の前に鳥や蝶が巣や物陰にひそんだり、乾季の前にサバンナに棲む動物たちが水場へ向かって大移動を開始したりするのも行動としては同じだ。動物たちが感じている天候や気候というのは、種ごとに数時間先の天候とか二ヵ月先の気候とかまで〝今〟としての広がりを持っていて、人間が思い込んでいるような〝先〟つまり〝今と線が引かれた別の時間〟ではないのではないか。

人間だってうららかに晴れた日に突然強い風が吹きはじめて、そのうちに真っ黒い雲がかかりはじめれば、「雨が降る」とわかる。人間はそこに時間の経過という項を入れて考えてしまうから〝予測〟になるのだが、〝今〟というのが一時間ぐらいの幅があると考えたら、雨はもう降っている。気象でいえば、突然強い風が吹くのと真っ黒い雲がかかるのと雨が降るのはワンセットだから、ワンセットの気象の最初がやってきたら、そのワンセットが終わるまではひとつづきの時間だ。

気象でなくても、「今ならまだ間に合う」と言うとき、その〝今〟は何時何分というパンクチュアルな時刻を指す〝今〟のことではない。それは「今日」のこともあれば、「今月」のこともある。場合によっては老化防止のように「三十代のうちにはじめていれば間に合う」ということだってある。こういう〝今〟の使い方をするとき、人間だって動物と同じくある結果が訪れる未来の時間かその手前までを〝今〟にしているはずだ。

これとは全然違う話だがもう一つこういうことがある。もっともこれはＮＨＫで何年も前にやった『その時歴史が動いた』で言っていたことの受け売りなのだが。

徳川幕府に開国をせまるアメリカ合衆国が日米修好通商条約を結ぶために全権大使としてハリスを送り込んできたときに、幕府側は交渉の窓口として、下田奉行の井上清直と幕府の目付だったかの岩瀬忠震《ただなり》の二人を立てた。

開国という大事のための幕府側の代表が一地方役人であろう下田奉行だったというのがよくわからないが、とにかく当時は通信手段といっても飛脚ぐらいしかなかったのだから、いちいち本部に確認をとることなどできるはずもなく、井上清直と岩瀬忠震の二人が幕府側の全権大使という形にならざるをえなかった（ことだろう）。

結果としては歴史に残る不平等条約を結んでしまったことにはなるのだが、井上と岩瀬は能力のかぎりを尽くして日本が清やインドのように欧米列強によって蹂躙《じゅうりん》されない条件の条約を結ぶことに成功した。

そのときの二人の交渉ぶりはじつに見事であり（というのは『その時歴史が動いた』からの受け売りだが）、後年明治政府の使節団がアメリカに行ってハリスと会見したとき、「あのときの二人はその後どうしたか？　彼らはじつに立派だった。」とハリスの方からたずねてきたというのだ。

しかし、井上清直と岩瀬忠震の二人はその後幕府で重用されることなく、井上清直は一八六八年に死に、岩瀬忠震はそれより前の六一年に死んだ。しかも岩瀬にいたっては晩年、といっても享年四十二歳なのだが、蟄居を強いられた。だから二人とも明治という年号を知らず、明治の使節団を前にしてハリスが二人を讃えたとき、二人はこの世にいなかった。

こういうまとめ方をすると、井上清直と岩瀬忠震の生涯は、「報われなかった」ということになるのだが、その見方がおかしい。もっと言えば貧しいのではないか。

清やインドの現状とその原因を調べ、自分の国がそのような状態に陥らないために能力のかぎりを尽くして大国アメリカの代表者と交渉した。それが何日間のことだったかわからないが、二十日間なり三十日間なりそれだけのあいだ、井上清直と岩瀬忠震の二人は自分の利益などという小さい枠をこえたところで能力のすべてをふりしぼることができた。

「日本（祖国）を守った」とか「国のために全力を尽くした」とかそんなことを言いたいわけでは全然ない。これもまたBBC制作のテレビ番組からの受け売りだが（まったくテレビばっかり見てるなあ）、「フェルマーの最終定理」を解いたプリンストン大学のアンドリュー・ワイルズは、モジュラー形式とか楕円方程式とか谷山・志村予想などを統合してフェルマーの最終定理を解いたのだが、その仕上げの段階では一年間自宅にこもって考えつづけた。

私はそんな複雑な数学のことは全然わからないが、複雑な数式の解というのは手順を追うだけでレポート用紙何枚（何十枚？）にも及ぶ。つまり数式の一つが長篇小説のようなもので、それが四つか五つあって、それを全部頭の中で整理して、最終的に統合しなければならない。これはもう本当に大変なことだが（しかし私の語彙はなんと貧しいことか！）、それができるということとそれ自体が素晴らしいことなのだ。

その後、アンドリュー・ワイルズには、「フェルマーの最終定理を解いた歴史に残る数学者」という栄誉が来て、世間ではふつうそっちの方ばかり注目されるけれど、そんなものは外から来たものでどうということはない。ワイルズにとって、フェルマーの最終定理の解に向かってぎりぎりぎりぎりと歩を進めていた過程こそが至上の時間であり、その時間の濃密さはワイルズ自身、きっともう二度と体験することができない。

私はギル・エヴァンスの大ファンだ。ギル・エヴァンスはアレンジャーとしてマイルス・デイヴィスの『スケッチ・オブ・スペイン』や『ポーギー・アンド・ベス』などのアルバムに関わり、マイルスのアルバムはその後もずうっと売れつづけて、マイルスには莫大な印税が入りつづけたのだが、アレンジは買い取り契約だったためにギル・エヴァンスにはその後一銭も入らず（しかし、作曲もしているので作曲の印税は入りつづけただろうけれど）、貧乏生活を強いられた。

そして六〇年代に入ってマイルスと別れて自分のオーケストラを率いるようになってからはレコード・セールスもぱっとせず、コンサートの機会にもレコーディングの機会にもあまり恵まれなかった。というのが、下田奉行の井上清直と岩瀬忠震の生涯をまとめるようなまとめ方だが、ギル・エヴァンスの生涯が不遇だったとは私はまったく思わない。

ギルが専属契約を結びたいと言えば、ジミ・ヘンドリックスだってOKした。ジミヘンはその契約の寸前に急死してしまったから契約にはいたらなかったが、八七年にはスティングを呼んでコンサートをした。つまり、ギルが「一緒にやりたい」と言えば誰でも大喜びで参加するが、呼びたいミュージシャンがジミヘン以降スティングまでいなかったのだ。ギルと誰かが話をしている脇でミック・ジャガーがうれしそうにそれを聞いている写真があるという話も聞いたことがある。ミックはギルの話すのを横で聞いているだけでうれしかったのだ。

八〇年代に入って、ギルはスイート・ベイジルというクラブで毎週月曜日の夜に定例で演奏できることになったが、そのときオーケストラとして招集されたメンバーは全員が出演料ナシだったとも言われている。ギルに声をかけられたらみんな喜んで集まった。これが「不遇」だろうか。それはカネで価値を測っているだけだ。

しかしそんなことよりも演奏だ。ギル・エヴァンスがマイルスと別れて以来残した十数枚のアルバムの中でも、八〇年のニューヨーク・パブリック・シアターの演奏と八七年のイタリアのウンブリア・ジャズ・フェスティバルでの演奏が突出している。定例のスイート・ベイジルでの演奏もすごいが、この二つの演奏は数段すごい。ウンブリア・ジャズ・フェスティバルの一枚目はもう本当にすごくて、このCDをかけていると空間に炎となった色が飛び交う。

この演奏こそがギル・エヴァンスだ。ギル・エヴァンスはここにしかいず、ギルへの評価もギルに対するミュージシャン達のリスペクトも、すべてこの演奏に内包されている。しかし、こうして演奏という形あるものとして結実する必要すらなく、この演奏を生み出したギルの生涯の音楽との関わりこそがすべてなのかもしれないが、それでは話が茫洋としすぎるので、私自身が考えるための標《しるし》として「この演奏」としておくことにしよう。

この演奏が、アンドリュー・ワイルズがフェルマーの最終定理のために全力を投入した一年間や、下田奉行の井上清直と岩瀬忠震がハリスとの交渉に全精力をかけた日々に相当する。人は簡単に「全力をふりしぼる」と言うけれど、全力をふりしぼることはかぎられた人にしかできない。

たとえばふつうの人は走ることに全力をふりしぼることはできない。五分か十分も走ればそこで終わってしまう。これ以上走れなくなって倒れ込んだとしても三十分も経てばケロッとしている。それで体重が一キロ減るなんてことはない。しかしマラソン・ランナーは体重が何キロも減るまで走りつづけ、回復に何日もかかる。そういうところまで力をふりしぼることのできる人だけがマラソンを走りきることができ、その中でもさらになお、からからの雑巾から一滴の水を絞り出すような力のふりしぼり方ができる人だけが世界記録かそれにちかいタイムで走ることができる。

その境地、というより肉体と精神の活動ぶりは本人以外には実感しようがないことだけれど、「全力をふりしぼる」というそのあり方は、人それぞれの〝主観〟などという次元のことではなく、〝事実〟なのだ。「「全力をふりしぼる」と言っても〝全力〟は人それぞれ違う」ではなく、「全力をふりしぼる」ことがほとんどの人にはできない。

全力をふりしぼることができているその状態は、外からくる評価はもちろんのこと、その人の生涯も包括する。さらには、そのジャンルの過去から未来へといたる時間のすべてを包括する。『私の作家遍歴』と『寓話』を書いていた小島信夫もそうだった。

小島さんが死んで一年以上経ったときに私に送られてきたメールを読んで、「これをプリントアウトして小島さんに見せたら喜んだだろうな。」と私は考える必要はない。『私の作家遍歴』と『寓話』がすでにそのメールを内包している。これは科学を無視した神秘主義的な世界観ではない。雪国の鳥たちが冬を前にして獲物を木の幹にくちばしで打ち付けたその位置で雪の深さがわかるように、〝事実〟なのだ。

それさえも科学的でないと言うなら、セザンヌやジャコメッティやクレーの絵や、バッハやバルトークやノーノの音楽の魅力を、逐一科学的に説明する義務がある。芸術や表現や人の中で起こる活動の全体は、科学という粗い網にはかからない。

でも小島信夫はそのメールの具体的な文面まで予想できていない、という反論こそが、科学と神秘主義の二股をかけた混乱だ。私たちは厳密さ精密さということについて間違った方向づけをされている。厳密さというのはそういう些末なことではない。ある種の考えが可能かそうでないか、問うべきことはそれであって、「厳密さ」というならそれだけが厳密さだ。たとえば十二桁の暗号が一致するかしないかというようなことは片隅の問題でしかない。

小島信夫によって拓かれた言説空間があり、死んで一年以上経ったときに私に送られてきたメールはその言説空間の中で書かれた。厳密さとはそのことだ。言葉や思考は特定の言説空間の中でしか起こらない。

それは小島さん本人も、そのメールを読んで喜ばなかったということはないだろうが、そのメールを読む小島信夫もまたメールとそれを書いた人と同じように、『私の作家遍歴』と『寓話』によって拓かれた言説空間を生きていた。小島信夫という人間の晩年が丸ごと『私の作家遍歴』と『寓話』に内包されていた。

私はある小説家の作品について小島さんに考えを訊きそびれたという思いがある。私が小島さんと行き来するようになったのは一九八九年の十二月からで、そのとき小島さんはすでに七十四歳になっていた。私はそれから小島さんが亡くなる二〇〇六年まで、じかに会って話をしたり、電話で話をしたりしたのだが、私がそんなにも親しく小島さんと行き来をつづけられたのは、六十代までの小島信夫が持っていた鋭さがなくなっていたからだろうことを私は知っている。六十代までの小島信夫には話している相手の足元を無遠慮に崩していくような野蛮さがあった。書いたものからもそれはわかるし、その頃小島信夫と行き来した人たちの言葉にこもっている愛憎相半ばする感じからいっそうはっきり伝わってきた。六十代の小島さんとはとてもあんなにひんぱんに話はできなかった。私は小島さんと話をしながらその野蛮さが目を覚ますことをいつも期待しつつ、期待するよりずっと怖れていた。

だからこそ六十代までの小島さんから考えを訊きたかった小説家が一人だけいる。私は小島さんにその小説家について訊こうとしたことはあった。私はいつも言葉が多いから、訊くより前に自分の考えをしゃべってしまう。そうすると、

「あなたの言うとおりなんだろうねえ。××さんのことをそういう風に言う人はあんまりいないけれど、聞いていると私もあなたの言うとおりじゃないかと思いますよ。」

というような返事しか返ってこないのだった。それを聞きながら私は「もう遅かったんだな……」と思うしかなかったのだが、しかし私は本当に聞きそびれたのか。私はいまからでも聞くことができる。『私の作家遍歴』と『寓話』に、それは書いてある。それについて考えるための言葉の質や様相がそこにある。『私の作家遍歴』は二〇一〇年に水声社がとうとう「小島信夫批評集成」という全八巻のシリーズを出したそのときに収録された、水声社はその後「小島信夫短篇集成」全八巻を出した、そしていま「小島信夫長篇集成」全十巻を刊行中だ、二〇〇八年にここを書いたときまさかこんなことが実現するとは思わなかった。

『インランド・エンパイア』へ（1）

デイヴィッド・リンチ『インランド・エンパイア』のことを書きたい。『インランド・エンパイア』（以下、『インランド』と略す）は観るたびいろんなことを考えて、考えが次々出てきて止まらなくなる。私はそれを全然制御できないのでこれから何回かにわたって書く予定のことも全然まとまりがない。その最たるものが、ローラ・ダーンが顔に痣をつくって、眼鏡がやけに曲がっている男に向かって話をしている場面だ。彼女はかつて男にレイプだったかレイプまがいの乱暴だったか、そういうことをされた時の話をしていて、それを見ながら私は、「どうして性器は排泄器官といっしょになってるんだろう。」と不思議になってしまったのだった。

性器が排泄器官といっしょになっていなくて、服や下着で隠すようなものでなければ、レイプされることも、レイプされる苦痛を経験することもこの人はなかったのに。しかし人間だけでなく、思いつくかぎりすべての動物はセックスとウンチ・オシッコの場所が同じところにある。これはどうしてなんだろう。

思えば私は、『インランド』のこのシーンを見るまで、セックスする場所とウンチ・オシッコをする場所が同じであることを不思議だと思ったことがなかった。だいたい人間にとって恥ずかしいのはセックスの方なのか？　排泄の方なのか？　排泄器官が欲情してしまうことなのか？

リンチの映画は私にとって全体にその傾向があるのだが、とりわけ『インランド』は、現実とフィクションがどちらも円環を閉じない。口を開けている。

現実というのはただ現実として人間の前にあるのではなく、それが人間が経験するものであるかぎり、現実としてのつじつまが合っているように人間は感じているのだが、それは現実が現実だけで自律的につじつまが合っているわけではなく、人間がもう一方で築き上げたり語り継いできたものであるところのフィクションの力を借りて、現実としてつじつまが合っているように人間には見えている、ということだ。こういうことを私はいままで全然考えなかったようなタイプの人間でなかったことは確かだけれど、リンチを見てとりわけ切実に感じる。

『マルホランド・ドライブ』（以下『マルホランド』と略す）で、ジャスティン・セロー演じる映画監督が製作サイドの要求が気に入らなくて、会議室を飛び出し駐車している製作の偉い人の車のフロントガラスを割って、そして家に帰ったら女房が浮気していてそれにまた腹が立って……というようなことをやっていたら彼は突然クレジットカードが使えなくなり銀行の預金残高もゼロになり、という目に遭って、カウボーイに呼び出される。

「カウボーイって何のことだよ。ふざけた話だ」と思ってその場所まで行くと相手は本当にカウボーイで、カウボーイが、

「人の態度はある程度その人間の人生を左右する。

そう思わないか？」

と言う。ジャスティン・セローが「そうだな」と言うと、カウボーイが、

「話を合わせてるだけだろ。

それとも考えた上で正しいと思って同意したのか?」

と訊き質してくる。ジャスティン・セローは、

「正しいと思ってるよ、心から。」

と答える。カウボーイは、

「何を?」

とさらに訊いてくる。(この「何を?」はWhat I say. と私には聞こえた。)

ここで私はすでについさっきカウボーイが何と言ったか忘れていた。こんなことを唐突に言ってくる男の言うことは、カウボーイ自身が言うとおり、話を合わせているだけでまともに聴いているはずがない。

ところがジャスティン・セローはちゃんとカウボーイの言ったことを憶えていて、

「態度がその人間の人生を決める。」

と答えたのだ。私は驚いて、笑ってしまった。梯子を外されたというか、関節を外されたというか。リンチのフィクション観が通常のフィクションの受容され方とズレていることをこのやりとりは如実に示している。

ふつうのフィクションではこのやりとりで、ジャスティン・セローはカウボーイの言うことを絶対にまじめに聴かない。私は「絶対に」と断言してもいい。観客もたぶんちゃんとは聴いていないだろうが、観客のことは置いておくとして、しゃべっているカウボーイ自身も自分の言うこ

とがふつうのフィクションにおいては相手がまともに聴かないことをよくわかっている。だから「話を合わせてるだけだろ。」と言ってくる。

しかしカウボーイはフィクションの外から来た。フィクション内の一登場人物ではなく、ジャスティン・セローの運命を知らせに来たと言えばいいか、ジャスティン・セローの為すべきことを教えに来たと言えばいいか。ジャスティン・セローがふつうフィクションだったら聴いていないはずのカウボーイのこの言葉をちゃんと聴いて、復唱することができたということは、カウボーイが、ジャスティン・セローがいまいるフィクションの外から来たことをジャスティン・セローが理解したということだ。

それで、カウボーイは何者なのか？　とか、カウボーイが何を意味するのか？　というようなことは私は全然関心がない。もともと『マルホランド』という映画はどういう構造になっているか？　ということにも私は関心がないし、この映画の時間の配列がどうなっているか？　ということにも関心がない。それはただの謎解きで、こういう謎解きを設定した途端に、その謎をすべて説明できる存在がこの映画の外に、なんと言えばいいか、〝無傷で〟いることになってしまう。

フィクションを作るかぎり、その作り手もまたフィクションの中にいくらかでも住むことがフィクションから強制される。ひとりの人間が完全にコントロール可能なものなんてタカが知れている。フィクションで自分が描いたすべてを作り手は理解できているわけではなく、フィクションの細部すべてに自分の意図があると作り手が思っているとしても、その意図を生み出したもののすべてまで作り手が理解できているわけではない。

ジャスティン・セロー演じる映画監督とカウボーイは住んでいるフィクションの層みたいなも

のが違っている。しかしそれはメタフィクションとか、〝入れ子構造〟というようなわかりやすいものではない。それではフィクションはフィクションとして安定してしまう。カウボーイの登場は、〝フィクションのほつれ〟なのだ。というか、カウボーイが登場することでフィクションがほつれる。

友人Kが五年くらい前にこんなことを言った。

「小説の登場人物って、文字の中にいるだけで生きてるわけじゃないだろ?」

「え? どういう意味?」と私が訊き返すと、友人はびっくりした顔で、

「え? 生きてるの?」

と言い、その顔に出合って私は彼が言っていることの意味がわかった。

それはそうだ。小説の登場人物は現実に存在しているわけではなくて、ただ文字の中にしかいない。その文字の連なりを読んで、読者はその人の姿を思い描き、その人に思い入れをして、心配したり、一緒になって腹を立てたりするのだが、その人が現実の世界に生きているわけではない。

「その登場人物が、自分が文字の中の存在でしかないことに気づいたら、どうなるかということだよ。」

この友人Kの考えもまたメタフィクションではない。登場人物が自分が文字の中だけの存在であって生きているわけではないことに気づく瞬間に読者として出合ったときの驚きとはどういうものなのか。ボルヘスだったら読者である自分もまた、もうひとつのフィクションの中の存在であったことに気づく、というようなことになるのだろうが、それではフィクションとして閉じら

れてしまう。

読者である自分自身はフィクションの中の産物ではないというのは動かしようがない。しかしそれに出合った瞬間に、自分の方に何か亀裂が生まれるだろう。その亀裂をフィクションのように解消することはできない。『マルホランド』のカウボーイに出会ったのは、ジャスティン・セロー演じる映画監督であって、観客である私ではない。私は私自身の人生の中でカウボーイやそれに相当する人物に出会うことは絶対ない。「カウボーイに出会ったらどうなるか?」という考えはフィクション——このフィクションは古いフィクションだ——に逃げ込むものであって、現実のものではない。観客である私は、ジャスティン・セローがカウボーイとやりとりするのを見ながら、別の何かに出合った。

今さら言うまでもないが、カウボーイは『オイディプス王』に登場する、オイディプスの運命を言い当てる予言者とは全然違う。作品の構造において、予言者はオイディプスと完全に同じフィクションの層に住んでいる。だから予言者はオイディプスの運命を変えられない。しかしカウボーイはジャスティン・セローの今後に積極的に介入する能力を持っていた。カウボーイは、「ここで作者として一言説明しておきたいのだが、映画監督は製作サイドの言い分を聞き入れないかぎり彼の居場所はないのだ。」

という風に、作品の外から作品の進行に関して口をはさむ作者とも全然違う。作者がこういう風に口をはさんでも、作者のその声が聞こえているのは読者だけであって、作中人物には作者のその声は聞こえていない。しかしカウボーイの声は作中人物であるジャスティン・セローと観客の両方に聞こえている。

ではカウボーイは魔法使いや悪魔か何かなのか？「私がこれから言うことをおまえが聞くなら、私はおまえの望みをかなえてやろう。」とでも言ってくる。

この線が一番ちかいのかもしれないが、「魔法使いはないだろ？」という気持ちがまず一番に出てくる。魔法使いはふつうの映画には出てこない。しかし予言者なら出てきていいのか。たぶん出てきていいのだ。フィクションであるかぎり、映画や小説はこれから進むであろう物語の可能性を観客や読者に情報として早い段階で与えておく方が、関心の指向性を強化する、平たく言えば、興味を煽ることができる。予言はそういうものとして機能する。これも厳密に言えばフィクションの小さなほつれだが、しかしこのほつれには観客の関心があまりにすっぽり嵌ってしまうために、観客はそれがほつれであることに気づかない。

もちろん予言者が出てきて違和感のないフィクションとあるフィクションがあるわけで、たとえば小津安二郎の『東京物語』や『晩春』に予言者が出てきたらマズい。小津安二郎の映画には、「おがみ屋」の類いも出てこないし、新興宗教の熱烈な信者も出てこない。考えうるとすればせいぜい「胸さわぎ」ぐらいか。しかし思えば、予言者が出てくる余地がまったくないと思わせる映画は小津安二郎の他にあるだろうか。全然能力のない口実だけの予言者や気がふれておかしなことを口走る予言者風の人まで含めれば、ほとんどすべての映画には予言者が出てくる余地はほんの少しでもあるのではないか。

しかし魔法使いや悪魔となると話は全然違う。どうしてこんなに違和感があるのか不思議なほど魔法使いや悪魔には違和感がある。『ファウスト』にはメフィストフェレスという悪魔が出てきて、主人公の運命を方向づける（しかし私は『ファウスト』を読んでないのだが）。しかし

『ファウスト』はファンタジーに分類されるだろう。ホフマン『砂男』の晴雨計売りも悪魔みたいな存在で主人公を破滅させるが、『砂男』もファンタジーに分類されるだろう。ガルシア＝マルケス『百年の孤独』には行商人のような魔法使いが出てくるが、この魔法使いは作中人物の運命を方向づけたりしない。

魔法使いや悪魔が出てくるとファンタジーということになってしまう、という一般的了解があるようだ。ではなぜファンタジーには魔法使いが出てきてもいいのかというのは話が逸れすぎるが、魔法使いが出てくる余地があることによって『百年の孤独』は「魔術的リアリズム」という特異な、私にはその場しのぎとしか思えないような、名称が与えられ、カフカ『変身』は変身なんて魔法のようなことが起きてしまうことによって「寓話的」という、これもまた「これはふつうの小説じゃないんだから」という形容が与えられることになった。

しかしファンタジーなら何でもありかと言えばそんなことはないわけで、ファンタジーでも絶対にあってはならないのが、友人Kの言う「登場人物が、自分が文字の中の存在でしかないことに気づく瞬間」だ。ジャスティン・セローがカウボーイとするやりとりはこれなのではないか？『インランド』では、これほどはっきりした場面はないと、いまのところ私は思っているけれど、少し別の感じで、ある。うさぎ人間ではない。うさぎ人間は登場人物たちと出会わない。最初のところに出てくる近所のおばさんでもない。このおばさんは予言者の方だ。『マルホランド』でもアパートの住人で予言めいたことを口走る、気がふれたような女が出てくる。近所のおばさんはこの人よりずっと強烈な役割りを果たすが、カウボーイでなくこっちに近い。『インランド』でフィクションをほつれさせるのは、ハリー・ディーン・スタントン演じる年とった助監督だ。

倉庫のような撮影所で台本の読み合わせをしているときに、彼が、

「あれは何だ。」

と言う。助監督は主役の二人が真剣に台本の読み合わせをしているあいだ、主役の二人のことも台本も見ないでずっと奥の方を見ていたというわけだ。

助監督が見たのが迷い込んできたローラ・ダーンであったということがわかるのはだいぶあとのことで、この時点では助監督が見たものが何であり、それが何を意味しているか、観客にはわからない。そして次に助監督のしたことが何かと言えば金を借りることだった。

このシーンより前、ジェレミー・アイアンズ演じる映画監督が、最初にスタッフを主役の二人に紹介したときに、「この業界では情報が重要で、ここにいるフレディ（助監督）は情報を集めている」というようなことを言うのだが、撮影現場で助監督は何もしていない。ただキャストとスタッフから金を借りるだけ。

「情報を集めている」という監督の言葉が、迷い込んできたローラ・ダーンを目ざとく見つけるその瞬間を指すかどうかはわからない。劇中の言葉を出来事にいちいち対応させるのは深読みしすぎというものだろう。助監督は終始一貫、心ここにあらずで、みんながいる輪の外にいる。はっきり言えることはそれだけだ。しかし、それがただごとではない。ただ輪の外にいるだけでなく、彼は〝インランド・エンパイア〟という名前を持った映画として当面進行していて私たちが観客としてそれを観ている、ある約束事が想定されているフィクションの外にいるのだ。もっとも、助監督にはカウボーイのような魔法使いか悪魔に似た能力はないけれど。

『マルホランド』という映画の中で起こる出来事は、ナオミ・ワッツ演じる女優志望の女の子がピストル自殺する前に見た妄想——ないし、広く一人称の主観の中でのみ起きた出来事——ということらしい。が、私にはそういう解釈は興味がない。

だいたい私は入り組んだ話を時系列に整理したりするのが苦手で、それどころか私はふつうの小説や映画でもあらすじを半分も言えない。だから私は、『マルホランド』をそういう風に整理して解釈する人がカウボーイの場面をどう位置づけているのかわからないが、カウボーイの場面はナオミ・ワッツの妄想としてもうまく収まっていないんじゃないか。ナオミ・ワッツの一人称の視点からはこんなことまで妄想する必要はないわけで、とすれば『マルホランド』の〝現実とは違う出来事群〟はたんなる妄想というよりも一種の並行世界での出来事というようなことになるのではないかと思うのだが、並行世界であっても、たった一つと想定される現実とそれに回収されないもう一つの出来事群という二分法があることには変わりない。

並行世界も含めて『マルホランド』で、このシーンは妄想でそのあとのこのシーンは事実で……と区別したり、『インランド』で、このシーンは現実で次のシーンは劇中劇で……と区別したり、そういうことをする理由は何なのか？　またはは、そうすることで何が得られるのか？　私にはそういうことをしても、間違ったものしか得られないとしか思えない。

そのシーンが現実であろうが妄想や劇中劇であろうが、映写機から一秒二十四コマでスクリーンに投影されてゆく映像を見るという観客の作業は変わらない。ふつうの映画では、回想や妄想だったら、そうであることがもっとずっとすっきりとわかりやすく処理されていて、観客はたとえば、1→2→3→4→5→6という順番に映されたシーンの3と4が回想だと判断したら、3

と4をカッコに閉じて1→2→（3→4→）5→6という風に、現実の時間の流れを頭の中で再構成する。その再構成の作業はあまり意識しなくてもできる。それゆえ観客は回想や妄想という区別をつける。この区別はわかりにくいものを整理するという必要から生まれたものでなく、もともと整理されているから区別も自然と生まれた。つまりフィクションのごく初歩的な文法ということでしかない。『マルホランド』や『インランド』ではただその仕組みが複雑になった、ということではない。しかし『マルホランド』や『インランド』のシーンを現実かそうでないかという風に整理してしまったら、単純な構成の映画を見るのと同じ作業をしたことになってしまう。

一番わかりやすいのが『ワイルド・アット・ハート』のラスト、ニコラス・ケージがローラ・ダーンと車の上で「ラブ・ミー・テンダー」をバックに踊るシーンだ。あのラストが現実かそうでないかなんて、きっと誰も考えない。あれはあれだけで、もう全部いいことになってしまう。

古い例だけれど『ゴースト／ニューヨークの幻』は「アンチェインド・メロディ」のもともとの歌としてのよさにかなり寄りかかった映画だ。デミ・ムーアが陶芸のろくろを回していると「アンチェインド・メロディ」が流れてきて、そうこうしていると死んだ恋人が出てくるという歌でいうサビのようなシーンで、この映画のために作られた新曲を流すよりも誰もが知っている曲を流す方が間違いがない。仮りに知らない若い人たちでも、テレビのCMなどで繰り返しこの曲を流しておけば間違いなくハマる。

ここには『マルホランド』でのカウボーイとのやりとりとは別の意味でのフィクションの外がある。キャッチーな言い方をしてしまえば〝感動の方程式〟というようなもののことで、フィクションの出来がそこそこだったら〝感動の方程式〟を持ち込めば感動したい人たちが喜んでそこに入っていく。
『ＡＬＷＡＹＳ　三丁目の夕日』のラストで、それまで登場した人たち全員が、それぞれの場所から建設中の東京タワーを見るシーンも〝感動の方程式〟だ。ラスト間近で登場人物が全員、次々に映し出されれば観客は感動してしまうようにできている。ほとんど〝条件反射〟と言ってもいい。しかしこれはフィクションの力による感動ではない。映画をちょっと見馴れた人ならこの条件反射が映画を見る回路の中にできあがってしまっている。

それならもういっそのこと〝感動の方程式〟をそのまま使ってしまえばいい、と考えたのが『ワイルド・アット・ハート』のラストの「ラブ・ミー・テンダー」なのではないか。結果、「ラブ・ミー・テンダー」はただの〝感動の方程式〟の機能を逸脱する。もちろん、ふつう〝感動の方程式〟は、「ここで〝感動の方程式〟を使っています」という風に露骨には言わずに、フィクションの流れの中に溶け込ませてある。――いや、実際には全然溶け込んでいないのだが、そこで感動したい人は、あたかも自分がいま見ているフィクションに感動させられたかのように感動する。

しかしこの感動は予定調和というか、露骨に了解済みの感動であって、たとえば、「サザンオールスターズの今回の全国ツアーでは、『ＴＳＵＮＡＭＩ』と『いとしのエリー』がアンコールでつづけて演奏されるんだって。」

という風に、すべての曲順がわかっているコンサートのようなもので、『ゴースト』で「アンチェインド・メロディ」が聞こえてきたときに観客は、心の中で「待ってました」と掛け声をかけて感動する。あるいは、もっと悪いことには映画の方から「はい、ここが泣きどころですよ」

と言ってくる。そして観客は「ああ、ここが泣きどころなんだな」と安心してそれを受け取る。

感動はフィクションの外にあるということだ。いつからそうなってしまったのかはっきり「この時」と記憶にあるわけではないが、映画は「感動」と切り離しにくくなってしまった。映画の宣伝で「感動」という言葉を使っていないものなんかほとんど考えられない。製作費が大きい映画ほどそうだ。しかしそういう風に「感動」が前面に出てくるようになったのは、映画が臆面もなく〝感動の方程式〟を使うようになったからで、その「感動」はフィクションの中からのものではない。

もともと、感動というのはひじょうに個人史的な経験に訴えかける要素が強く、フィクションの本筋と全然関係ない、役者のちょっとした仕草だけでもそれがこちらの心の琴線に触れれば観客は泣いてしまって、それを「感動」と呼んでしまうことになる。私はおととしの秋にTBSで放送された長澤まさみ主演の『セーラー服と機関銃』を見て、毎回涙を流していた。本当にもう、あのドラマではちょっとしたことでみっともないくらいに涙が出てしまったのだが、だからと言って相米慎二の『セーラー服と機関銃』よりよかったと思っているわけでは全然ない。

ドラマの『セーラー服と機関銃』だのテレビでやったのを見た『ALWAYS　三丁目の夕日』だの『ゴースト／ニューヨークの幻』だの、リンチとはあまりに違うような映画やドラマの例しか出てこないくらいで、私は一九九五年くらいから映画をほとんど見なくなってしまった。キアロスタミの『オリーブの林をぬけて』を見たときに、映画への関心がぷつんと切れてしまったのだ。そのきっかけが『オリーブの林をぬけて』であった理由はまったくわからない。私は映画館で見ていたあいだ、あの映画をとても楽しんでいた。「キアロスタミの他の作品も見たい」

とも思いながら見ていた。しかし、見終わってしばらくしたら、ぷつん、と、私の映画への関心が終わってしまっていた。

だからそれ以降は一年で一回か二回しか映画館に行かず、どれも「こんなもんだろうな」としか思わなかった。だからデイヴィッド・リンチもいっさい見ないできた。二〇〇三年に友人Kと久しぶりに会ったときも、彼が、

「『マルホランド・ドライブ』見た？」

と言ったのだが、私は、

「面倒くさそうだからいいよ。」

としか言わなかった。いま思えば単純なフィクションが嫌いなんだから「面倒くさそう」だと思えば見るべきだったのだが、その面倒くささにつき合おうという意欲が映画に対して持てなかった。実際こうしてリンチの映画を見てみると面倒くさいのとはまた違うけれど。友人Kは「小説の登場人物は文字の中にいるだけで生きているわけじゃない」と言ったが、それはリンチの映画のことを話す話の流れで言ったのではない。彼はリンチの映画がものすごく好きなのだが、私が理解しているかぎり、フィクション内の人物が生きているかどうかというようなことの関係で好きなわけではない。といっても、ひとりの人間から生まれた二つの関心が全然無関係ということはないけれど。

自分の好きな作家がいかにもフィクション然としたフィクションを年齢とともに書かないようになったことに関心を持つようになったのも『オリーブの林をぬけて』を見た後だったかもしれない。が、それはつじつま合わせにすぎないのかもしれない。田中小実昌、小島信夫、大島弓子。

フィクションを書くということは、自分の態勢をなんというか〝フィクション化する〟ことからはじめなければならない。

短歌や俳句もきっと同じだと思うのだが、短歌や俳句を作ろうと思ったらそれを作るためのフィルターを心の中かどこかに作らなければならない。その作業はすでにフィクションの側にある。その〝フィクション化〟ができあがっているからこそ、たった一行の短歌や俳句が世界を言い切ったかのような錯覚を与えることができる。私はつい最近、万葉集にある、

春の野に霞たなびきうら悲しこの夕かげに鶯鳴くも

という歌を知って、短歌とは何とすごいんだろうと、心の深いところで感動したのだが（結局「感動」が出てきてしまう）、すべてを言おうとしないからこの歌が生まれ、それに出会った私はまるでこの一行ですべてが言い尽くされているかのような気持ちになった。しかしこの歌を詠んだ人も、短歌を詠むための〝フィクション化〟が自分の中に生まれていることに違和感を持ってしまったとしたらこの歌が生まれたかどうか。

しかし友人Kがリンチをものすごく好きだということは私はずっと気にしていて、去年の夏、『インランド』が公開されるというのを知って、映画館に行く前に『ブルーベルベット』と『ワイルド・アット・ハート』を近所の小さなレンタルビデオで借りてきた。この二本だった理由は、他の作品が置いてなかったからだ。しかも『ブルーベルベット』の方はテープの劣化がひどくて何も見えずじまい。

私が『ワイルド・アット・ハート』を見ていると妻が言った。

「リンチ、好きだったじゃない。『ツイン・ピークス』借りてきて喜んで見てたじゃない。」

『ツイン・ピークス』は二巻目か三巻目まで見たところで、つづきがずうっと貸し出し中で、そのまま立ち消えになったことしか憶えていない。

これはつい最近のことなのだが、『ブルーベルベット』をＤＶＤで見ていたら、私はこれを前に見たことがあることに気がついた。特に、デニス・ホッパーが口紅を塗りたくってカイル・マクラクランにキスしまくる場面。

「おれ、この映画、見てるなあ。」

と言うと、妻は、

「見たわよ。一緒にロードショーに行ったじゃないの。」

と言うのだが、私にはまったく記憶がない。リンチは私にとって全然憶えていないくらい重要な映画監督だったということらしいのだ。

『インランド・エンパイア』へ（2）

私は文芸誌の「新潮」で『小説をめぐって』という連載を二〇〇四年の一月号からずうっとつづけていて、それは二〇〇三年に長篇の『カンバセイション・ピース』を書いたあとのことで、『小説をめぐって』の連載をつづけているうちに人から、

「こんなハードなことを書いていたら自分の小説が書けなくなるんじゃないの？」

と言われるようになった。「ハードな」というのは「他人に対して厳しい」とかそういう意味でなく、小説が小説として認められるレベルとしてというような意味だが、それで自分の小説が書けなくなるとは思っていなかったが、しかしそんなことと関係なく「もう小説を書かなくてもいいかな。」とも思っていた。「書かなくてもいいかな。」というか、「書きたい」という気持ちが出てこなかったのだが、去年の夏にデイヴィッド・リンチに出合って一気に書きたいモードに切り替わった。

リンチは何かを物語ろうというつもりがない。ひたすら、ほとんど無駄にテンションが高く、同時にとてもバカバカしくもあって、『ブルーベルベット』でデニス・ホッパーがカイル・マクラクランの顔を両手で押さえて口紅を塗りたくった唇でキスしまくるようなことをする。『マル

ホランド・ドライブ』ではウィンキーズというファミレスの店内で妙に眉毛の太い男がもう一人の男としゃべっていて、眉毛の太い男は、夢の中で君がそこに立っていた、それはまさにこの店だった、とか何とか言って、二人で店を出て店の裏側に行くと、突然、ガッ！　とホームレスらしき髪の毛が伸び放題の男の顔が大映しになる。そこで私はワッ！　と大笑いしてしまう。『マルホランド』の時間の構造がどうなっているか？『インランド』の現実と劇中劇や妄想（あるいは記憶？）の関係がどうなっているか？　という解釈は物語に準じた整理であって、観客を混乱させて観客の興味を煽るというような意図がリンチにまったくないとまで言い張るつもりはないけれど、それは「映画とは物語を撮るものだ。」という前提に立った見方であって、リンチにはその「物語を撮る」というつもりがない。

観客は映画をおもしろがり、好きで見つつも、映画の外に立とうとする。「これは人生の痛さについての映画である。」「これは恋愛の不可能性についての映画である。」うんぬんかんぬん。しかしリンチは映画の中にどっぷりはまり、映画を外から語る——つまり映画の外に立つことを拒む。リンチはきっと観客が自分と同じように映画の中にどっぷりはまり込んで映画の外に立たないことを欲している。映画の外に立つとか立たないとか、そんなことは観客の自由だと思う観客が多いだろうが、映画の外に立ってしまったらリンチの映画は別のものになってしまう。

たとえば彫刻があるとする。そのとき、見る側としては彫刻のまわりをぐるぐる何回も回りながら見るのもひとつの見方だし、その彫刻をまるでたった一枚の写真に記録するように一つの場所から見るのもひとつの見方であって、その選択は見る側の自由である、という考えはおかしい。彫刻はやっぱり何と言ってもまわりをぐるぐる回りながら見るものだ。もしかりに、その彫刻の意味が最も明確にあらわれているアングルがひとつだけあったとして、ぐるぐる回っていろいろな角度から見たらその明確さがぼやけてしまうというようなことがあったとしたら、「意味が最も明確にあらわれるアングル」の方がおかしい。彫刻を見る——受容するとかそちらに向かって歩んでゆくとか——ということは、彫刻のまわりをぐるぐる回りながらいろいろな角度から見るというその時間の中にあるはずだ。

映画の要素には、筋（ストーリー）と人物と土地と季節と室内空間（小物も含む）と音（音楽も含む）がある。他にも撮影とかいろいろあるだろうがとりあえずこういうことにしておく。映画が作られるアイデア段階から完成までのプロセスを考えてみると、一番オーソドックスなプロセスではまず最初にストーリーがあるだろう。しかし、ストーリーだけで純粋に企画が進む映画はたぶん少なく、黒澤明だったら三船敏郎の使い方がきっとストーリーに影響を及ぼして、ストーリーと並行して進んだだろう。自主映画だったら出演者が限られるから、ラフのストーリーがまず出来ていても出演者の顔ぶれによって大幅に書き換えられることになるだろう。最近流行っている地域活性化的な映画では、ストーリーより何より先にまず土地が決まっていて、「閉山した炭鉱を舞台にした話」というようなことになるだろう。

〈何人かの役者がすでに想定されたストーリー〉とか〈ある土地を舞台にした話〉とか、あるいはその両方とか、映画はストーリーだけで企画が進むわけではなく、複合的な要素（それは「限定」とか「縛り」とかでもある）で企画が進んでゆく。そのような映画製作のプロセスで、リンチはストーリーを一番最後に決めるのではないかと思うのだ。

もちろん一つ一つのシーンはあるが、シーンは役者と同じくストーリーと独立の要素であって、全体のストーリーとほとんど関係ないこともありうる。たとえば『マルホランド』で五〇年代風の歌を歌うオーディションのシーンがあるが、あそこで一番大事なのは五〇年代風の歌であって、あの歌が歌われるためにストーリーはつじつま合わせをされたのではないか。『マルホランド』で最も謎めいた、個室の中に一人ですわっていて、口の前に小さなマイクのある小人みたいな男のシーンも、全体のストーリーと関係なく、最初から＝ストーリー以前、にリンチの中にあったのではないか。

たとえば、子どもが石をどこかに向けて放り投げるショットにつづいて道を歩いている男の頬に物が当たるショットがくれば、子どもが投げた石が道を歩く男に当たったと解釈されるのが映画という表現であって、男の頬に当たった物体が次にアップで映されたときに石でなく蒟蒻《こんにゃく》だったら、観客は「不条理か？」とか「ナンセンスか？」と思う。投げた石と男の頬に物体が当たった、二つ連続したショットが無関係のショットだとは、映画を見る人はなかなか考えない。しかし、「不条理」「ナンセンス」というのはもともとはありえないことに対する言葉であって、見る側はそのありえなさに戸惑わなければならないはずなのだが、「不条理」「ナンセンス」という言葉はありえなさを一つの安定した流儀のようなものにして、見る側の戸惑いを消してしまう。

しかし、この二つのショットに対して「不条理」や「ナンセンス」という言葉を考えず、ありえない出来事に正しく戸惑うことができた人もまた、二つのショットの連続性という映画の文法の中にいるわけで、二つのショットが連続した出来事だと最初から考えない観客の原始性にはとうていかなわない。（そういう観客がいるとして。）

『マルホランド』のあの、個室の中にすわって口の前に小さなマイクをつけた小人についてどういう解釈がなされているか私は知らないが、この映画を作っているリンチ本人を動かしている何者かだと考えることはできないのか。

リンチは赤が好きでべったりした色調の赤をあちこちで映す。べったりした赤のカーペットを敷いた安っぽい場末のスナックのような室内風景も好きだ。好き嫌いという好みは、まさに自分自身を語るものであるけれど、同時に好き嫌いこそは自分の意志では変えがたく、その好き嫌いの起源もまた自分で知ることができない。好き嫌いこそは自分にとって最大の異物(のひとつ)であり、その異物を機会あるごとに画面に登場させたい映画作家であるリンチが、自分を動かしている(操っている)想像された人物を現在進行しているフィクションとしての映画のストーリーや意味と直接関係なく、青空やHOLLY WOODと斜面に作られた文字を映すように映したとしても不思議ではない。

と、考えてみると、リンチは複数の映画にまたがって同じアングルを撮ってもいる。一つはL字の室内空間の、Lが反転したΓのタテ棒部分が通路でその奥、それもたしか毎回右に折れたところにベッドルームがある、そこを通路からベッドルームの入口だけが見えるようになっているアングル。それが多用されているのは『ロスト・ハイウェイ』で、『インランド』でもこのアングルで映される奥の部屋でローラ・ダーンとジャスティン・セローがセックスする。

もっと顕著なのは、天井と壁の交点あたりから室内を漠然と全景でとらえるアングル。『マルホランド』の件の小人もこのアングルで映されるし、『インランド』の兎人間もこのアングルで映される。実際には天井の高さでは室内の全景を映すのは不可能で、セットとしては天井がなく、天井よりだいぶ高い位置からクレーンを固定させて撮っているのかもしれないが、イメージとしては天井まで浮遊した視線によって室内を漠然と見ているように見える。

そのカメラがずうっと低くなると『インランド』でローラ・ダーンが豪華な自宅の応接間の長椅子にすわっているのを、真っ正面から撮ったアングルになる。

それらのアングルを私は一人で勝手に「リンチ・アングル」とか「リンチ・ショット」とか名づけて、そのアングルが出てくるだけで喜んでいるのだが、これも映画のストーリーや意味から要請されたアングルというわけではないだろう。つまり異物だ。アングルやライティングやカットつなぎは、現在進行しているフィクションとしての映画の意味を伝える技術として本来はあるが、リンチの場合はそのアングルで撮ることが、異物としてストーリーや意味より先にある。

私はこれが正しい解釈だと言っているのではない――「異物」という言葉が適当なのかも確定しているわけではない――。だいたい、本来の映画の受容のされ方にとって、主であるところのストーリーや意味に対して従であるはずの出番の短い人物やアングルを主としてしまう映画の作り方があったとしたら、もうそこにはいわゆる「正しさ」はない。別の言葉、あるいは別の基準、あるいは別の判定法が必要になるはずだ。

しかしそれはまだわかっていない。それを言うためには時間も手間もかかるだろう。去年の夏以来私はひたすらリンチに入れ込んでいて、何かを見ておもしろいと感じているとき、ほとんどいつも私は「リンチ的」と感じている。私の小説を熱心に読み込んでいるが、ことごとく自分の事情に引き寄せた読み間違いになっているという読者がいるもので、私ももしかしたらリンチの観客としてそういう人になっているのかもしれないが、そうであったとしてもそれがはっきりするのもこれから時間も手間も費やしたあとのことで、とにかく私には「リンチ的」であることがおもしろいと感じるときで、おもしろいと感じるときにはそれはほぼいつも「リンチ的」なものだ。それは前回書いた、フィクションと作り方の関係、フィクションと受容され方の関係、フィクションがただフィクションとして閉じられないことだ。

三月にピナ・バウシュ率いるヴッパタール舞踊団の公演があった。最初が新百合ヶ丘の昭和音大テアトロ・ジーリオ・ショウワでの『パレルモ、パレルモ』で、次が新宿文化センターでの『フルムーン』。

『パレルモ、パレルモ』では舞台がはじまるといきなり舞台全面に立っていた壁が爆音とともにいっぺんに崩れる。その衝撃で舞台にもうもうと土煙があがり、それが客席全体に漂う。土煙ははっきり目に見えるし、いがらっぽさとなって咽にもきた。開演前、和服姿の女性が和服にはとても不釣合いの厳重なマスクをしているのが目につき、私は時季的に「花粉症かな?」と思ったのだが、その不釣合いぶりはふつうでなく私の注意をしっかり引きつけたのだったが、その理由は土煙から咽を守るためだったのだ。開演と同時に立ちのぼった土煙の埃は終演まで客席全体に漂い、客席の全員がいがらっぽい咽で舞台を見ることになった。舞台の上にいるダンサーたちも当然いがらっぽいはずだ。

もっともダンサー達はほとんど踊らなかった。踊らずに剝き出しの姿をさらしていた。裸というわけでなくほとんどの人はシャツやワンピースを着ていたが、踊らずに舞台に立っていることによって、存在として剝き出しになる。しかし舞台の上で踊らずにただ立っていることなんてダンサーにしかできない。「鍛えあげた肉体」という言葉があるが、鍛えあげることによってダンサーは剝き出しではなくなる。ダンサーであるかぎり、みんなものすごく体を鍛えていることは間違いないが、あの舞台ではその肉体も脱ぎ捨てていた。

とくに注目を引くように、というようでもなく、舞台右端で女が男をリフトした。そのリフトは男の体の重さに耐えるのが精一杯というようなリフトだった。男が女をリフトするとき、人が人を持ち上げるという、動きの前提となる労力は隠されるというか透明化され、リフトした状態での形の良し悪しが問われる。しかしそれをしているあいだ、いくら上にいるのが女だとはいえ支えている男は重みをこらえ、こらえていることを顔に出さず、激しい息づかいも見る側に感じさせないようにする、という困難を遂行している。女が男をリフトすることによって、ふつうのリフトで見えなくされていることが全部見えることになる。

公演から五ヶ月経っているので私にはもうダンサーたちの個々の動きは記憶になく、言葉として残っているだけなのだが、ダンサーたちは苦痛に耐えるようなことばかりやっていた。それは見ているこちらにまで苦痛としてくるようなものではなく、ダンサー自身が経験する苦痛なのだがそれによって肉体があることが現われ出る。

というこれらすべてが私にとって「リンチ的」なことなのだ。一方、新宿文化センターでの『フルムーン』は水だらけだった。舞台の上、十メートルもあろうかという高さから雨のようにザーザー水が降りそそぎ、時には滝のように激しくなり、舞台は深さ三十センチか五十センチぐらいの池となり、そこを泳いで横切っていくダンサーまでいた。しかし、『フルムーン』にあふれていた水は『パレルモ、パレルモ』の土煙と違い客席に影響を与えるようなものではなかった。落ちる水が滝のように激しくなったときだけ、そのはるか下で踊るダンサーのことなど忘れて水に目が奪われたという意味で、水が踊りにとって異物となった瞬間があったけれど、それ以外、『フルムーン』には異物性が何もなく、舞台はひじょうによくできたダイナミックなスペクタクルでしかなかった。

フィクションというのはそれに収斂される思考を持って熱心に一途に時間と労力を投入すればいくらでも見事な出来映えにすることができる限定された思考様式の産物なのだ。もちろん、『フルムーン』のように大量の水を舞台で使うなんてことは金のないダンサーには絶対にできないけれど、『雨に唄えば』のジーン・ケリーのシーンは、あの大量の水に拮抗しえているのだから、少なくとも私はそう思うのだから、やっぱり量ではない。芸術とは質だけでなく、大きさ、長さという量の違いでこちらに対して訴えかけるものが全然違う。B4サイズの絵と何十メートルもある壁画とか、掌にのる仏像と奈良の大仏では訴えかけてくるものが全然違うのだから、ジーン・ケリーの踊りが『フルムーン』の大量の水と拮抗したところで、違いはいっぱいある。それは間違いないのだが、舞台の効果という範囲からはみ出ていた『パレルモ、パレルモ』の土煙の異物性を前にすると、『フルムーン』の大量の水は質に訴えかけない量の違いでしかないということになる。

私は、フィクションとそれを受容する関係に揺さぶりをかけてくるようなものを欲している。「文學界」の六月号に柴崎友香の『星のしるし』という小説が載っていた。その小説のラストちかく、主人公の女性が上空を飛ぶヘリコプターか何かの音で目を覚ますと、外がただならぬ気配になっている。テレビをつけると、地球が宇宙人に侵略されたと報道されている。

「え?」私は戸惑った。

「これ、SFでも何でもない、ふつうの小説じゃなかったの? 何でここでいきなり宇宙人が登場しちゃうの?

ホントかよ……。

すごいなあ……。勇気あるなあ……。」

私は興奮していいのか戸惑っていいのか、どうしていいかわからないまま興奮したり戸惑ったりした。

ふつうのいわゆる日常的な情景だけを積み重ねてきた小説のラストが宇宙人の地球侵略によって終わるなんて終わり方が「文學界」で認められるだろうか。「文學界」どころかすべての編集者はそんなことを認めないはずだ。いや、中原昌也の小説だったら認められる。

しかし中原昌也の突発的な出来事は短篇で、それも「中原昌也だから」許される。「中原昌也だから許される」「SFだから許される」というのは思えばおかしな話だ。そういう許され方はジャンルとしての囲い込みでしかなく、囲い込んでしまったらそのジャンルの外は無傷、つまり何も変化が起こらないということでしかないが、とにかく世間というのはそうなっている。世間だけでなく私自身の気持ちの構えもそうなっている。

そこに持ってきての宇宙人による地球侵略だ。私は『星のしるし』という小説をフィクションという気持ちの構えの中で、言い方は悪いが高を括って読んでいたわけだったのだが、その安定を作っていたものが一挙に取り払われて、フィクションから見放されて現実にひとり取り残されてしまった。

これが前回書いた『ワイルド・アット・ハート』のラストの「ラブ・ミー・テンダー」を歌いながら踊るシーンとどこまで同じなのか、まだ私にはわからない。「ラブ・ミー・テンダー」は、「どうせフィクションなんだから。」

ということだったのだろう。「どうせフィクションなんだから、いっそのこと、思いっきりバカバカしく終わった方がおもしろいじゃん。」ということで、見ている側は、「これはフィクションだよ。」というメッセージを聞かされはしても、その外に取り残されはしないだろう。

もう一つ、こういうことがあった。

NHKで日曜の深夜に『わたしが子どもだったころ』という題名の番組があって、毎回一人ずつ、有名人の子ども時代をドラマ仕立てにして、合間合間で本人の回想が入る。私が見たのは政治学者の姜尚中《カンサンジュン》の回で、彼の実家は熊本の在日韓国人集落にあってひじょうに貧しく、クズ鉄集めなどをしていた。

その小学校時代、東京から一人の少女が転校してくる。姜尚中は一九五〇年生まれだから六〇年（昭和三十五年）頃のことだ。東京と地方のイメージの差はいまの経済格差とは違った意味でひじょうに大きかった。早い話がド田舎だ。男の子といえば夏は醬油で煮しめたようなランニングシャツ一枚しか着ていなかったようなところに（もっとも私が小学校の頃の鎌倉だってそうだった）東京からきれいなワンピースを着た少女がやってきた。姜少年は少女にほのかな恋心を抱くようになった。しかし少女はすぐにまた自衛官をしていた父親の転勤にともなって転校していってしまった。

というわけで、番組の制作と並行してスタッフによる少女探しが行なわれていた。番組がいちおう完成した頃に少女の行く方がわかった。

ここまではどうということのない話だ。姜尚中の口調はもの静かであるが、そのもの静かさが災いしてこのような回想を語っていると感傷的に聞こえてくる。しかし東京から来たワンピースの少女だって姜尚中と同じ年だ。いまさら再会してどうなる。会ってみたい気持ちはすごくよくわかるがろくなことにならないに決まっている。

小学校のときに好きだった女の子から三十代後半のときにある日突然電話がかかってきて、うれしくて緊張してドキマギしながらしゃべっていたら、

「私いま生命保険の勧誘員をしているんですけど――」

という話になった、という笑えない話もある。同級生だからいくつになっても「――君」で呼ばれる。社会に出て、三十すぎに出会う女性から「――君」と呼ばれることはない。それだけでうれしいが、うれしいところはたいていそこだけだったりする。

が、姜尚中の少女はそうではなかった。彼女は十九歳のときに交通事故で死んでいたのだ。スタッフが当時の新聞のコピーを見せ、姜尚中は茫然と名前を確認していた。

まさかこういう展開になるとは思っていないから私はショックを受けた。ここでもお決まりのフィクションが壊れた。『わたしが子どもだったころ』という番組はフィクションではなく実話だが、ドラマ仕立ての当時の再現と現在の本人の語りによる回想という作り自体がフィクションとしての処理なのだ。番組はどこに向かうか見当がつかないわけではなく全体として安定している。

しかしお決まりのフィクションが壊れたと言っても、私は現実に出合っただろうか。私が受けたショックは、現実に生きていた少女が十九歳で死んだこと、つまりいまでも世界のどこかで生きていると思っていた少女が四十年ちかくも前に死んでいなくなっていたという現実によって引き起こされたことは間違いないのだが、少女を知る姜尚中本人でない私が出合ったものは現実というよりもいっそう強いフィクションでしかなかったのではないか。

ショックを受けるということはしばらく気持ちの置き場に困り、それから二、三日はその話をしないと自分の中で消化できないというようなことだが、そういうことをして「消化」するうちに少女が四十年ちかくも前に死んでいたことはフィクションの一連の流れとして私の中におさまった。

それに対して『星のしるし』の宇宙人による地球侵略はおさまりどころがない。しかしじつはこれは主人公が見た夢だった。だから私の戸惑いも興奮も、長い時間つづいたわけではなく、夢だったという種明かしに出合ったところでおおかた萎んだ。だから「二、三日はその話をしないと自分の中で消化できない」という二、三日を『星のしるし』で経験できたわけではない。もしかしたら『星のしるし』の宇宙人による地球侵略の場面を読みながら戸惑っていいのか興奮していいのかわからなくなった読者なんて、そんなのは私ひとりだけで、他の読者は全員、最初から「これは夢だ。」と、カッコに入れて読んだのかもしれない。(不愉快でつまらないことだが。)

私だけが「リンチ的なもの」を欲しすぎるあまり、ふつうに読めばカッコに入るそのカッコのはじまりの開きのカッコの信号に気づくはずのところを気づかないようにしているのかもしれない。たとえばこういうことだ。今回の最初のところをもう一度書くが、私は文芸誌の「新潮」で『小説をめぐって』という連載を二〇〇四年の一月号からずうっとつづけていて、それは二〇〇三年に長篇の『カンバセイション・ピース』を書いた。

この文は一読して全然おかしい。人によっていろいろ言い方があるだろうが、「それは」以下、話の本筋に対して条件節のようなところでブッと切れるからだ。条件節のような部分は読みながら本筋を理解するのと別のところにいったんプールされる。そういうとても高等な技を人は何気なくやっている。カッコに入れているわけで、この機能が人間の頭になければフィクションが成り立たないということは間違いない。

ではもう一つ。

私は文芸誌の「新潮」で『小説をめぐって』という連載を二〇〇四年の一月号からずうっとつづけていて、二〇〇三年に長篇の『カンバセイション・ピース』を書いた。

これがリンチの映画の場面のつなぎ方なのではないか。しかし今は異物性の話だ。

八月七日にシアタートップスでＦＩＣＴＩＯＮという劇団の『しんせかい』という芝居を見てきた。

芝居がはじまると若者が一人、よれよれのＴシャツに短パン姿で、膝をかかえるような姿勢で地面にすわってコンビニの弁当を食べている。若者の姿勢はたぶん最も体積を小さく見せる姿勢だ。芝居がはじまって一番最初に目に入ってくることなのだが若者はプロレスラーの覆面を被っている。特定の誰というレスラーではないだろうがプロレスラーの覆面だということは誰でもわかる。

若者はとても貧乏くさく、弁当を少しずついつまでも食べている。それだけでネットカフェ難民的な感じがもろにこちらに伝わってくるのだが、弁当を食べ終わるとアルバイト情報誌のページを繰って携帯で電話をかけはじめる。

「あ、……もしもし、……あの……アルバイト、のを見て、電話したんですけど……。

あ、はい、……あ、はい、……あ、そうです。

あ、はい……。」

こんな感じで、若者のしゃべり方はしゃべりより間の方が長く、シアタートップスは狭い劇場だから若者はふつうの声の大きさでたどたどしく電話の相手と話しつづける（しかし若者の声はふつうの声でもじゅうぶんよく通る）。

「……あ、はい。……あ、あの、……住所とかないとダメですか。……あ、はい。……あ、ええ、そうです。

……あ、はい。……やっぱりダメですか。……あ、はい。」

住所がないと言うと断られるというバイト探しの電話が三つぐらいつづき、彼はあきらめて今夜の寝場所のネットカフェに行く。実際の舞台ではここまでで十分か十五分くらいかかり、その間、彼と直接に関わりを持たない人物が登場してもいるが全体の再現をしていたらキリがないし私にはそれは無理だ。

ネットカフェの席に着くと若者は位牌を二つリュックから出して机の左右に並べる。それから若者は覆面は被ったまま着ていたTシャツを脱ぐ。すると彼は筋肉質の引きしまった体だ。

この瞬間、彼は演じている役としての人物でなく役者自身の地を見せてしまった。ネットカフェ暮らしをしている若者なら筋肉のないもっと貧弱な痩せた体の方がリアリティがあった。それまでのたどたどしいしゃべりとも対応する。しかし私は彼の体が筋肉質であることを見てホッとした。

舞台の上にいる彼の体が痩せてたら私は痛々しくて、そこから出られなくなってしまったんじゃないか。そういうリアリズムは私は困る。すでに私は舞台と共振していたのだ。「感情移入」という言い方があるが、感情移入ではないと思う。感情というような局所的なものでない、あの空間を形成していた何かの一員に私はなってしまっていた、とかそういうことだ。

しかし筋肉質ではあったが彼の体は『パレルモ、パレルモ』のダンサーたちのように舞台という空間と拮抗しうるようなものではなかった。その意味では彼がそこにいたことは『パレルモ、パレルモ』よりもすごいことだった。『パレルモ、パレルモ』は踊らずただ立っているだけでダンスだったのだから、観客は「剝き出し」であろうが何であろうが意図された姿を見た。ダンサーは筋肉を鍛えるわけではなくて、動きを鍛え、立ち姿を鍛えるのだろう。『しんせかい』でのこの瞬間は意図されたものではない。さいわいにも彼は筋肉質だったわけだが、彼の体はダンサーのようには空間と関係を持てない。

と、彼の携帯が鳴る。さっき電話したバイト探しの相手先の一つからの連絡だ。明日の朝十時、どこそこの駅前で待っていてくれ、そこで拾って現場まで連れていく、という話らしい。

話ははしょるが、ここから芝居はどんどん不安な感じになっていく。覆面の若者中心に進行していた部分は動きが極端に少なく、「よるべなさ」の空気が全体に漂っていたが、仕事にありついた現場らしき場所の場面になると、それまでそれなりに安定していた舞台やこちらの気持ちの構えが短時間でどんどん壊されて、「不安定」どころか「不安」が舞台を支配しはじめる。観客として芝居を見るということは映画も小説もそうだが、つねに気持ちの構えを調節したり今後の展開をわからないなりに大枠として予想したりして多少なりとも観客としての安定を得るというセコいことをしているものだが、この舞台の上での出来事はどんどんそれを壊していった。

舞台は、つまり芝居というより舞台上の即物的な出来事としての舞台は、加速度的に混乱し暴力性を増していく。ただ舞台上の暴力ということでなく、こちらの気持ちの構えを壊すという意味での暴力が重なったために、目の前の舞台はいっそう暴力の度を増していった。

そこに最も暴力的なキャラクターであるイケタニという大男が登場し、舞台上にいる役者たち数人はイケタニに対する恐怖からパニックになる。そこで、パンッ！　とイケタニが拳銃を発砲した。

舞台上の役者たちのパニックはもちろん演技だが、シアタートップスは舞台と客席との境いが弱く、観客も役者たちのパニックに共振してしまっていた。そこに持ってきての発砲だ。客席からは悲鳴まであがった。

舞台の上で演技として拳銃を撃つことは珍しくないが、その拳銃はいつも「拳銃という記号」

の範囲内であって、この瞬間のように自分に向けて拳銃が撃たれたと思うことなんかない。電撃ネットワークという、舞台の上で実際に自分たちの体を痛めつけるパフォーマンスをするグループがいるけれど、彼らの舞台だってその痛みが自分に及ぶと思って悲鳴をあげる観客はいない。

この発砲で舞台の混乱・暴力は飽和点に達し、しかしそこでぱっと暗転して、次の場面になる。そこは覆面の若者・コタニがこうしてたどりついた場所で与えられた部屋で、コタニはさっきの恐怖で失禁したパンツを脱いではきかえ、そうこうしているとイケタニの前でパニックになった人たちが集まってきて、彼らの会話によってイケタニもこの職場の一員であることがわかり——しかし「職場」だと確信が持てるまで私はここは精神病院なんじゃないかと思っていた——、そうしていると、

「ピストルなんかオモチャに決まっとるやんけ。」

という声とともにイケタニが再び登場してくる。

この展開は「リンチ的」な意味で相当込み入っている。さっきの発砲シーンでは他の役者たちは芝居の中で本物の拳銃として演技していて、その真剣さによって本物の拳銃を向けられるはずがない観客までが、本物の拳銃が自分に向けて発砲された気分に陥って悲鳴まであげた。役者が芝居の中で悲鳴をあげたとしても、観客はそれと一緒に悲鳴をあげることなど芝居では求められていない。しかし進行中のフィクションであるこの芝居の中で起こった暴力は舞台という枠を破って客席までも支配した。

その余韻が残っている中で、「ピストルなんかオモチャに決まっとるやんけ。」という台詞が言われることによって、観客はあらためて「本物の拳銃が発砲されたときの気分を味わったな。」

と遡及的に自覚する。混乱した空間では自分が何をどう感じているかはっきり自覚しそこなうものなのだ。だから事後のこの台詞は、さっき自分が感じていたことを整理する意味で効く。

そして同時に、さっきからいまここまでのあいだ、自分がイケタニという人物を、〝本物の拳銃を持ち歩く男〟なのかそうでないのか決めかねていたことも自覚する。つまり「ピストルなんかオモチャに決まっとるやんけ。」は、芝居の中にいる他の人物たちに向けて言われただけでなく、観客(の気持ちの構え)にも向けて言われたのだ。この構造は前回書いた『インランド』での助監督が、ローラ・ダーンとジャスティン・セローの台本の読み合わせの最中に発する「あれは何だ。」という一言にちかい。

イケタニはいまださっきの暴力の不穏さを体から発散したまま舞台全体を見回す。すると、覆面の若者・コタニがネットカフェ同様、並べていた二つの位牌が目に止まる。イケタニが、

「なんや、それ? 位牌か? 誰の位牌や? おまえの親か?」

と無駄に高いテンションで騒ぎ立てながら位牌の名前を読むと「コタニ・ミカコ」と書いてある。イケタニは、

「コタニミカコオ? 何や、おまえ、コタニミカコゆったらアレか? 水の中で体動かす、何てゆうた? ホラ、ホラ。そや、シンクロか。ほな、アレか? シンクロのあのコタニミカコがおまえのおふくろか?」

と思いっきり大きな声で言い、こっちが「こいつは本気でそんなこと言って、コタニに絡もうとでもしてるのか?」と思ったところで、

「なわけねえよな。」と落とす。

が、何故だかすぐにまたイケタニは位牌を見つけて位牌のところまで行き、名前を読んで「コタニミカコオ?」と同じことをしゃべり出す。同じことの繰り返しを見せられる観客は独特な不穏さに陥る。が、今度は途中で、

「デ・ジャ・ヴュか?」

と、我に返る。が、イケタニは再び位牌を見つけて位牌のところまで行く。そして、「デ・ジャ・ヴュか?」まで同じ演技を繰り返す。

この無駄に高いテンション! ここで私はこの劇団の作・演出家はリンチが好きに違いないと確信した。芝居が終わって劇団の人と話をすると、イケタニを演じた役者こそが作・演出家だった。そして彼・山下澄人は、私の「もしかしてリンチ、好きなんじゃないの?」という質問に、「ええ、好きです。」と答えたのだったが、彼が標準語でしゃべったのはそのときだけで、彼は演技でなく本物の関西人だったのだが、私のこの質問はマヌケで、「リンチ的」なものは好きで真似できるようなものではないのだった。が、最後に一つ。

イケタニが拳銃を発砲したあと、覆面の若者・コタニが自分に与えられた部屋でひとり、恐怖で失禁した短パンとパンツを脱いで着替えるところで、彼は脱いだパンツをコンビニでもらう小さなレジ袋に入れる。それはポテトチップス一袋を買ったときに入れてくれるぐらいのかなり小さなレジ袋で、客席からはパンツ一枚入れたら一杯になると見えたのだが、彼はパンツにつづいて短パンもそのレジ袋に入れる。そして彼は、短パンにつづいてTシャツもその小さなレジ袋に入れてしまった。

手品というわけでは全然なく、これはおそらくネットカフェ生活者の経験として、小さなレジ

袋にもこれくらいまでは入るということを知っているからそうしているだけなのだろうが（といってもそれは芝居だが）、私はその量の予想をこえたあまりの不釣合いになんだかすごく驚いた。

『インランド・エンパイア』へ（3）

『インランド・エンパイア』で、ひとり部屋の中でテレビに見入りながら涙を流している女の人が何回も映る。終わり間近、その部屋にローラ・ダーンが入っていって、テレビに見入っていた女性と抱き合う。涙を流しながらテレビに見入っている女性は映画の冒頭でもすでに映っていて、そのテレビにはこれから映画として映るローラ・ダーンの豪邸に向かって近所に引っ越してきたという小柄で気持ち悪いおばさんが歩いてくるのが映っている。

——と、こう書くだけでも、私が書いていることは『インランド・エンパイア』そのものよりもずっと整理されてしまっている。「整理される」というよりも「理解している」と言った方がいいか。

デイヴィッド・リンチの映画は、観る側が理解しきれないように作られているとしか思えないのだから、あることとあることを関連づけるのは仕方ないとしても、何かを理解したように書いてしまった途端に、リンチの映画そのものは遠ざかる。書く以前の「考える」ならリンチの映画は遠ざからない。しかし書くと遠ざかる。リンチの映画を遠ざからせないように書くにはどうすればいいのか？

「書く」と「考える」は同じことではない。私はだいたいいつも、考えるように書くことを心がけているというか、そういう風に書くことしかできないのだが、いまこうしてリンチの映画を書こうとすると、「書く」と「考える」の間に、こんなにも距離があり、二つはこんなにも異質なことだったのかと思う。今回、書く前に考えていたことが、文字として書きはじめた途端に台無しになっていく感じをついさっき私はもろに感じたのだが、しかしこの感じはリンチの映画の中にある何かと同じなのではないか？　という感じが生まれてきてもいる。

『ロスト・ハイウェイ』で、観たすべての人にとって一番忘れがたい場面は、殺人犯として刑務所に入れられていた主人公の中年男が、ある朝青年に入れ替わっていたところだろう。「どういうことなんだ？」と思いながらも、それを、つじつまが合った説明など必要とせずに、そのまま受け入れようとしているという気分がある。その説明が自分でできるとは考えられないが、その説明を映画の中でしてほしいとも思っていない。しかし、この映画のこのシーンを忘れずにいつまでも持ちつづけていれば、これをそのまま受け入れることができるような考え方なり世界の見え方なりが自分の中で生まれるんじゃないか？　と、どうも私は考えているらしい。

中年男から青年へのあの入れ替わりは、私たちがいま持っている既成の言語や概念や論理では説明することが全然できないけれど、しかしこの入れ替わりはこのまま納得できるような世界というか世界像というか世界の見え方というか、そういうものがいずれ私たちの中に生まれるんじゃないか、という予感というか遠い感触のようなものが私にはある。

現に映像としてはそれが起こり、それをなんとも説明しがたい興味ないし興奮を持って受け入れているのだから、そこにはリアリティと呼べる感触がある。映画や小説は、リアリティがあるからおもしろいのではなく、おもしろいものにはリアリティがあるんだという私の信念に照らしてもそういうことになるが、そんなことを持ち出す遠回りをしなくても、あの入れ替わりにはリアリティがある。

しかし心と言えばいいか思考と言えばいいか、とにかく私たちの持っているそういうものは、とても保守的であって、あの入れ替わりを言葉で根拠づけたいと思う、ということは「保守的」というよりも、依頼心が強いとか言葉に依存しているとか言った方がいい、そういう傾向を持っていて、入れ替わり以降のパートから入れ替わりを根拠づけてくれるものを捜しつづける。目が素直におもしろがっていたものを、言葉によって台無しにしようとでも望んでいるかのようだ。『インランド』でラスト間近、涙を流しながらひとりテレビの画面に見入っている女性の部屋にローラ・ダーンが入っていって、二人で抱き合ったとき、私は「私の苦悩（苦痛）を生きた人とめぐり逢った。」と感じた。しかしこれはいかにも言葉らしくきれいに整理されていすぎるし、「私」「あなた」「人生」「苦悩（苦痛）」などの内実＝時間の厚みが消えてしまってもいる。リンチは人が発する言葉が身体内部のベクトルをともなっているという誰もはっきりとは考えなかったことへの注意を映画の中で喚起するのだから、「私の苦悩（苦痛）を生きた人とめぐり逢った。」ぐらいの言い方では、三時間の映画のラスト近くに起こった、あの二人の出会いについて言えていない。

『ロスト・ハイウェイ』のはじまってわりとすぐ、アンディという男の家のパーティで、主人公の中年男のフレッドのところに、顔を白塗りにしたような不気味な男が、

「前にお会いしましたね。」

と言いながら近寄ってくる。

「覚えがないんだが、……。

どこで会ったと?」フレッドが怪訝そうに答える。

「お宅でですよ。覚えてないんですか?」

「まったく覚えてない。

確かに私の家で?」

「そのとおり。実際、今も私はあなたのお宅にいますよ。」

「今どこにいるんだって?」

「あなたのお宅ですよ。」

「君は狂ってるよ。」

男はフレッドに携帯電話を差し出し、

「私に電話を。(Call me.)」と言う。

「私はお宅にいます。

さあ、早く電話して。」

そして本当に、目の前にいる男の声がフレッドの家の電話からする。

「実際、今も私はあなたのお宅にいますよ。」

という台詞が言われた瞬間、観ていた私は、体の中の一つしかない矢印が二方向に向いて体に裂け目ができた気がした。

人はただ言葉をしゃべっているのではなく、体を担保にして体を使って、聞いたりしゃべったりしている。相手が「私」と発語したら、私の体の中の矢印は相手に向き、相手が「あそこ」と発語したら、体の中の矢印はどこか遠くに向く。そんな矢印なんか考えたこともなかったが、間違いなく人は体を運動させたり指示させたりして言葉をしゃべっているのだ。

こういうことを発語（音声）をともなわない文字だけでわかってもらうのは不可能にちかいことを承知で書くのだが、

「ほら、俺はそこにいるよ！」

と、ふつうの会話でしゃべることはありえない。こうして文字に書かれたこの台詞を読んだら、ほとんど自動的に読者は、「俺」が映っている写真かビデオの映像を思い浮かべているだろう。この台詞を写真やビデオがない——つまり、「俺」を「ここ」でなく「そこ」に切り取るフレームがない——、言葉どおりの、

「俺はそこにいる。」

というセンテンスとして、そのまま受け入れることはふつう人間にはできない。センテンスの構造としてはじつに単純で、文法的な間違いなんかどこにもないにもかかわらず、人はこのセンテンスをそのまま受け入れることができない。

もっとも、この例だけでは体の中の矢印の問題でなく、「俺」という一人称の特殊性とも考えられる。ではこれはどうか？　夏の夜、羽化寸前の蟬の幼虫が地面を這っていた。それを見つけたお父さんが子どもに、

「あ、これは蟬の幼虫だよ。ほら、蟬のぬけ殻と同じ形をしてるだろ？

一晩かかって、蟬がここから脱け出てきてねえ、明日の朝には蟬になってたんだ。」

どうだろう。ピンと来ただろうか。「明日」という言葉を受けてそっちに向いた矢印がポキンと中折れしたような気にならなかっただろうか。

劇作家で小説も書く岡田利規の『わたしの場所の複数』というのは、一人称なのに三人称的に別の場所にまで広がっていくおかしな小説だということは私はすでに他のところでも書いたけれど、岡田利規という人間そのものにどうやら茫洋とした広がりというか輪郭のあいまいさがあるらしく、彼と対談した帰り、渋谷から井の頭線に乗ると彼の芝居にそのまま出ていそうな若い人たちが電車の中のあちこちで声高にしゃべっていて、それが全部、岡田利規が仕組んだ情景のような気がしてしょうがなく、私は彼との対談の終わりのところに、発言のつづきとして、「それで、この対談を岡田さんとした後にぼくは井の頭線で帰ったんだけど、電車の中で大学生くらいの子たちがあっちこっちでしゃべっていてさあ。「これ全部、岡田さんが仕組んだ演出なんじゃないか」って、考えたんだよ。」

と書き足したくてしょうがなくなったのだが、ただそんなことをしても校正者に時制を直されるだけだと思ったからやめることにしよう。

「あれはいったいいつのことだったのか？　きのうだったのか、あさってだったのか？　私は思い出せないんです。

もしあれがあさってだったら、あなたはそのときあのソファに座っていました。」

『インランド』で、引っ越しの挨拶をするためにローラ・ダーンの豪邸に訪ねてきた気持ち悪いおばさん――シナリオではREDHEADとなっている――がしゃべるのは、こんなような時間の混乱だ。

人間は「明日」という言葉を聞いた途端に、「明日」という領域をこれから語られる文章の残りの部分用に作り、そこに「未来」や「予定」を落とし込む体の構えをとっている。暗い道を走る車のヘッドライトに照らし出された三角形の光の領域のようなものが、「明日」「昨日」という言葉に即座に反応して心の中に生じ、それにふさわしい言葉しかその領域に入らない。――「体の中の矢印」を言い換えると、こういう感じだ。

気持ち悪いおばさんREDHEADが玄関に立つと、次は玄関からローラ・ダーンの豪邸の中をゆっくり眺め回すカメラになる。しかし、その次のシーンでわかるのだが、REDHEADはまだ邸内でなくドアの外にいる。では、豪邸の中を眺め回したついさっきのカメラは誰の視線だったのか？　まだ中に入っていなくても、やっぱりREDHEADの視線だったのか。そうだとしたら、時間の混乱はすでに起こっていたのか。

それはさておき、こういう言い方もある。

「私の毎日の日課を大まかに言うと、朝八時起床、近所を約一時間散歩して九時過ぎに朝食。歯みがき・洗顔・ヒゲ剃りなどを済ませて十時頃から執筆。昼食はとらずだいたい五時まで仕事をして、それから夕食の買い物がてら約二時間散歩。七時から夕食を作った。」

「作った」の一語で、日課が個別の出来事に閉じてしまう。あるいは逆に、個別の出来事として開いてしまったのか。

『ロスト・ハイウェイ』で、顔を白塗りにしたような不気味な男は後半ふたたび出てきて、小さなビデオ・モニターを手に持っている。「俺はそこにいる。」とか「明日になったら蝉の幼虫は羽化していた。」とか「私の日課は……夕方七時から夕食を作った。」というような、言葉を待っている体の構えが外されるセンテンスに出合うと、こちらの体の中の何かが外化されるように私は感じる。不気味な男が手にしている小さなビデオ・モニターがその外化と対応しているーーというようなことは話を急ぎすぎだし、「対応している」とまでは今のところ私は思っていない、というかそんな簡単な対応はたぶんないだろう。話は急がず、ゆっくり進めないとリンチが思い描いている（ないしは、リンチもちゃんと思い描いているわけではない）像はあらわれてこない。

リンチの映画を熱心に観るようになったのは去年の夏だったというのはすでに書いたが、その頃、テレビで『リング』だったか『らせん』だったかを放送していて、そのラスト十分間ぐらいをたまたま見た。真田広之がテレビの画面から這い出てきた幽霊みたいなのに殺されるとかそういうやつだが、そのラストを見ながら、というか見終わったとき私は、

「あれ？　オチはないの？」

と、つい感じてしまっていたのだった。「この大まじめぶった結末を全部チャラにしてしまうような付け足しはないの？」という意味だ。そしてすぐ、「そりゃあそうだよな。リンチじゃないんだから、そんなことするわけないよな。」

と、自分の気持ちを調整しなおしたのだが、この「全部チャラにしてしまうような付け足し」というのはどういうことなのか。これは、

「え？　これで終わっちゃうの？　どこで笑えばいいの？（笑うところがないじゃん）」

と同じ意味だ。

リンチのラストで笑うところがあるとしたら、『ワイルド・アット・ハート』ぐらいのものだ

ろう（しかし、実際に笑う人はきっといない）。では、実際に私が笑ったのはリンチのどこか？

まず最初に思い出すのが、『マルホランド』のウィンキーズの店の裏でホームレス風の男が突然あらわれたところ。次にカウボーイが映画監督のジャスティン・セローに「私の言ったことを聞いてないだろう。」と言ったら、ジャスティン・セローがちゃんと聞いていてカウボーイの台詞を復唱できたところ。『ブルーベルベット』の、デニス・ホッパーが唇に口紅をべたべたに塗ってカイル・マクラクランにキスしまくったところ。『ロスト・ハイウェイ』で、室内が映っているビデオを見た中年男フレッドとレニーの夫婦が二人組の刑事を呼んだときの刑事の無表情ぶり。これと同じ笑いなのだが、『インランド』で顔に痣を作ったローラ・ダーンが自分が受けた暴行を憎々しげにしゃべるのを聞いていた、眼鏡がやけに曲がっている男の無表情ぶり。

しかしなんといっても一番笑ったのは『イレイザーヘッド』のあの気持ち悪い赤ん坊が、「ウパ……」「ミュウ……」というようなかわいい声を出すところだ。私は自宅で一人でビデオを（それもごく最近）見ていたのだが、あの赤ん坊の声が聞こえると笑いが止まらなくなる。おかしいから笑っているというよりも笑うしかないから笑っている。笑うことで赤ん坊の気持ち悪さが緩和されるかと言ったらそんなことはなく、笑うことでいっそう赤ん坊は気持ち悪くなる。

が、いったんそう書いてみたあとで、あれこそが、あるいはあれもまたひとつのユーモアというものであり、赤ん坊が「ウパ……」「ミュウ……」とかわいい声を出すところはやっぱり純粋におかしいのかもしれない。そして笑うことで赤ん坊の外見の気持ち悪さそのものが緩和されることはないにしても、笑いを自分がしているという事実が心の余裕のようなものになって（錯覚かもしれない）、赤ん坊の気持ち悪い外見を笑う前よりもしっかりと見ることができている。

映画の中の変な生き物で私がいままで一番気持ち悪かったのは、イザベル・アジャーニ主演の『ポゼッション』の、イザベル・アジャーニが秘かに産んで育てた怪物の、二度目に映ったときの体長三〇センチぐらいのときの姿で、たしか二、三秒しか映らなかったけれど、正視に耐えなかった。映った瞬間、「ゲッ！」と思うほど気持ち悪く、すぐに目をそむけたくなった（と記憶している）のだが、「目をそむける」のと、え？　何？　どんな姿なんだ？　と思って、姿を確認するために「もっと見る」という、二つの選択肢を選び取る前に、怪物を映したカットは切り換わっていて、二度と映らなかった。

『ポゼッション』は笑うところのない真面目な映画だったけれど、最後にイザベル・アジャーニより大きくなった怪物がイザベル・アジャーニとセックスしているカットは、しかし笑うしかないようなものでもあった。イザベル・アジャーニという人はどうしてこういうゲテモノ映画に好んで出たがるんだろう？　イザベル・アジャーニのファンである私は片想いの同級生の家族が夕食に芋虫を食べているところを思いがけず覗き見た、とでもいうような気持ちになってしまった。

思えば『ポゼッション』のあの怪物が気持ち悪く、それを見たこっちの気持ちに逃げ道がなかったのは、「目をそむける」か「(確認するために)もっと見る」の選択肢が猶予なく奪われたからではなかったか。一方『イレイザーヘッド』では、笑うことによって「もっと見る」ことが可能になり、実際、あの赤ん坊は長い時間映るのだから、客が「もっと見る」ことが可能になるように笑わせようとした、ということなのかもしれない。

「見るために」笑わせる（『イレイザーヘッド』）。「見せると同時に」笑わせる（『マルホランド』のホームレス）。笑わせて「印象づける」（『マルホランド』のカウボーイ、『ロスト・ハイウェイ』『インランド』の聞く側の無表情）。という風に実際こうして整理して書き出してみると、学生のレポートのようで全然おもしろくない。自分の関心の対象であったはずのものが、こういう風に書き出してみると、あっという間に遠のく。しかし、頭の中ではいつもこういう風な整理をしてもいる。しかし、これは書き出してみてわかるのだが、整理するようなことではなく、方向性を与えずにただ頭の中にプールさせておくべきものだということらしい。それはきっと全然別なところでポンッと発酵するのではないか。

とにかく言えることは、リンチではいつどこで笑いが襲ってくるかわからない。その笑いはリンチを見る喜びのひとつであることは間違いない。が、それを〝リンチ的リアリティ〟と呼んでしまっていいのかはまだわからない。リンチの笑いは、進行中の映画ともしかしたら無関係のものなのかもしれない。つまり、進行中の映画の出来事のリアリティを強めるとかはぐらかすとか、そういう効果とか意味伝達とは全然関係なく、進行中の映画と並行して独自に別のことに向かっている関心や感情をリンチが持っていて、そこから降りかかる笑いとでも言えばいいか。しかし、そんなことが現実にはあるだろうか。

『マルホランド』と『インランド』は映画の撮影現場が絡む話であり、『ロスト・ハイウェイ』は撮影現場は出てこないが、玄関にビデオテープが置かれ「謎の男」なる不気味な男が手に小さなビデオ・モニターを持っていた。そういえば、中年男フレッドの妻レニー役の女優が一人二役として出てくるアリスの方はポルノビデオに出演していたから撮影現場が全然ないわけではなかった。

私は以前『そうみえた『秋刀魚の味』』という誰も小説とは思わない、エッセイのような短い小説の中で、『秋刀魚の味』の一場面の、笠智衆が日本酒を自分の盃に注いでいるカットが、笠智衆が一人だけで飲み屋で酒を飲んでいるのかと思ったと書いたことがある。私はその頃毎朝、食事をしながら少しずつ『秋刀魚の味』のビデオを見ていたのだが、そうしたらある朝、笠智衆が一人だけで飲み屋にいて酒を注いでいるかのようなカットがいきなり映ったのだった。「こんなシーンがあったっけ？」私はわからなくなった。しかしそれは中村伸郎と一緒にいるところが前日途中で終わり、その朝、そのつづきが再生されたからたまたまそう見えてしまっただけだった。しかしそれは私にはたまたまではなく、それ以来私は小津安二郎の人物が真っ正面から映るショットが、本当は一人きりなのだ。しかし一人きりでいるショットを二人分、交互に映すから二人が一緒にいる。ように見る側が錯覚しているのだ。

映画の撮影は時間の進行を切り刻み、ただ切り刻むだけでなく前後も自由に入れ替える。やらない（起こらない）のは人がうしろに向かって歩くというような逆回転だけだ。フレームで空間も切り取る。何かを見る人物Aの顔が映り、カットが換わって壺が映れば、人物Aが壺を見ているという了解が生まれる。逆に、まず壺が映り、次に何かを見る人物Aの顔が映るとどうなるか。やっぱり人物Aが壺を見ているという了解が生まれるだけで、壺が人物Aを見ているという了解にはならない。

いや、そんなことより、映画では同じアングルのショットがあるときには誰かの視線になり、別のときには誰のものでもない視線になる。しかし〝誰のものでもない視線〟というのはどういうことなのか？　〝誰のものでもない視線〟などというものがこの世界にありえるのか？　〝誰のものでもない視線〟もまた起源を辿っていけば、人が空間の中で自分のいる場所がどこで、自分の姿がどう見られているのか？　というイメージに辿りつくだろう。それは映画のアングルにするにはだいぶ稚拙で、なんだか間が抜けている。それが〝リンチ・アングル〟だ。

それを少し加工して粒子の粗い映像にすれば監視カメラのビデオ映像になって、『ロスト・ハイウェイ』の室内を盗撮した映像になる。こうしていま机に向かっているとき、自分の姿を想像すると、想像する私の視線は部屋の天井の一番端っこ、天井が壁と交わるあたりから、机に向かっている私のうしろ姿を映している。しかし実際には前回も書いたが、映画として撮るにはそこでは低すぎて距離も近すぎるので、〝リンチ・アングル〟のカメラは天井と壁の交点の延長線上のところにまで延びていっているだろう。

もともと今回は、『インランド』で部屋に一人だけでいてテレビに見入っている女性とローラ・ダーンがラスト間近に出会う話だった。この場面を、『ロスト・ハイウェイ』の中年男フレッドから青年ピートへの入れ替わりに関連づけようとしていることは隠しようがない。

『ロスト・ハイウェイ』では、中年男フレッドから青年ピートへの入れ替わりと、妻のレニーを演じていた女優がアリスを演じるという一人二役がある（起こる）。「俺はそこにいる。」が、写真やビデオ映像の中にいる「俺」を指していない場合、この発言をふつうに受け入れるもう一つの理解は分身だ。男の方の入れ替わりも女の方の一人二役も正確には分身ではないが、分身に向かおうとして起こっていた細胞分裂が複製を書き間違ったと言えばいいか。これもやっぱり違うが分身と少しだけは似ている。一人二役の方はだいぶ似ている。入れ替わりの方はだいぶ似ていないが、大もとの出来事としては同じなのではないか。

分身の方はわりとふつうに受け入れられるが、入れ替わりの方は受け入れにくく、受け入れにくいから特別な説明がほしくなる。分身の方は特別な説明をいらないように感じる。その違いはしかし、分身譚《たん》が古今東西いっぱいあるのに対して入れ替わり譚の方はほとんどないから、というそれだけのことなのではないか。

もっとも、「それだけ」と言っても、分身譚が多いのは分身にそれだけ普遍的なリアリティがあるということだ。入れ替わり譚が少ないのはそっちにリアリティを感じる人が少ないということだろう。ある朝目が覚めたら自分が消滅してそこに他の人間がいた。これではすでに自分は消滅しているのだから、そこに驚きようもない。しかし分身が生まれていたとしても、この私の意識が継続しているのはどちらか一方だけであって、もう一方＝分身の気持ちはこの私は感じていない。追いつめていくと、分身も入れ替わりもやっぱりあんまり違わないような気もする。

私は確かにここにいるのに、私に関するすべての記録が消滅し、それどころか私を知っていたはずのすべての人から私の記憶が消滅している。私は何十年も生きてきたのに私はこの世界の誰からも知られていない。これはフィリップ・K・ディックが一九七四年に発表した『流れよわが涙、と警官は言った』の主人公タヴァナーにふりかかった出来事だ。

終わりちかくに、この出来事についての明快な説明が登場人物の一人である検死官によってなされる。

「時間保存は脳の働きのひとつで、脳が入力《インプット》を受け入れているかぎりはつづきます。で、同様に脳が空間を保存できなければ脳は機能しないというのはわかっています。しかし、なぜかということになると、まだわかっていないのです。おそらく、順序が前後関係で——時間ということになるんでしょうが——整えられるような形で現実を固定させようという本能と関連があると思われます。またもっと重要なのは、その物体の図面とちがって、立体のように、空間を占有するということです。」

この時点で主人公タヴァナーに関する記録と記憶はすべて元どおり、この世界に戻っている。検死官はどうして、一人の人間に関する記録と記憶がすべて消滅してしまったのかの説明をしているわけだ。

私は「しかし、なぜかということになると、まだわかっていないのです。」という言葉に感動する。というか、うれしくなる。いま「脳科学者」なる肩書きを持つ学者が日本には何人もいて、人間の認識についていろんなことをしゃべっているが、この検死官が言っている「なぜ」には全然応えていない。それに応えようとしたら彼らは学者を廃業するしかないのだろうが、しかしこういう「なぜ」を大真面目に考える人がいるわけで、それがディックでありリンチである。検死官の説明をつづける。「です」「ます」はじゃまなので、「である」調にして、不要と思われるところも省く。

「空間についてのひとつの概念はこういうものだ。あるひとつの単位空間はその他すべての単位空間を排除する（A）。ひとつの物体があそこにあれば、それはここにはない（B）。」

この説明はしかし話題がズレているんじゃないか。Aにつづけるなら、Bは「ひとつの物体がここにあれば、ここには別の物体はない。」と言うべきではないか。Bのセンテンスを言いたいのであれば、Aのセンテンスを「あるひとつの単位空間は空間内で同時に二ヵ所以上には存在しない。」とするべきではないか。小説内での説明として読んでいたかぎり、私は話題のズレに気づかなかったし、大枠では同じことを言ってるんだから、「ま、いいか。」と思うが、しかし正確さにこだわると、Bは分身の不可能性についての説明ということになり、Aはその対として当然、入れ替わりの不可能性についての説明ということになる……と思ってAをよく読むと、これは入れ替わりの可能性についての説明ということになるんじゃないか？　なぜなら、ひとつの空間に同時に二つの物体（単位空間）が存在することができないんだとしたら——実際そうなわけだが——、青年ピートがそこにいてしまったら、中年男フレッドはもうそこにいることはできない。現代物理学の宇宙とか空間とか次元の話を、計算式がわからないまま聞いて勝手に妄想したときの奇っ怪な空間像のような話だが、正確さにこだわったためにAが、入れ替わりの不可能性ではなく可能性になってしまったところが私はうれしくなる。

人間の頭は、「いま私が東京にいれば、いま私はアラスカにはいない。」とか、「一八世紀が一九世紀より前で、二〇世紀が一九世紀より後なら、一八世紀は二〇世紀より前だ。」とか、「この土地にあなたの家が建っているんだから、同じこの土地に私の家は建てられない。」とか、論理的思考のユニットをいっぱい持って、それを実際に使いこなしているようなつもりになっているけれど、ユニットはどれも小さいものでそれがいくつか繋がって長くなったらわからなくなるし、そういう論理を生み出した大本《おおもと》の考え方までわかっているわけではない。だから、「クジラが魚でないように、コウモリは鳥ではない。」なんてことも言い出す。クジラが魚でないことを検証するだけではコウモリが鳥ではないことの検証は全然なされていない。

「おまえ、そんなことダメに決まってるだろ。常識で考えてみろよ。」

と、私は人生で何百回言われたことか。

検死官の説明をつづける。

「空間の排他性は脳が知覚を司るときの機能にすぎない。脳は相互に排除しあう空間単位ごとにデータを作る。しかし、本来、空間は排他的なものではない。事実、本来、空間はまったく存在しない。」

ここで「空間はまったく存在しない」の意味がわからないが、「ニュートン空間のような固定した空間はない」という意味だろうか。「空間が排他的なものでなければ、それはもう空間とは別のものだ」という意味だろうか。そしてともかく、「KR－3」という強烈なドラッグを服用することによって、空間の排他的な性格が消え、競合する空間回廊が開かれ、脳には、新しい宇宙全体が創造されるようなことが起こる。それがこの小説の中で起こったことだ。

これはもちろん、ドラッグを服用した人ひとりの中で起こることなのだが、ここがディックの真骨頂で、ひとりの脳の中で起こったことがまわりの人間を巻き込む。SFでもSFでない小説でも世界の混乱はいろいろ描かれてきたが、たったひとりの人間の脳の中で起こったことによって世界全体が混乱するという発想はディックだけのものだ。そしてディックはそれをきちんと説明する。『ユービック』でも『パーマー・エルドリッチの三つの聖痕』でもそうだった。私はそこに最大に興奮する。

「私が死ねば世界も滅びる。」という唯我論が私は大嫌いだが、「一人の脳の混乱によって世界全体が混乱する。」というディックの発想には痺れる。ディックの発想と唯我論は同じではない。なぜなら、唯我論は私が世界の中心だが、ディックの発想は私でない人間が世界の中心にいる。だいたい、「私が死ねば世界も滅びる。」タイプの唯我論者はディックのこの世界の混乱をリアルと思えないんじゃないか。唯我論者は自分と世界を同等とするほど妄想的なのに、一方で嫌になるほど現実的で論理にこだわり、みみっちくて思考の飛躍に対して懐疑的だ。いや、現実的で論理にこだわり、思考の飛躍に懐疑的な人間こそが唯我論に陥るのか。

さて、ディックになりかわって検死官はこう説明した。

「タヴァナーは自分が存在していない世界に移ったのだ。そして我々もタヴァナーとともにそこに移った。我々はタヴァナーの知覚の対象だから。」

しかしその元はタヴァナーでなくアリスだった。アリスというのは、「流れよわが涙」と言った警官であるバックマン本部長の双児の妹だ。ディックにも双児の妹がいた。ただしディックの双児の妹は生後四十日で死んでしまったそうだが。アリスが「KR－3」という強烈なドラッグを服用したのだった。全員が元の世界に戻ったのは、アリスが死んだからだった。検死官の説明のつづき。

「タヴァナーはアリスの知覚系統のひとつの基準点になった。そして彼女がKR－3によって別の座標系に移ったとき、タヴァナーもそこに引きずり込まれた。」

私はこの説明に興奮する。私はこの説明にリアリティを感じる。

「リアリティ？　どこが？」という人の方が多いだろうが、私はともかくタヴァナーの記録と記憶が世界から消滅したことについて、何かそれらしい言葉が二、三センテンスあればよかったんじゃないか。それらしくある必要すらもない言葉であっても、二、三センテンスもあればよかったのかもしれない。ディックはこうして説明したというか、言葉をつけた。一方、リンチは言葉をつけない。『ロスト・ハイウェイ』では、中年男フレッドが青年ピートに入れ替わった直前の晩のことが話題にあがりかかり、それは相当大変なことらしいのだが具体的な中身はついに一度も語られない。語られない方が語られるよりもずっと強い。それは「ずっとリアルだ」という意味なのだろう。

——と、ここまでで今回の分を書き終えたあと、昨夜、NHKのBSハイビジョンの映画の予告で、宇宙との交信を試みていた男が三十年前（だったか）に死んだ父親と交信がつき、二人で悪と戦う、とかいう映画の筋がナレーションで紹介された。リンチの映画で死んだ人間との交信がはじまったら大事件というか、「?」だらけになるが、テレビで紹介されたこの映画では死んだ父親と交信がついたこと自体は問題とはならず、すぐにフィクションの前提に組み込まれてゆくと考えたとき、私は「?」が解消されず、説明不能なまま凍結されるリンチのフィクションにあらためて感動した。「?」が解消されないということは、フィクションの中の出来事を現実を見るのと同じ見方で了解しようとしているということであり、私はあの入れ替わりをそのまま受け入れられる予感を抱いてさえいるのだ。

『インランド・エンパイア』へ（4）

　彼はこの「真夜中」でデイヴィッド・リンチについて書くあるいは考える一方で、「新潮」でカフカについて書くあるいは考えている。彼にとって、書くことはそのまま考えることと言ってよく、書くという行為によって拓かれる空間の中で彼は考えるという行為を持続させる。「新潮」の連載は「カフカ『城』ノート」と題されているくらいで『城』が話題の中心だが、連載をつづければつづけるほど、ちょうどリンチについて考えれば考えるほどリンチの映画しか観たくないし、現に他の映画におもしろさを感じられないのと同じように、カフカしか読みたいと思わず、カフカにしかおもしろさを感じなくなっている。カフカばかり読みつづける日々を通じて一つわかってきたのは、フィクションはある仕掛け——といっても、はずみのようなことだが——で、たちまちはじまるということだ。

「仕掛け」「はずみ」、文章においてそれを持っているものを小説家といい、映像においてそれを持っているものを映画作家という。それと同じものを、画家も彫刻家もミュージシャンも持っていて、メルロ＝ポンティが書き遺した、

「ソナタを作ったり再生したりするのは、もはや演奏者ではない。彼は、自分がソナタに奉仕し

ているのを感じ、他の人たちは彼がソナタに奉仕しているのを感じるのであり、まさにソナタが彼を通して歌うのだ。」

という事態が出来する。

「ソナタに奉仕する」「ソナタが彼を通して歌う」。この「ソナタ」に「フィクション」を置き換えればいいわけだが、具体的な作業としては、小説家なら「文章」、映画作家なら「映像」、画家なら「絵」、彫刻家なら「彫刻」、ミュージシャンなら「音」となる。映画の場合、ひとことで「映像」でなく、音も含むし、モンタージュも含まれるのは言うまでもなく、小説家にとっての「文章」、ミュージシャンにとっての「音」というのもそういうことだ。

この「フィクションに奉仕する」「フィクションが歌う」ということがわかっていない人たちは、たとえば絵を描くのに先立ってある考えを画家が持っていて、その考えを絵によって表現すると考えているのだが、そうではなくて、画家は絵によって思考する。

ここまではすでにいろいろな場所で書いてきたことだが、フィクションに奉仕する行為はフィクションがフィクションとして立ち上がる瞬間を照らし出しもする。フィクションとは健全な社会生活を送る人たちの暇つぶしや明日また社会生活に戻っていくために一日たまった負のエネルギーを発散させるガス抜きではない。これと同じ意味だが、世間でニートが増えればニートを題材にし、地方と東京との格差が問題となれば地方を舞台にしてその人たちの〝心の闇〟を描く、というような小説は、すでにじゅうぶん社会に流通している言説を強化するだけで、これをフィクションとは言わない。ここにあるのは社会に寄りかかった既存の概念による思考、というよりも既存の概念の組み合わせであり、思考と呼べるようなものではない。思考と呼ぶに値するものは、フィクションとして立ち上がる。

フィクションは思考の様態や世界の見え方にそれ以前と以後の切れ目を入れる。それゆえそこで起こっている思考を正確に言葉で説明することはできない。小説は言葉によって書かれるわけだが、小説の中で使われている言葉は小説を説明するために使われる言葉とは別のものなので、小説もまた映画・絵画・彫刻・写真・音楽・ダンスetc.、と同じく言葉によって正確に説明することはできない、ということもまたあらためて言うことでもないが、二度や三度や四度や五度書いたくらいでは共有される了解にはとうていなるはずがないのでやはりあらためて書かなければならない。

つまり、リンチの『ロスト・ハイウェイ』で、刑務所にいる中年男が突然若者に入れ替わってしまうという事態それ自体を、言葉によって説明することはできない。なぜなら、私たちはいまだ、この入れ替わり以前の言葉しか持っていないのだから。

あるいはこうも言える。リンチの映画において、基本的にすべての出来事は説明不可能である。なぜならそれらは公理なのだから。

私たちは、Aさんが××アパートの二〇三号室に住んでいて、いつもどおりAさんが二〇三号室で就寝したら、翌朝ベッドで目覚める人はAさんだと、世界をそういうものだと思っているから、それに対して、「何故？」と訊いたり、驚いたりしない。つまり、それが私たちがそうだと信じている世界の公理だ。

この私たちの信じている世界の公理を、言葉にすれば、「前夜Aさんがベッドで就寝したら、翌日そのベッドで目覚めるのはAさんだ。」というようなことになるのだろうが、本当にそんな言葉にしたらその程度のことだが、私たちが公理として了解していることは、そんな単純なことなのだろうか？　単純なことなのだろうか？

さっき、「なぜなら、私たちはいまだ、この入れ替わり以前の言葉しか持っていないのだから。」と書いたばかりだが、以前・以後の問題でなく、もしかしたら、「公理とは言葉では言いあらわせない。」ということなのかもしれない。

この世界には、ある現象・出来事に対していっさい疑問をはさまず、その前で立ち止まったり戸惑ったりせずに、それをスルーすることができる現象・出来事等があって、Aさんの就寝～目覚めがまさにその例だが、それがスルーされるかぎりにおいて、結果的にそれを公理と言えるのではないか？

いや、それでは話がリンチの映画と関係ない方へと離れてしまう。そんな認識一般のことについてリンチは考えているわけではないだろう。

映画は視覚優先の表現形式だ。基本的に。あくまで基本的にだが。たとえばこういう二つのセンテンスを並べたとき、

（A）犬が歩く。

（B）犬は歩く。

（A）は視覚起源のセンテンスで、（B）は視覚に拠らない一般論とか分類を意味するセンテンスという違いがある。

「犬が歩く。」という単独のセンテンスは日本語としては少し変で、落ち着きをよくするには、「犬が歩いている。」とか「犬が歩くのを見た。」という風に加工する必要があるが、加工されて

も「犬が歩く。」というセンテンスの持っている意味合いは変わらず、（A）のセンテンスは犬一般を指示しない。（A）のセンテンスにはあくまでも、出来事としてそれを見たという行為や一回性の反響がある。映画の本質はたぶんここにあるだろう。というか、映像として提示されるかぎり、人は必ず（A）の「が」のセンテンスとして受容しているだろう。

しかし人は（A）の「が」のセンテンスとして目撃しても（B）の「は」のセンテンスにたちまち加工して、出来事を一般論として安定させてしまう。映画が人の口から口へ伝わるときにはほとんど必ず「は」のセンテンスになっているだろうし、宣伝のコピーも「は」のセンテンスだ。

「携帯電話もパソコンもなかったけれど、あの頃、人々は幸せだった。」

『ＡＬＷＡＹＳ　三丁目の夕日』は確かこんな宣伝文だった。

「男は妻を殺害した容疑で死刑判決を受けた。」あるいは、

「妻を殺害した容疑で死刑判決を受けた男は、護送中の列車事故で逃亡した。」

『逃亡者』の宣伝文はたぶんこんな風に書き出されるのだろうが、ここの「は」は「が」に換えることもできる。「が」に書き換えたセンテンスがどこかすわりが悪いように感じられたとしても、それは馴れのせいでしかないだろう。私たちは「は」を使った宣伝文に馴れてしまっているのだ。しかし、次の宣伝文は「は」ではきっとおかしい。

「警官殺しの小悪党は、米国娘に惚れるが裏切られ、路上で射殺された。」

これはゴダールの『勝手にしやがれ』だが、映画を観た人ならきっと絶対に、この「は」は「が」でなければおかしいと感じる。つまり、

「警官殺しの小悪党が、米国娘に惚れるが裏切られ、路上で射殺された。」

この架空宣伝文自体がもともとアマゾンのＤＶＤの内容紹介から借用したものだが、アマゾンに内容紹介を掲載したメーカーも気がきいていて、ちゃんと「が」を使っている。センテンスとしては『逃亡者』のそれと違っていないはずだが、『逃亡者』の宣伝文の響きを『勝手にしやがれ』に持ってくると、『勝手にしやがれ』でなくなってしまう。

では、リンチの映画はどうか？　アマゾンのＤＶＤの内容紹介を見ると、全体として「は」が使われている。が、問題はここだ。なぜ、リンチは『マルホランド・ドライブ』や『インランド・エンパイア』のような錯綜した作り方をするのか？　なぜ、『ロスト・ハイウェイ』での中年男から若者への入れ替わりのような、説明に困ることをするのか？

「は」で説明されたくないのだ。「は」による理解では破綻するように作っているのだ。だからといって、ただ「が」だけですんなり伝わるような映画を作りたいと思っているわけでもない。なぜなら、「は」による理解が破綻するものこそが、フィクション――フィクションがフィクションとして立ち上がる瞬間――だからだ。

つまり、処女が妊娠したという話だ。処女は妊娠しない。しかし処女が妊娠したことは事実なのだ。

「神の子が死んだということはありえないがゆえに疑いがない事実であり、葬られた後に復活したということは信じられないことであるがゆえに確実である。」と書いた二世紀の神学者テルトゥリアヌス風に言えば、

「処女が妊娠したことはありえないがゆえに事実である。」

ということになる。

そこで小説や映画は、マリアの懐妊を題材にして話を作るのだが、それらの話にはすでに「あ、、、、、、、りえないがゆえに事実である」という、まさにフィクションがフィクションとして立ち上がった瞬間の響きがない。なぜそれが人々に受け入れられるに至ったのか彼には説明することができないが、処女のマリアが妊娠したという出来事はいまではすでに広く受け入れられてしまっている。

それだけでなく、いわゆるフィクション――つまりフィクションとして立ち上がる瞬間なしにフィクションとして自足している、約束事としてのフィクション――の中でなら、どんな処女も妊娠することがありえ、それに対して読者や観客は、「ありえない」という驚きを経験することなしに、〝マリア〟としてその妊娠を受け止めてしまう。

『ロスト・ハイウェイ』の、中年男から若者への入れ替わりの瞬間は、まさしくありえない出来事で、目は間違いなくそれを受け止めた。映画の中で、入れ替わり前夜の若者の行動が語られかけるが結局それは語られない。なぜ入れ替わったのか？　あるいは、若者がなぜ突然刑務所の中で目覚めてしまったのか？　その理由はついに語られない。観客は入れ替わりをそのまま受け入れるしかない。

あの入れ替わりに何か理由をつけてしまったら、私たちは「あ、、、、、、、りえないがゆえに事実である」ところの入れ替わりを、入れ替わり以前の思考様式によって歪曲することになる。ということは、結局入れ替わりはなかったことになってしまう。

私たちの目は確かにありえないことを事実として受け止めたのだ。しかしそれは、ものすごく受け入れがたい。しかし、受け入れるとは受け入れがたいことを、加工せず、一般化せず、そのまま受け入れようとするプロセスとその軋みのことなのではないか。違和感、異物感、それらをそのまま飲み込むことが「受け入れる」という行為の起源であり、それはそのまま、フィクションとして自足している約束事としてのフィクションでないフィクションが、フィクションとして立ち上がる瞬間とパラレルな関係にある。そんなことを誰も言っていないとしてもそうなのだ。「は」のセンテンスと「が」のセンテンス。思考とは一般に「は」のセンテンスによるものだと考えられ、現に彼もいまこうして「思考とは」と「は」のセンテンスでそれを書かなければならない不自由さを生きているわけだが、「が」のセンテンスの思考もまた思考なのだし、もしかしたら「が」のセンテンスの思考の方が「は」のセンテンスの思考よりも強いのかもしれない。

と、こんなことを書いているとリンチの映画がどんどんもっともらしく小難しく見えてきてしまうので、彼はこんなことはほどほどにしておかなければならない。

リンチの意図がどうであるとか、リンチその人がどのような真面目さで映画のことを考えているかとか、現場ではとんでもなく深刻な表情をしているとか、クソ真面目なことしか言わないかどうかなんて知らないし、全然真面目でないような感じで現場にいたとしてもそれも知らない。

とにかく大事なことは、リンチの映画にはいつもバカバカしい感じがついてまわっているということで、『インランド』で台本の読み合わせの初日、監督と一緒に入ってきた助監督のフレディが、椅子にすわったときにはすでにどういうわけか深刻そうな、物思いに沈んだような顔をしている、それだけで観客である私たちは笑い出したくなっている、そのような心の構えでリンチの映画を考えることを忘れたら、リンチの映画ではなくなってしまう。少なくともリンチの映画にバカバカしい笑いがなかったら、彼はリンチの映画を観ていないだろう。

きっとバカバカしい笑いが一つもなくなってしまったら、リンチの映画ではなくなっているだろう。バカバカしい笑いはリンチの映画にとって、きっと本質的な何かなのだ、バカバカしい笑いに本質があると言っているのではない。バカバカしい笑いなしには語れない何か、それこそが本質的な何かなのではないか、ということだ。ただただ真面目な顔をしていなければ伝わらないことなんてろくなものじゃない、なんてことまでリンチの映画にかこつけて言ってしまったら言いすぎになるが、そういうことでもある。

リンチの映画について考えていると、こんなことをよく考える。映画の中で、俳優が一人足りず、脚本や映画の意図とまったく無関係に、役Aと役Bが同じシーンに登場しないからという理由だけで、一人に二役をさせてしまったらどうなるか？　映画の意図にその一人二役は含まれていないのだから、作り手は一人で二役をしていることがバレないように、髪型も変えるし、必要なら肌の色やコンタクトレンズで瞳の色だって変える。発声法や声質も変える。しかしそういう加工にはどうしても限界があって、映画の途中で一人で二役をやっていることが観客にバレてしまう。

だいたい作り手だって、そんな姑息なことをしてバレないわけがないとどこかで思っているし、俳優が一人足りないまま見切り発車してしまうような人たちなのだから、どだいいい加減なところがあって、役者にほどこす変装の精度もたかが知れている。

しかしその映画を観る人は誰一人、「俳優が一人足りなかったから」とは思わないだろう。「主人公の離婚した両親が一人二役だったのはどうしてなんですか？」とか、「母親役の××さんに父親役までさせたのは、この作品世界にエディプス・コンプレックスは存在しないということなんでしょうか？　それとももっと単純に宝塚へのオマージュとでもいうようなものなんでしょうか？」

という質問が出てくるだろう。

というか、そんなことを考える以前に、母親役の女優が父親も演じていることに気づいた瞬間から、観客の頭の中は「？」「？」「？」でいっぱいになるだろう。しかし監督は渋い顔で、

「やっぱりバレてましたか……。」

としか答えない。が、その答えも質問に対するはぐらかしとしか思われない。

「やっぱりバレてましたか……。」と答える監督の顔は、『インランド』の助監督のフレディみたいな、これ見よがしな沈鬱な表情ではない。そんなことしたら、いよいよ意図があったとしか思われないだろう。いや、どういう表情をしようが、意図でそうしたとしか思ってもらえないわけだが。

こんなことを書いていたら、友人の長崎俊一が撮った16ミリの自主映画『ハッピーストリート裏』に、出てきてすぐに撃ち殺されてしまうギャング役で出演したときのことを思い出した。

廃ビルみたいなところで銃撃戦があり、彼演じるいかにもチンピラのギャングが脚の傷を押さえて逃げてくる。ということはつまり、そこで彼がフレームに入ってくる。廃ビルの片隅、彼は傷にうめきながら、片手に提げてきた小さめの鞄くらいの大きさのカセットテープレコーダーのスイッチを押して――あの頃テープレコーダーはどれも大きかったのだ――沢田研二『ＬＯＶＥ～抱きしめたい～』を流す。

♪抱きしめたい　抱きしめたい♪

と、沢田研二の歌が十秒ほど聞こえてきたところで追っ手があらわれ、彼は撃ち殺される。『ハッピーストリート裏』というのは、バンバン銃撃戦が出てくるような映画だったが、きわめてシリアスな映画だった。そういうことを、たったこれだけ言っても今では通用しないが、七〇年代末には、バンバン銃撃戦が出てくるような映画でもシリアスな映画でありえたのだった。

彼が出演したのは監督の長崎俊一と中学以来の友達だったからだ。そして彼は友達であることをいいことにして、「おれ、『ＬＯＶＥ〜抱きしめたい〜』をかけながら死にたい。」と言った。長崎俊一はわりと躊躇なく、「いいよ。」と答えた。が、「イントロはカンベンしてくれ。大げさすぎる。せめて歌い出しにしてくれ。」と言うので、彼も「しょうがない。」とそれを飲んだ。

が、この場面だけがシリアスな映画で浮いていることは間違いなく、ある映画評論家は、「ギャングが沢田研二をかけながら殺される場面は、シュールでついていけなかった。」と書いた。もちろん仲間うちでは、その場面を、

「保坂はしょうがねえな、まったく……。」

と、笑っただけだった。その場面を難解だなんて誰も思わなかった。

かれこれ三十年経った今、七十分あった16ミリ映画を読者に観せもせずにこんなことだけ書いたら、場面そのものはともかくとして、端から見たら、あるいは客観的に見たら、唐突すぎて笑うタイミングを逸してしまうような場面をシリアスな映画に入れてしまったことこそが難解と感じられるかもしれないが、現場というのはそういうものだ。その現場に居合わせなかった人たちに不可解さのかけらもないような映画なんてありうるだろうか！　いや、あったところで文句を言う筋合いのものではないのだが。そして読者に注意してほしいのは、こんなエピソードを書い

たからといって、彼はリンチの現場を想像せよ、そうすればその想像から『ロスト・ハイウェイ』の入れ替わりが理解可能になる、なんてことを言っているわけでは全然ない。

『ロスト・ハイウェイ』の入れ替わりをそのまま受け入れられずに言葉で理解しようとしてしまうように、『マルホランド・ドライブ』では複雑に入り組んだ（と思われる）時間をナオミ・ワッツの幻想と現実という二種類の質の時間に区別して整理しようとしてしまう。

「あれはどうなってるんだ？」

と、自問したり、『マルホランド』を観たという人に向かって、つい訊いたりもしてしまうのは人情というものだろうが、それは同時に会話の発端でもある。

「あれはどうなってるんだ？」と考えることによって、映画を何度も反芻する。と同時に、反芻する人ごとの映画にもなる。――いや、そんな話はどうでもいい。つまらない。

何がそんなにおもしろいのか。彼はリンチの映画のどこにそんなに惹かれてしまうのか？

というわけで、ゆうべ彼はまた『マルホランド』を観た。一回目に観たときには全篇を支配する緊迫感がおもしろさの元だったということを、彼は観ながら思い出した。しかし「次どうなる」という緊迫感だけで二回目三回目はもたない。

二回目からは、それこそ「あれはどうなってるんだ？」「ここはどういうことなんだ？」という、一種の謎解きになるわけだが、それは、「作品の構造を解明したい」とか「作品の意図を知りたい」という、いわば作品についた、作品次元で安定する謎解きなのではない。

彼にとって、細部についての疑問――それは疑問でなく正しくは〝細部の齟齬〟とか〝細部の全体に対する裏切り〟とでもいうようなものなのだが――は、『マルホランド』という個別の作品を通りこして、存在の揺さぶりとなる。大げさに聞こえるだろうが、そうなのだ。だから、彼にとって『マルホランド』の細部に疑問を持つことは、一時期流行った『磯野家の謎』のような、オタク的な興味とは全然違っている。

『マルホランド』は、細部が嚙み合わないようにできている。

ナオミ・ワッツがチンピラみたいな殺し屋にローラ・ハリング殺しを依頼したとき、殺し屋が「成功したときにはこの鍵を置いておく。」と言って青い鍵を見せる。一方、『マルホランド』には映画全体のイメージのアイコンのような青い小箱があり、その小箱はローラ・ハリングがリタと名乗っていて、二人の仲がうまくいっている――ナオミ・ワッツの幻想とふつう分類される――世界にも出てくるし、ファミレスの裏のホームレスみたいな男が持ってもいる。しかし、この青い小箱の鍵は厚みがあり、殺し屋が見せる鍵ではない。が、まあこれはどうということはない。

ナオミ・ワッツとローラ・ハリングの蜜月はクラブ・シレンシオでナオミ・ワッツが気分が悪くなり、部屋に帰ってきたところで唐突に終わるわけだが、この幻想の世界に取り残されたのは、幻想を見ている主体のナオミ・ワッツでなく、ローラ・ハリングの方だった。

もう一つ、拳銃で自殺したのはナオミ・ワッツだが、幻想の蜜月の世界の中で記憶喪失になっているローラ・ハリングの本当の姿ないし本当の名前を捜して、自殺したナオミ・ワッツの死体が腐乱して悪臭を放っている部屋に二人で入っていったときに二人が見るその死体は、ナオミ・

ワッツの死体でなくローラ・ハリングの死体だった。

この二つは彼の解釈であり、『マルホランド』をもっと精密に観ていけば、すっきりとつじつまが合うようになっているのかもしれないが、正解うんぬんの問題でなく、彼が自分の存在が揺さぶられるように感じるのは、この齟齬、嚙み合わなさなのだ。

たとえば夢というのは、睡眠中に特定のその人が見るものだ。つまり、目覚めたら夢は終わるはずのものだが、目覚めても夢は夢でそれを見た人から離れて勝手につづいていたらどうなるか？　この想像は彼にとって、自分が他の誰かが見ている夢の中の登場人物だとしたら……という懸念につながる。自分とまるっきり無関係のところで、自分がこうして生きていると思っている夢を見ている人が目覚めたら自分は消える。

世間で一番ふつうの想像は、「私が死んだら、私が見ているこの世界も消える。」という、唯我論的な世界観だが、リンチの映画に出合ったことで持つようになった懸念は、「私が誰かの夢の一登場人物だったとしたら……。」だった。しかしこれは彼にとって、リンチ以前に全然なかった懸念でなく、前回のフィリップ・K・ディックの『流れよわが涙、と警官は言った』の主人公タヴァナーが陥った世界であり、つまり彼は前回書いたことをそのままなぞっているだけなのだが、前回まだ気づいていなかったことは、リンチの映画にどっぷり浸るようになったのと同じタイミングで昔読んだディックの小説を読み返すようになったその理由が、彼にとって同じ懸念だったということだ。

自分が誰かの夢の一登場人物だったとしたら、妻もまた別の誰かが見ている夢の一登場人物である可能性が生まれてくる。

奇妙なことだ。一登場人物にすぎない人間たちが、全員内面を持ち、全員が「自分の人生では自分が主役だ」と思っている。しかし、その全員が本当は、自分があずかり知らぬ何者かたちの夢の中の一登場人物にすぎない。

＊＊＊

ナオミ・ワッツの幻想だったはずなのに、その幻想から覚める寸前にその世界にいたのはローラ・ハリングの方だった。あるいは、自殺したのはナオミ・ワッツだったのに、そこに横たわっている死体はローラ・ハリングだった。

簡単に言えば、入口と出口が違う。あるいは、行為の結果がズレる。

これについて、精神分析ないし心理学とそれを成立させている文化・社会という構図で、精神分析を反古《ほご》にしてしまうようなことをいまや彼は言える自信がある。が、そんなことよりも、これは彼の生の感触に関わることなので、説明の言葉を百万語費やしたところで、感触を共有しない人にはその感触が伝わらないし、すでに感触を共有している人にはこれ以上の説明の言葉は何もいらない。

言葉を費やせば伝わるという考えがそもそも幻想なのだ。わかる人にしかわからないという考え方を「秘教的」「閉鎖的」などと言って批判するのが現代の主流だが、自分で感じる努力を怠って、言葉による説明だけで〝生の感触〟まで理解しうるという思考のモードの何と傲慢なことか。

——俺、ゆうべ釣りに行って、こんなにでけえ鯛を釣った夢見たんだよ。で、せっかくだからそいつを肴におめえと一杯やろうと思って、おめえん家《ち》行ったんだけど、留守だったじゃねえか。あんな夜中にどこほっつき歩いてたんだよ。

——わりぃ、わりぃ。ゆうべは吉原行ってて、朝帰りだったんだ。

もともと彼はこの手の小噺が妙に好きで、ただのナンセンスだとは思わない。意味とは、フィクションとは、ナンセンスであるはずのものがリアリティを帯びる、その境い目に生まれるのではないか。というか、ナンセンスと呼ぼうが不条理と呼ぼうが、そこにほんの少しでもリアリティがなかったら、ナンセンスでも不条理でも何でもない。

一九七五年、彼が大学一年のときに『タワーリング・インフェルノ』という映画が公開された。最新技術の粋を集めた超高層ビルが、落成式のパーティの最中に、配線の手抜き工事による漏電か何かで火事になる。設計者のポール・ニューマンと消防隊長のスティーヴ・マックイーンが上の階に取り残された小さな女の子を救出しに行く。

こんな話だったと思うが、「おかしいじゃないか。」と彼はずうっと思っていた。ひじょうに優秀な男二人が将来どうなるとも知れない小さな女の子のために命を投げ出す。映画の結末で、二人が生きたか死んだかは忘れたが、とにかく二人は自らの生命の危険をかえりみずに小さな女の子の救出に向かった。

ストーリーとしてはわかりやすくハラハラドキドキものだが、「これはアメリカという国家の幻想を支える物語でしかない。」と彼はずうっと考えていた。（しかし、なんということか！　彼のこの記憶自体がそもそも誤りだったということが、編集者の指摘で判明したのだった。しかし、ともかくも彼は三十数年間こう記憶していた。)

新大久保の駅のホームから転落した男性を助けようとして、韓国人留学生と日本人カメラマンが死んだという事故があったのは、二〇〇一年一月のことだ。あのとき転落した男性は夕方なのにすでに酒に酔っていた。転落した男性よりも助けようとして巻き込まれた二人の方がずっと人間として価値があった。「美談は美談だけれど、あんまりにも割りに合わない……。」と、映画でない現実の出来事に対しても彼はずうっと否定的に考えていた。「こういう美談を喧伝することで、社会は何かを企んでいる。」と。

しかしごく最近、ほんのここ一、二ヵ月のことだと思うが、急旋回するように彼は考えが変わり、

「それが人間なんだ。」

と思うようになった。

助けなければ死んでしまう人が目の前にいたら、自分のことなんか投げ出して、とにかく助けなければならない。

夕方から酔っぱらってる男がホームから転落した。電車はすぐそこまで迫っている。酔っぱらいを助けようとしたら、間違いなく自分も死んでしまう。下手をすれば、酔っぱらいも死に、全員が死んでしまう。——なんて計算をした瞬間に、その人の人間としての価値はゼロになる。そんな計算をした自分に生涯苦しむことになるだろうし、ましてそれに苦しまないような人間だったとしたらもともとその人は周囲の人すべてから軽蔑されているだろう。

というのは、現代社会的なわかりやすい——つまり、これも損得勘定の上に立った——説明だ

が、そんなことではない。

目の前にいる人が窮地に陥っていたら助ける。それが人間としての基盤だったのだ。「汝、殺すなかれ」と同じくらい根本的なことだと言ってもいい。

彼は善人ぶってこんなことを言っているのではない。人間は個体として孤立して生きているのではなく、繋がって生きている。動物も繋がって生きているが、その繋がりは遺伝によるタテの繋がりと渡り鳥の群れとか蟻や蜂の集団で見られる本能によるヨコの繋がりで、どちらも生得的なものだが、人間は目でも繋がる。自分以外の人や動物が惨殺されるのを見て、感情次元の抽象的な痛みだけでなく、肉体にじかに痛みを感じるということが人間には間違いなく起こる。

もう二十年以上も前のことだが、オランダ現代美術展が西武美術館で開催され、入って最初に展示されていたのが百号以上もある大きな油絵だった。そこに描かれていたのはキャンバス全体を横切る一本の指とその指先をナイフで切るように傷つけた先の尖った一葉の草だった。草の葉のギザギザした縁でうっかり指先を切ってしまった瞬間、それだけが百号以上のキャンバスに大きく描かれていたわけだが、その絵を見た途端、彼は思わず自分の右手の人差指を左手でかばってしまった。しかし左手でかばっても目からの傷はすでに彼の人差指に届き、彼の人差指は実際に草の葉で切ったように、一瞬だけだが、痛みが走った。

鋭いナイフで柔らかい肌をピーッと一筋切る映像などを見て、本当に切られたような痛みを経験したことのない人はいないだろう。あるいは、爪の下（爪と皮膚の間）に針をぐーっと突き刺す映像による痛み。そこに言葉による経験の貯蔵が介在していることは間違いなく、言葉を持ったことで人間は、視覚や聴覚による離れた地点での出来事までも、自分の痛みと感覚するようになってしまったのだ。

すぐ目の前で起こっているのに「俺のことじゃない。」と、無関係を装う一見合理的だったり科学的だったりする判断は、言葉を持った動物として生存する根拠を裏切る。人間は目も耳も鼻も皮膚も、すべて言葉を介在させて刺激に輪郭を与えて感覚たらしめているのだ。だから感覚に届く刺激は自分自身の肉体を襲ったものである必要はない。言葉を介在させて世界と繋がっているがゆえに、人間は肉体でさえも皮膚の外にまで延び広がってしまっている。早い話が、

「人生は自分一人のものじゃない。」

ということだ。

「人生が自分一人のものだったら、こんなにつまらないことはない。」

と言ってもいい。言葉は根本において、意味を伝達するなどという静的なものでなく、目や耳からの刺激を自分自身の肉体に襲いかかった出来事と混同させるという、暴力的な事態を人間の精神に引き起こした。そうでなくて、言葉が動物であった人間に刻み込まれたはずはないし、人間がこれほど言葉に魅了されるはずもない。

リンチの映画の、齟齬、ズレ、噛み合わなさに彼が惹かれてどうしようもない理由は、人間が視覚や聴覚によって繋がるということのリアルさによるのではないか。

『インランド』で、ひとり部屋で涙を流しながらテレビの画面に見入っている女性がいる。彼女は映画のはじまりすぐからテレビの画面に見入っていて、終わり間近で彼女がずうっといた部屋に入ってきたローラ・ダーンと抱き合う。

彼女が見入っていたのは、彼女自身の苦痛だ。ただし彼女が見入っているテレビの画面の中で、

彼女の苦痛を生きていたのは彼女でなくローラ・ダーンだった。

前回の冒頭部で彼はいま書いたことと同じことを書いた。意味や情報としては同じことだが、しかし今回の長々とした迂回を経たことで、『インランド』という映画の体験＝強度に対応しうる強度を前回と同じ言葉が今回は持ったのではないかと感じている。それは〝説明〟というようなことではない。

指先が草の葉で切れた大きな油絵を見たその人が、絵の中の指先に対応する指先を持っていること。その指先には絵を見た瞬間に絵の中で描かれたことと同じことが起こること。

『インランド・エンパイア』へ（5）

考えるということはわかることだと一般に考えられている。しかしそれは「考える」のすべてではないということが、小島信夫の書いたものや本人との会話の経験とカフカとデイヴィッド・リンチのことを考えているうちにわかってきた、というより感じられてきた。もっと言えば、身に近づいてきた。

いつまでもそれについて考えられること、それについて語りつづけられるものこそ楽しい。考える時間は終わらないでほしい。小説や映画の筋を手短かにまとめられたり、輪郭や構成を記述したりできる人を、私たちの時代は「聡明」とか「明晰」とか言う習わしになっているのだが、それは習わしでしかなく、人間の営みのどこかで路線変更されてはじまったことでしかないのではないか。過去をどこまでさかのぼってもそのような習わしと相違する思考の様式などないと言うなら、これからそれをはじめればいい。

小さく親密で緊密なコミュニケーション空間が歴史上、この地球のあちこちにあった。と同時に、その上空には現代のグーグルのような、一つの言語＝思考様式によって小さなコミュニケーション空間で醸成された思考を濾過して、広い社会でそれのいいところだけを流通させようという勢力があった。私たちはほぼ全員がその勢力によって育てられたのだから、私たちの思考様式は隅々までそれが浸透している。そのようなことを意識して、何かを書いたり語ったりしようとしても、困ることにすべての言葉・概念がその産物だから、それを相対化したり、それの外に出たりすることがきわめて難しい。しかしきわめて難しいが不可能ではない。現に小島信夫やカフカがいたではないか。そしてリンチもまちがいなくその系譜に連なる人だ。

まず、多くの人に通じようなどと思わないこと。「おまえのそんな考えなど、誰にも理解されない」という声が自分の内側から聞こえてきたとしても無視すること。だいたい、〝自分の内側〟というのが曲者で、それはたいてい人生を通じて出合ってきた人たちの言葉、つまり外の言葉なのだ。言葉とは語る私に先行して存在するということを思い出しさえすればきわめて当然のことではないか。

一つの小説や映画についてあっさりと的確なことを語って、次の小説や映画へとさっさと移っていくことは思考の機能不全でしかないと考えること。音楽は好きになったら何度でも聴く。それに終わりはない。終わりがきたとしたら、それはその音楽に飽きたということだ。絵や写真や彫刻は部屋に置いて繰り返しながめるものだ、現実にはそのようなことがおもに金銭的な理由によってかなわないとしても、一つの理想はそういう接し方だ。

まだ読んでいない小説、まだ観ていない映画にどんなことが描かれているか知りたい？　それは自然な願望のように見えはするが、大量生産が可能になった印刷技術と大量消費の社会によって作り出され強いられた、外から注入された願望でしかないのではないか。騎士道物語に読み耽ったドン・キホーテの蔵書は、第六章に「百冊以上」としか書かれていない。たったの「百冊以上」だ。その「百冊以上」を生涯かけて、繰り返し読んでいたドン・キホーテを想像すると、子ども時代、十冊かせいぜい二十冊しか持っていなかったマンガ本を隅々まで暗記するほど繰り返し読んでいた自分を思い出す。四世紀後半から五世紀前半に生きた聖アウグスティヌスは羊皮紙に書かれたであろう書物を何冊読んだのか。何冊までしか読まないのなら、アウグスティヌスのように聖書を隅々まで記憶することが可能なのか。

一人の人間と一冊の小説はどちらが語り尽くせないか。カフカの『城』ほどの言葉が費やされた人物がいまの地球上に数人といるだろうか。ダンテ『神曲』、シェイクスピアの戯曲のどれか一篇、プルースト『失われた時を求めて』に費やされた言葉ほどに一人物に言葉が費やされることはほとんどない。すぐに恋人に飽きる男（女）でも三桁はそうそう替えまいし、そのようなことを勇敢にも実践する男（女）は何か精神の疾患を疑われるのがオチだ。つまり、小説を一読しただけで的確なことを語ることなど、恋人と一発か二発やっただけでわかった気になる男（女）の浅薄さと違わない。もっとも小説や映画は一度だけでポイされても恋人たちのように恨みつらみは言わないわけだが、的確なことを語ったと思うその浅はかさはいずれその人の思考や人生を貧しくすることになるはずだ。

リンチ『マルホランド・ドライブ』で、ナオミ・ワッツは老夫婦と談笑しながらロスアンゼルス空港から出てくる。どうやら彼女は機内でこの老夫婦と知り合い、自分の経歴や夢などをしゃべってきたらしい。彼女と別れると老夫婦はリムジンに乗り（リムジンだ！）、ナオミ・ワッツとの会話の余韻に浸っている――あるいは、満足そうに笑っている。あるいは、意味ありげに笑っている。あるいは、無気味に笑っている。いや正しくは、そのような形容語による誘導なしにただ「笑っている」と書くべきなのかもしれないが、リムジン車内の老夫婦の表情に何か意味＝形容を感じないで観ることはかえって不自然というものだろう。

この老夫婦はラスト間近、ナオミ・ワッツが拳銃自殺するところで、もう一度だけ登場する。いきなりナオミ・ワッツの部屋にあらわれるのでなく、まずウィンキーズの裏の浮浪者風の男が青い箱を入れて捨てた紙袋の中から小さな姿で出てきて、小さな姿のままナオミ・ワッツの部屋にあらわれて、それから大きくなって彼女を責め立てる。

この老夫婦は人の運命を司ったり、あるいは運命にちょっかいを出したりする、つまり天使とか妖精のような存在なのではないか。映画監督役のジャスティン・セローが出会ったカウボーイは、この映画の外にいて登場人物の運命を操ることができるような予言者か魔法使いのような存在ではないか、と前に書いたが、老夫婦もまたそれに似た機能を持っている。

ということになれば、ウィンキーズの裏にいる浮浪者のような男も映画の外と内に股がる存在ということになるわけで、この浮浪者が捨てた紙袋から老夫婦があたふたと逃げ出してきたところを見ると、どうやら浮浪者は老夫婦よりも力が強いか格が上らしい、ということにもなる。

あの老夫婦が天使か妖精などということは風貌からは考えにくいが、そう考えるとすっきりする（しかしそれが本当のすっきりにはならないことはこの先で言う）。あの老夫婦が天使か妖精だとするなら、リンチは老夫婦と天使という外見のギャップが面白いと思っているということか。そんなことでは全然ない。ウィンキーズの裏の浮浪者風の男が運命を操る女神なのだとしても、その外見のギャップの面白さが大事なわけではないのと同じことだ。

女神・天使・妖精……それらは人間の想像の中に生まれ、いつの頃からかいま私たちがイメージするような姿が与えられたわけだが、老夫婦や浮浪者やカウボーイの姿が与えられることも可能だった。なんてことを言いたいのではない。

女神・天使・妖精……これらは人間界と別の世界に生きている。人間界が時間によって支配され、そこに生きる人間が誕生—成長—老い—死から逃れられなかったり、忘却から逃れられなかったりするのに対して、女神・天使・妖精……たちは時間に支配されず、たぶん不死なのだろう。形而上学ということだ。リンチが描こうとしているのは、そういうはっきりと階層化されたとでも言うのか、そういう世界ではない。

ここで注意してほしいのだが、このことはいままで何度も言ってきたし、これからも何度も言わなければならないだろうが、ある明確な世界のイメージが『マルホランド』に先行してリンチの中にあるわけではない。老夫婦をあそことあそこで登場させて、二度目の方は小さくして登場させて、ウィンキーズの裏にいる浮浪者は青い箱を持っていて……と、一つ一つの部分を具体的に積み重ねていくことで、ある世界が姿をあらわしてくる——または、ある世界が予感されてくる——、そのあらわれや予感をリンチ自身も待っているのだ。そしてそういう世界を描く営みは『マルホランド』一作で完結しているわけでなく、処女作から最後の作品となる映画までずうっとつづいてゆく。

リンチが描こうとしているのは、人間界と天上界がはっきりと分かれている世界ではない。しかし世界は一つだけということでもなく、二つが（もしかしたら三つか四つあるかもしれない）情報を正確に発信、受信せずしょっちゅう誤信しながら相互に影響関係にある。

メビウスの輪とかこれを三次元にしたクラインの壺とかを言葉の次元で言うことは簡単だし、おもしろくもないが、現実にメビウスの輪のようなことが起こったら動揺する、というか、どうしていいかわからなくなる。というか、そういうことは決して起こらない（たぶん）。たとえば、帰宅して玄関に上がり、ジャケットを脱いだら玄関のドアの外に逆戻りしていたとか、風呂を沸かそうと思って蓋を取ったら井戸で、蓋から落ちた水滴が深い井戸の奥でポチャンというのが聞こえてくる、などということは起こらない。あるいは商店街の近くの家だったら、帰宅して昨日からプレイヤーに入れっぱなしのシューベルトのピアノ曲のCDをかけようと思って再生ボタンを押したら、さっきまで商店街でかかっていた児童合唱団が歌う『夏は来ぬ』が流れ出す、なんてことも現実には起こらない。

メビウスの輪を映画の中で作り出そうとした場合、いまここで例に挙げた出来事だけでは、それは言葉や概念の範囲で収まるメビウスの輪、つまり決まり事としてのフィクションにしかならない。観る側が自動的に区別しているフィクションの内と外という境界を乗り越えるものでなければ、メビウスの輪にならないし、そのときはじめてフィクションをフィクションたらしめる起源にまで届く本来のフィクションが立ち上がってくる。

メビウスの輪に取り憑かれた映画作家がいるとしたら、その人の撮る映画はそういうものになるのだろうし、リンチは——リンチこそが——その人ではないかと彼は思うのだ。しかし、よくよく注意深くなければならないのは、たとえば、「リンチはメビウスの輪に取り憑かれている。」と言ったところで、それはとっかかりにすぎず、いまだほとんど何も言っていないに等しいということだ。

人が思考するやいなやすべてが神秘となる、そして思考すればするほどさらに神秘は深まるのです、

これはロデーズ精神病院に収監されたアントナン・アルトーが、そこの主任医師であると同時にアルトーの文学・芸術に深い理解を示したガストン・フェルディエール博士にあてて一九四三年三月二十九日に書き送った手紙の一節だ。リンチのことをずうっと考えている彼が、今回分の原稿を書きはじめて、「そういえば……」と言って、アントナン・アルトー著作集Ｖ『ロデーズからの手紙』（宇野邦一、鈴木創士訳）のページをぱらっとめくったら、今回の冒頭に置くのがふさわしいこの箇所がすでに彼自身によって線を引かれた状態でさっそく目に止まったのだった。同じページにはこういうことも書かれている。

世界とはこの観念の一つの異様な現われでしかないのです。

あらゆる意味の説明できない底知れなさの生産者、その〈霊験〉とその〈本質〉は神の特徴そのものです。

この二つをこう読み換えてみると、彼にはそっくりそのままリンチの映画とその映画によって描かれようとしている世界のことのように読める。

世界とはこの複数世界の誤信を含めた発信・受信の一つの異様な現われでしかないのです。

あらゆる意味の説明できない底知れなさの生産者、その〈霊験〉とその〈本質〉は複数世界の誤信を含めた発信・受信の特徴そのものです。

アルトーにとって世界（人間界・地上界）とは神という形而上学の反映ということになるのだが、ここで神のあるなしは本質的なことでないように思える。いやあるいは、本質的すぎて実際に思考を進めるときには、神のいない世界の仮説と区別がつかなくなると言うべきか。そんなことがありうるとしての話だが。とにかく、極度に明晰な思考というのは語りえないものを語りはじめるために、どんどんもつれてゆく。

思考にレベルとか次元などという物理的数量的な次元があるとしての話だが、レベル4に達した思考によってすでに考えたレベル4までのことを考えれば、すっきりとした、いわゆる明晰なものになるだろうが、これから考えようとするレベル5から先のことを考えるなら、すっきり明晰なものにはなりえない。これは道理ではないか。明晰と見える明晰さなど明晰さとはいえないのだ。

『マルホランド』において、老夫婦とウィンキーズ裏の浮浪者風の男は別の世界からの力の中継点のような機能を果たしているのではないか。メビウスの輪でいうなら、最もその機能を果たしているのはカウボーイで、カウボーイはこの映画の内側として囲われるはずのフィクションに対して外を持ち込む。

老夫婦の役割の人物に天使か妖精を置き（ということはわかりやすく、小さな女の子にでもその役を演じさせ）、浮浪者風の男の役割の人物に容易に女神を想像させるような女優を置いたとしたら、それはやっぱりリンチっぽくなくなってしまうわけだが、その理由は、見た目がイカレてないというのは当然あるが、それとは別に天上界のような形而上学を想像させてしまうということがある。その意味では『ロスト・ハイウェイ』の悪魔然とした無気味な男は失敗と言えるのかもしれないが、『ロスト・ハイウェイ』を観直していない今は軽々しい言葉は慎まねばならない。

おそらくリンチの世界――と言っても、リンチ自身が映画を作ることを通じて描こうとしている、つまりリンチ自身にも遠い感触しかまだない世界のことだが――にあっては、老夫婦や浮浪者風の男やカウボーイがある力を持っていたりある機能を果たしたりするのは、二つの世界の誤信や混線の産物であって、彼らがつねに特別な存在であるということではない。つまり、天使や女神や悪魔がこちらの世界で仮の形象として老夫婦や浮浪者風の男やカウボーイの姿を借りたということではない。〈二つの異様な現われ〉の一端が、たまたま老夫婦にあらわれただけなのだ。一定の期間が過ぎてしまえば、老夫婦も浮浪者風の男もカウボーイもただの人になっているかもしれない。では、どこかの個室で小さなマイクをつけて椅子にすわって指令を送っているかのような小人はどうなのか？

あの小人は何も指令など送っていないのではないか？　いや、小人が個室から何か指令を送っているのだとしても、それでナオミ・ワッツが住む世界が影響を受けているわけではなく、もし も小人がしゃべった言葉とナオミ・ワッツの世界の出来事が関連しているように見えたとしても、それはたまたまの一致でしかなく、あの小人は、二つの世界があることや二つの世界の間での誤信や混線の産物としての人間がいることを観る側やリンチ自身に予感させるためにいるということなのではないか。とすれば現実には何も力を行使していないということになるが、それゆえにとるに足らない存在と言い切れるかどうかはわからない。神というのが人間界に何か力を揮ったことを経験した人はほとんどいないが、神というのは絶大な存在感を持っているのだから、存在感の大きさは、その人が現実にどれだけの力を行使しうるかということとは関係ない。という考え方もありうる。

彼はまたまたこんな一節を発見した。といってもこれまたすでに読んで、ページにしっかり線が引いてあった一節だが、彼はアルトーのときと同様、読み直すまで、こんなことが書かれていたこと、そして自分がそれを読んだことをすっかり忘れていた。

しかしそれは本当だろうか。彼はそれを忘れていたのだろうか。記憶から引き出すことができるという憶え方はしていなかったが、消滅せずに彼の思考のどこかにしっかり棲みついていたからこそ、彼はいまリンチについてこんなことを考えたり書いたりしているのではないか。カフカが書き遺した八冊の八つ折り判ノートの四冊目だ。編集したマックス・ブロートの話によると、四冊目のノートは一九一八年に書かれた（ということはカフカは三十四歳だった）。四冊目と三冊目には、小説よりも哲学的思索の断片の方が多く書かれていて、そこから抜粋したアフォリズムが、『罪、苦悩、希望、真実の道についての考察』と題して、カフカ自身の手によって清書されている。が、あまり簡潔に刈り込まれたものは彼にはたいして面白くない。以下の二つの引用はどちらも二月五日に書かれた。日付がある文章というのはなんかちょっと面白い感じがしないか？　しなくてもいいが。『田舎の婚礼準備、父への手紙』という表題がつけられた決定版カフカ全集第3巻（飛鷹節訳）に収録されている。

（略）この現実界を破壊することなど、ぼくらにできはしない。なぜなら、現実界は、ぼくらが築きあげた、自分たちとは無関係な自主独立したものなのではなく、そのなかへぼくら自身が迷い込んでしまったもの、いやそれどころか、ぼくらの迷いそのものだからだ。そこで現実界は、それ自体としては破壊不可能なものである。あるいはむしろ、ぼくらの断念・放棄によってではなく、それ自体を最後まで、行きつくところまで、行きつかせることによってしか破壊できないものである。もちろん、この最後まで行きつかせることも、ぼくらがさんざん傷めつけた挙句に出てくるひとつの結果かもしれないが、しかしそれも現実界の内部での話ということになる。

われわれにとっては二種類の真理がある。それぞれ、知恵の樹および生命の樹によって表わされているもので、活動するものの真理と休息するものの真理である。前者においては、善・悪の区別がなされるが、後者は、それ自体が善そのものにほかならず、したがってそこではじめから善も悪もないことになる。第一の真理はわれわれに現実に与えられているが、第二の真理は予感の域をでない。これは悲しいことである。ただ喜ばしいのは、第一の真理が瞬間に属するのにたいして、第二の真理が永遠に属しており、したがってまた、第一の真理が第二の真理の光のなかで消滅することである。

メンタリティにおいて、カフカもアルトーも世界に取り憑かれたタイプであり、リンチも同じタイプであり、そして彼もきっとそうなのだ。世界とは――自分が感触として予感している世界とは――哲学や科学を基盤にしてオフィシャルに語られているようなものではなく、ある錯綜した語り方を通じてやっと少し描きえて、それによって本人の世界の感触は明確になるどころかいっそう錯綜する、しかしその錯綜は世界の感触から遠ざかるものでなく、錯綜ゆえに近づく、遠ざかる―近づくなどという空間的物理的な表現がそれに当てはまるとしてだが。

『マルホランド』を観て、娯楽映画を撮る某映画監督は「全然わからない」とテレビで言った。この「わからない」は答えを前提にした「わからない」であり、この人にとって「わかる／わからない」はどちらにせよ収束する狭い世界への入口でしかない。「わからない」にはもう一つのベクトルがあり、その「わからない」には「わかる」という対はなく、「わからない」ゆえに思考が先へ先へと進んでゆく。「わからない」とは広い世界へ出ていく出口だ。

何度でも何度でも繰り返さなければならないのだが、〈作者の意図〉は中継点にすぎない。「この作者は何を考えて、こんなことを書いたのか？」とか「『審判』においてカフカの意図は何だったのか？」というようなことを批評は問題にしたがるが、作家は自分の意図なんて小さなものに生涯をかけたりしない。現実にはそういう作家がいっぱいいるとしても、その人たちは作家として残らないのだから、「いない」と考えてさしつかえない。

作家には遠いずっと先にあるイメージがあり、それをいまここで仮に〈遠触〉と呼ぶとしよう、その〈遠触〉に向かって自作を開こうとする。すべての作家には本来〈遠触〉があり、〈遠触〉がなければ作品など作り出せるわけがないのだが、多くの人はすぐに〈遠触〉を忘れ、自分の作るものを作品として完成度の高いものにして当座の評価を得ることで満足するようになってしまう。〈遠触〉とはその人固有の世界の予感のようなものであり、ユングの集合的無意識のように共通したものではない。フロイトの無意識によって分析しうるものでもない。カフカは作品を完成させることに関心はなく、〈遠触〉だけがカフカにとっての指向だった。

私たちはスポーツのルールを全然知らずにスポーツ中継を見るという経験がふつうないからスポーツそれぞれを一定の了解内で見ることしかできないが、スポーツに全然関心のない人はとんでもないことを思いながら見ている。たとえば黒柳徹子は野球中継を見ながら、

「バットを持って立ってる人とその向こうにしゃがみこんでる人がいて、そのまた向こうで黒い服を着て立っている人がいるでしょ？　それで、バットを持ってた人が打って、一塁っていうの？　そこに走っていくとさっき一番後ろに立っていた黒い服を着ている人が走ってきた人より先に一塁のところにいて、アウトとかセーフとか言ってるんでしょ？　あの人が一番足が速いのに、どうして選手で出ないの？」

なんてことを一人で思っていたそうだ。

つまり黒柳徹子は本塁の審判と一塁の審判という二人がいるのでなく、一人の人がやっていると驚嘆しながら見ていたわけだが、何が言いたいのかというと、映画とか小説とか、個別の作品

に接するとき、人は黒柳徹子のようにルールを全然知らずにトンチンカンなことを考えている可能性がある。ほとんどの映画や小説は、それ以前の既知の思考の枠内で理解可能だが、たまに読者や観客がまるっきりルールを知らない状態に置かれる作品があり、――つまりその作品こそが本来の、フィクションの起源を照らし出す強度を持ったフィクションなのだ――、しかもその作品のルールないし法則は、白紙の状態で野球やサッカーを観ても、目の前で展開している動きからだけではルールがわからないのと同じようにわからない。

『マルホランド』はナオミ・ワッツがベティと呼ばれていて、リタと名づけたローラ・ハリングと二人でリタの本当の名前を探す世界（A）いわば幸福な世界と、ナオミ・ワッツがダイアンと呼ばれていいてローラ・ハリングに捨てられた世界（Z）いわば不幸な世界の二つに大きく分けることができる。

Zが現実でAがナオミ・ワッツ＝ダイアンの幻想だというのがまあ一番ふつうに流通している解釈だが、それは作品という未知の法則によって作られたものを、〈現実／幻想〉という既知の思考法の枠に押し込めたことにしかならない。『マルホランド』を観ている最中に感じている感触は、〈現実／幻想〉というような安定した二分法で回収できるようなものでは全然ないはずだ。

世界Aで記憶喪失のローラ・ハリングが「ダイアン」という名前を思い出し、ダイアンが住んでいると思われるアパートに二人で訪ねてゆく。そこで、ダイアンと部屋を交換した隣人と二人は顔を合わせて会話するのだが、隣人はナオミ・ワッツのこともローラ・ハリングのことも知らない。ダイアンの部屋のベッドに横たわる死体を見て、激しく動揺するのはダイアンであるはずのナオミ・ワッツでなくローラ・ハリングの方だ。横たわる死体はローラ・ハリングと同じ長い黒髪であり（と書いたら、編集部から「髪は茶色だった」と指摘された）、着ているタンクトップとショートパンツは黒だ。世界Ｚで、同じそのベッドの上で自殺するダイアン＝ナオミ・ワッツは金髪のショートヘアでタンクトップとショートパンツは薄いグレイで、その上にバスローブを着ていた。

　世界Ｚの情報が不正確に世界Ａに入り込んでいる——というよりも世界Ａの中のダイアンの部屋と世界Ｚの中のダイアンの部屋が同じだというのは観ている側の思い込みなのではないか。世界Ａのベティと世界Ｚのダイアンは同じ外見をしているが、同一の人間ではないんじゃないか。もしかしたら、世界Ｚでのカミーラ（ローラ・ハリング）が世界Ａのベティ（ナオミ・ワッツ）で、世界Ｚのダイアン（ナオミ・ワッツ）が世界Ａのリタ（ローラ・ハリング）なのかもしれない。というのは、世界Ａのアパートの管理人ココ、ベティの叔母で女優のルース、オーディションで選ばれるカミーラが集まる、世界Ｚのジャスティン・セローの家でのパーティを見ると、役が玉突きのようにズレている。ジャスティン・セローの映画監督という職業だけが世界Ａと世界Ｚで同一なのは、彼がカウボーイに魂を売ったからなのか。

　世界Ａと世界Ｚは本来別々の独立した世界として存在していた。しかし、老夫婦とウィンキーズ裏の浮浪者風の男にある力が作用して、世界Ａと世界Ｚが出合ってしまった。ないし、混線してしまった。——と、ここまで書いてきて彼はなんだか突然つまらなくなってしまった。気持ちが倦んだ、とでも言えばいいか。途中まで自分自身で高揚して書いていたはずなのに、いったいどこでおかしくなったのか。

「世界Ａで記憶喪失のローラ・ハリングが……」ではじまった三つ前の段落の途中あたりでおか

しくなりだしたのではないか。『マルホランド』の細部の検証というか、作品世界の読み解きというか、そういうことが、そのあたりからはじまりだしてしまっている。作家が固有に持っている遠くにあるイメージ、〈遠触〉と仮に名づけたそれについて書いたばかりなのに、〈遠触〉を忘れてリンチの意図を読み解きはじめてしまった、ということのようだ、気持ちが倦むこの感じは。『マルホランド』を観ている最中、観客は作品世界の構造の解読ないしつじつま合わせをしようなどとは感じていないはずだ。しかし映画が終わった瞬間、作品世界の構造を解読したりつじつま合わせをしたいという願望が生まれ、何しろもはや映画それ自体は目の前から消えてしまっているのだから、観客は事後の作業しかすることができない。

しかし観客は事後の作業をせずに、映画が上映されていた時間に戻らなければならない。つまり上映中の感触を自分の中で再現すること、そうしないかぎりリンチの映画はリンチの映画でなくなってしまう。実際問題として彼は映画が上映されていない今この時にこれを書くことしかできないわけだが、書く前段階として『マルホランド』をＤＶＤで観直しているときの方が何倍も気持ちが連れていかれていて、その状態は何度観ても弱まらないのだ。

眉毛の太い若者が、ウィンキーズ一般でなくまさしくこの店を夢に見たんだと話すのを聞いたときの奇妙に居心地が悪い感じ。この若者は相手が反応に困るこの一言を言うことで一定の了解の外に踏み出そうとしている。それは映画内の人物としての正常という了解の外つまり狂気のようなものでなく、映画がある安定を得ている了解の外で、若者が夢に導かれてウィンキーズの裏に回ると浮浪者風の男にバッ！　と出くわす。

このようなシーンを観て、観客はこのシーンなり浮浪者風の男なりの比喩的な意味を考えたりしない。ここにはもっとずっと即物的な何かが口を開けていて、それはカフカがノートに書いた、世界の二重性とか世界の二つの真理というようなことに向かう感触なのではないか。言葉によって説明しようとすると、アルトーも同様、やたらと複雑に入り組んだことになるのだが、現に目の前にあるのはひじょうに即物的な事態なのだ。

これは矛盾でもなんでもない。即物的なものは言語化すれば複雑なのだ。それがじゅうぶんに複雑すぎるために、観客は上映後、そこから逃避して作品世界の解読をはじめてしまう。しかし、上映されていた最中、観客はダイレクトに世界の二重性（複数性）と向き合っていた。だから、作品世界の解読などはじめても全然おもしろくないし、上映中に確かにあった高揚感を裏切るとしか感じられない。

ここには言葉が不要なのではない。言葉はいくらでも必要だが、しかしそれは作品世界の解読や作者の意図に向かうようなものではなく、それらを中継点としてその先にあるものを語ろうとしなければならない。

誰にとっても〈私〉はかけがえがない。すべての人は〈私〉というフィルターを通してしか見たり聞いたりすることができない。しかしそれを原理として認めれば認めるほど、自分以外の〈私〉の見たり聞いたりする経験は自分自身の経験と別の次元にあるものとなってしまう。〈私〉はこの地上に六十億人分あり、過去の人間たちの〈私〉までカウントすればそれこそ〈私〉は無数にあることになる。一人一人にとってかけがえがない〈私〉が掃いて捨てるほどたくさんあるとはどういうことか？　これが一つ目。その中には冤罪で三十年以上刑務所に入れられ、青年期も壮年期もすべてフイにされてしまうような信じがたく不運な人さえもいる。「不運」という一語は雑すぎるが。

〈私〉はこれまで生きてきた記憶や経験を持っている。しかしそれらは今この時となってしまえば、自分の前で再演させることはできない。忘れがたく、ひじょうにリアルな記憶があり、それが現在の自分を拘束しているとしてもそれは〈私〉の中にあるだけで、その記憶や経験を情報や物語としてでなく、質そのものとして自分以外の人に共有させることはできない。

〈私〉が生まれ育った家があり、長いこと故郷から離れていた〈私〉が生家の父母と過ごした居間や自分の部屋を見たいと思って、何十年かぶりに故郷を訪ねたら生家はとっくの昔に取り壊されていた。生家があると思っていた〈私〉の時間と生家が取り壊された後の時間、同時進行していたこの二つの時間はどう調整すればいいのか？　というようなことが二つ目。

たぶんこれの変奏なのだが、〈私〉は家族の歴史によって作られてもいる。家族の中に伝わるすでに〈私〉自身は会ったことのない、曾祖父やそれより前の先祖たちが残したエピソードもまた歴史だ。〈私〉は家族の歴史によって作られ、地域の歴史によっても作られている。雪の多い土地と雪の降らない土地とではそこで語られる歴史が違う。つまりメンタリティが違う。〈私〉は自分の職業や属する社会集団によって、一定のイメージを受け取ったり、それを受け取ることを拒んだりするのだから、職業や社会集団の歴史によっても〈私〉は作られている。それら歴史はフィクションだ。フィクションとして最高ランクのフィクションと言える。それらのフィクションを相対化するためには、フィクションの起源を指し示すことができる本来のフィクションを作り出さなければならない。

しかしところで、〈私〉とはかけがえがなく、すべての人は〈私〉というフィルターを通してしか見たり聞いたりすることができない、というのは本当か？　〈私〉の目や耳がそれほど忠実に、つまりは透明に、見たり聞いたりすることができているのなら、芸術など人間は持たなかったのではないか。見えているものを見るため、聞こえているものを聞くために、芸術というフィクションを人間は作り出したのではないか。芸術はフィクションだが、〈私〉というフィルターを通してしか見たり聞いたりすることができないというのもまたフィクションで、そんなことはいわば信仰の一種で、それがいつはじまったのか、時代が確定できるほどに新しい思い込みなのではないか。

現状優勢なフィクションは世界に輪郭を与え、世界と私たちの関係を安定させるベクトルとして機能する。しかし私たちが世界と結べる関係はそのつどそのつどの感触だけなのではないか。感触、触覚、あるいは予感。それらは固定せずたえず流動している。つまり、二つあるいはそれ以上の世界のあいだで取り交わされている発信受信とその誤信のことなのだが、世界に輪郭を与えようとするのでなく、この流動につくことによって、彼は『マルホランド』は当然として、『インランド・エンパイア』をよく観ることができると思うに至るのだった。

ペチャの魂

ペチャが死んだ。一九八七年四月十九日、それは母の母の母の母が名牝スターロッチという血統を受け継ぐ不世出の名馬サクラスターオーが皐月賞を制した日であり、サクラスターオーはその後、皐月賞以来の七ヵ月ぶりの休み明けの菊花賞を九番人気で制し、十二月にペチャを去勢するときに、

「ペチャの血統はサクラスターオーの子どもたちが受け継いでくれるさ。」

なんて私は言ったのだが、去勢手術直後の十二月二十七日の有馬記念の四コーナーを回っていたところで、テレビの画面を見る私の耳にボキンッと骨が折れる音が聞こえたほどの転倒をして、レース後知ったところではそれは正確には靭帯断裂と関節脱臼で、懸命の治療にもかかわらず、翌年五月十二日にサクラスターオーは帰らぬ馬となった。

その四月十九日、まだ結婚する前の妻が住んでいた高田馬場のマンションの植え込みに、へその緒がついたままの状態で捨てられていて、朝からピーピー高い声で鳴きつづけていて、ペット飼育厳禁のマンションだが、その鳴き声が耳について離れず、やむにやまれず拾うことになったのがペチャで、その日私は日曜出勤で、子猫を拾っちゃったという電話を会社にもらったとき、

「そんなことして。」

ぐらいにしか思わないほど、私は猫に関心がなかった。

子猫を拾ってはみたものの飲ませるミルクがない。ミルクがあったとしてもそんな生まれたばかりの子猫は皿からなんか飲めない。哺乳ビンかスポイトが必要だ。困った彼女がそのときすでに結婚して志村坂上に住んでいた親友のヒロちゃんに電話すると、ヒロちゃんのところには一年半前に飼い出した子猫に使った哺乳ビンとそのときの残りの猫用ミルクがまだ残っていた。

というわけで彼女の志村坂上と高田馬場との往復がしばらくつづくことになるのだが、猫に関心がない私は見たいとも何とも思っていなかったのだが、ゴールデンウィークのあとだから、五月十日くらいのことだったんだろうか、「子猫がうちに来たから今日、会社の帰りに見に来なよ。」

と言われて、何の期待もしないまま彼女の部屋に行くと、ドアが開くなり、

「ほら!」

と、子猫を肩に乗せられ、その瞬間に私は子猫にめろめろになってしまったのだった。

八月二十六日の午後六時五十分にペチャのかすかにつづいていた呼吸が止まり、そこでペチャの二十二年と四ヵ月の生涯は終わったのだが、私とペチャのつき合いはだから二十二年と四ヵ月には満たず、はじまりの二週間か三週間が私にはないのがいまは残念でたまらない。

ペチャは二十歳をすぎても椅子からテーブルに跳び、場合によってはテーブルからかつて食事の定位置だったキッチンのカウンターまで跳ぶこともあったが、去年の夏あたりからそれはしなくなり、階段による上下運動と水を入れた洗面器がある風呂の蓋に跳び乗る以外は全体としては

床から離れることのない生活になってしまい、猫であるペチャはそういう自分の変化を抵抗せず嘆きもせずに受け入れ、私と妻もそれを平静に受け入れていったわけだが、死が迫って看病しているあいだ、思い出されるのは子猫の頃のことばかりだった。年をとって不活発であってもその猫が現前するかぎり、いま目の前のこの猫が圧倒的に優位になっているのだろうが、何年経とうが、ということはペチャの場合には二十年経とうが二十一年経とうが、子猫の頃の記憶と映像は地下水脈というよりも伏流水のように現実のすぐ下の層に息づいていた。そして死を目前にすると記憶と映像は雨季になると激流に変化する砂漠のワジとなった。

ペチャの変調がまずあらわれたのは口だった。二〇〇四年の八月十二日の深夜、ペチャはそれより七年くらい前から便秘気味になり、それがだんだん頑固になっていったため液状の下剤を口から二、三滴たらすようにしていたのだが、下剤も回数を重ねるとだんだん効かなくなるため二、三滴が四、五滴になり……と量が少しずつ増え、その晩はつい調子にのってボタボタ何滴もたらしてしまったために激しい下痢になってそれが止まらず、翌日一日様子を見ていてもいっこう回復しないために獣医に連れていき、しかしそれでもまだ消耗が激しく自分で食べることがなかなかできないために、口を開けさせてペースト状にした缶詰を指で上顎にすりつける強制給餌というのを教わってきて、それ以来私は一日三回か四回強制給餌で食べさせるというのが四年以上ずうっとつづき、強制給餌とはいってもペチャがすぐに給餌される呼吸をのみこんだから少しも強制的なところがなく、私が口の端に指をあてると自分でぱっと口を開けてくれて手間がないといえば嘘になるがこれも一種のスキンシップで私はペチャとの関係の濃密さを楽しんでいたのだが、今年の二月末に突然、給餌しようとする私の指をペチャが手を出してはねのけようとした。

はねのけようとするペチャの手をかいくぐって私は強制給餌をつづけたのだが、四日経っても五日経ってもペチャの反応は変わらない。というより嫌がり方がひどくなるように見えた。

「口内炎なんじゃないの？　早く先生に連れていった方がいいよ。」

猫の口内炎は人間の口内炎よりずっと始末が悪い。人間の口内炎のようにただの疲労なんてことはほとんどなく、たいていは細菌感染などを起こしていて、適切に対処しなければ食欲をしだいになくして衰弱死に至る、と猫の病気の本には書いてある。猫は年をとるにつれて、いよいよ獣医に行くのを嫌がり、それだけで病気になってもおかしくないほどのストレスだから連れていきたくはないが事が事だから見せにいくと、

「口内炎はない。」

「じゃあ、なんでなんですか？」

「わからない。もう少し様子を見よう。」

と応えた獣医が特に頼りにならないわけでなく、人間の医者だって少々の腹痛や腰痛ではこんなものだ。

それからまた二、三日したら、足許にすわって私を見上げるペチャの表情がなんか違う。「あれ？　なんか違う」と思ったけれど、私にはわからなかった。が、それから三日経ったときにわかった。右目の鼻の側、涙腺のところがものもらいみたいに腫れかけているのだ。まだまだすぐにはわからない腫れ方だが、いつも見ている私には腫れているとわかる。右の鼻にはトロッとした鼻汁もつまっている。

それでまた獣医に連れていったが、応えはまたも「様子見」。

ペチャは四月には二十二歳になる。腫瘍とかそういうものができていたとしても今さら根本的な治療はできない。むしろ病気そのものより治療による体への負担で弱ってしまうだろう。と思うから私も病気の診断を確定させようとは思わなかった。しかし目の腫れは確実に大きくなっていった。大きくなるにつれて腫れているのは目でなく鼻梁の方だというのがはっきりしてきた。私も妻も、

「明日になったら腫れがひいてますように。」

とペチャに言って寝る。翌朝、本当に腫れが小さくなっているように見えることがあったがそれは気のせいで、一日単位では変わらないように見えても三日前にさかのぼって比較すると確実に腫れが大きくなっている。

ペチャの腫れは何なのか？　もともとの病巣が鼻の奥にあることはたぶん間違いない。猫の病気の本を調べると、鼻の詰まりとそれにともなう鼻梁の腫れは「上気道炎」と総称され、これは原因でなく現象の名称にすぎず、猫の場合鼻の奥を見ようとしても狭く小さいから原因の診断がとても難しい。かりに腫瘍でなくてもどれも口内炎以上に厄介で、鼻→口内炎→食欲減退→衰弱死という経過をたどる。そういう知識を仕入れる一方で、私と妻は具体的には何一つ手を打つことができず、三月の中ごろから終わりにかけて、ペチャが寝ているお気に入りのマットレスでまわりを囲んだバスタブみたいな形をしたベッドから離れる気持ちにもなれないため、一年以上前に買ったまま全然見ていなかった『ツイン・ピークス』のシーズン1と2が入ったボックスセットを、毎晩二時間ぐらいずつ見た。

いま思えば、十一月あたりから私は何かというと「猫が年をとってるから」と言って外出を避

け、外にいて食事や酒でもどう？　と言われても断わって早々に帰っていたのだが、その断わり方はふつうではなかった。そして年末になり、カレンダーを掛け替えながら、「来年の十二月にはペチャはいないんだろうな。何しろ二十二歳だもんなあ。」と考えるというか、頭の中ではっきり言葉にしていた。しかし、だからといってペチャと別れる覚悟ができていたわけではまったくなく、だいたいそんなことに可能な覚悟があるとは全然思えないのだが、目と鼻梁が腫れてきて一日のほとんどをバスタブみたいなベッドで寝ているペチャを見ると死が現実になりつつあることは否定できなかったが、同時にそういう姿であれ、それが現に見えているということは死を肯定する気持ちが起きないということでもあり、しかし目と鼻梁の腫れが不吉であることは間違いなく、私と妻はもやもやした気持ちを抱えて『ツイン・ピークス』を毎晩見ることぐらいしかすることができなかったのだが、『ツイン・ピークス』はおもしろかった。ということは『ツイン・ピークス』を楽しむ余裕ぐらいはまだまだ全然気持ちにあったということでもあった。

悪の象徴とか形象化のようにしてあらわれるボブという長髪の男がいる。ローラ・パーマーはボブに取り憑かれた父親によって殺されたわけだが、殺したとき父親はボブその人になっている。ボブは悪の形象だが悪魔ではなくあくまでもボブだ。『マルホランド・ドライブ』で、現に進行している物語の外側に立つことができるカウボーイが、予言者や魔法使いや悪魔でなく、カウボーイであるのと同じことだ。

カレンダーを掛け替えながら頭の中ではっきり言葉にした考えは、はっきりとした言葉になりすぎているために、私に何かがわかっていたとは思えないが、十一月あたりの闇雲に外出を避けていたあの行動は、私は「わかっていた」といまになって思う。ペチャが死んだのは八月二十六日の午後六時五十分だが、八月十一日の午後三時頃、突然ひっくり返って窒息しているように手足をばたばたさせて、「ペチャ！」と言ってそばに行くと瞳孔が開いている。妻が「ペチャ！ペチャ！」と必死に呼びかけて、ペチャは帰ってきたが、その晩十時頃、ジジが絶叫するように大声で鳴いて階段を駆けあがった。

ジジは一九八九年十月にうちに来て、そのときジジはずりずり這いずって歩くような子猫で、排便もまだ自力ではできなくて、そのジジのお尻をペチャがペロペロなめてウンチを出してやった。それ以来、ペチャとジジは、親子のように兄妹のように夫婦のように恋人のようにべったり仲が良く、つまり二十年ちかくも同じ家の中どころか、たいていは同じ一つのベッドの中で寄り添うようにして一緒にいたのだから、ジジにペチャの変化がわからないはずがない。二十年ちかくもそんなに密着して生きるなんて、人間では考えられないし、猫同士だって、猫はめったに二十年も生きないのだから考えにくい。

もっとも夏は暑いから冬と違って一日中べったりというわけでもないが、それでもやっぱりちょくちょくペチャが寝ているバスタブのようなベッドに入って一緒に寝ていた。が、十一日の夜以来、ジジはペチャにちかづかなくなった。しかし死ぬ前々日からジジはつねにペチャから一メートルくらい離れたところに寝そべって、眠るわけでなくずうっとペチャのことを見ていた。ペチャに何か重大なことが起こりつつある、というよりも、ここにいるのはペチャなのかペチャでないのか、ペチャのはずだけどペチャじゃない……という感じだろうが、しかしやっぱりペチャに大変なことが起こりつつあることもわかっていないはずがない、とこうして「わかる」「わからない」という言葉でジジの中で起こっていたことを書こうとすることが、ジジの中で起こっていたことをわからなくさせる。

ペチャが一度死にかけた十一日の夜にジジが大声で鳴いたというより絶叫して階段を駈けあがったとき、私と妻は「ペチャの魂を追いかけていった」と感じたのだが、私と妻はまだペチャに死んでほしくないと思っていたから、ジジのあの行動をまるごとは肯定せず、それを他の人にも理解可能な程度の意味で「ペチャの魂を追いかけていった」と理解することにした。ということは、ジジの行動をまるごと受け止めることを拒んだ。

私と妻がそのときその場ではほとんどまるごとわかったことを、その場に居合わせず、ペチャとジジのべったり密着した関係も見ていない人に向かって伝えようとすることは、自分がわかったことを否定することになる。言葉というのは本質において出来事の否定なのだ。私はいままでもそういう風に考えてきたのかもしれないし言葉で書いたこともあるのかもしれないが、いまはっきりそう思う。言葉を使って、出来事の現場に居合わせなかった人に向かって、その人に納得させたり実感させたりしようと思って伝えるということは、現場に居合わせなかったその人のサイズに変形することにしかならない。それによってその人の理解や世界観がかりに劇的に変化したとしてもそれは語り手の熱意や語りそのものの力であって、その人が変化した原因は語りの方であって出来事そのものではない。

私と妻は十一日の夜にジジが絶叫して階段を駈けあがったのをまるごと受け止めそびれたけれど、私たちは私たちの感じ方で「ペチャはもう今日明日の命」だと考えるようになっていた。死は間違いなくそこまで来ていた。呼吸は静かで弱く、目はうつろに開き、立ち上がろうとしてもパタンと襖が倒れるように倒れる。しかし何度倒れても立ち上がり、私が手を添えているとトイレまで歩いていって、しかし手前で立ち止まったかと思うとそこでオシッコをしてしまう。が、次にはちゃんとトイレの縁をまたいで中でする。かつてなんのことなくまたいでいたトイレの二十センチにも満たない高さの縁がペチャにとっては大変な障壁になっていた。だんだん立つ力もなくなり、横たわったままチィィィとオシッコをしてしまうようになっていったが、それでもまだ立ち上がり、トイレにたどりついた。

風呂で湯船に浸っていると、ペチャの魂がないと考えることの方が馬鹿気た考えだと思った。魂というのは何なのか。魂は意識ではない。魂は思考もしない。魂とは、自分が知っているその人や動物にたしかに自律的な内面があると感じたその源泉のようなもののことなのだろう。言葉にすればそのようなことになるが、それは魂よりずっと痩せた概念でしかない。視界がなくなる吹雪の怖さを何か別の他の怖さによって類推しても、その怖さは吹雪の怖さと全然別物でしかないようなものだ。

こんなことはもう私はそれこそ百回も書いた。しかし何度書いても私たちはそれを否定する言葉に包まれて生きているのだから書きすぎるということはない。ペチャの魂を身近に感じた私自身が、あのときから離れてしまえばあやふやな追体験しかなぞれなくなっている。何度でもたどり直せること、誰にでも了解可能なこと、そういうものだけを事実とする思考様式の中では、あのときにたしかに感じたことは、幻想・妄想・錯覚……などと切り捨てられる。しかし魂はたしかにある。しかし、目の前に本があるとき、自分がいま手に本を持っているとき、「本はたしかにある」とは言わない。ただ「本はある」とか「本がある」と言えばいいのだから、「魂はたしかにある」という言い方を選ぶだけで、その発話者たる私は魂の否定を前提としている立場を選んでいることになる。これが言葉による思考の落とし穴、というか私たちが使っている言葉が前提としていて、日々強化している世界観だ。

十一月に闇雲に外出を避けていたとき私はそういう言葉としてでなくペチャの死が近いことをわかっていた。というか、ペチャの死が近い空気の中で生きていた。ペチャはもう子猫のときのようにぴょんぴょんどこにでも跳ぶことができない。床からほとんど離れない低く狭い空間だけを生きている。

「こんな不自由な体はそろそろ脱ぎ捨てて新しい体に着替えるのがいいよね。——魂がもしあるなら。」

と、その頃にはじめて私は考えたのだが、この考えは二つ目の保留の文があるために魂を否定しているようでいて、やっぱりしっかり魂を肯定している考えだったのではないか。前半の一文はいかにもありふれた考えに見えるけれど、私はこんなこと、いままで一度も考えたことがなかった。二つ目の保留の文はこれは知的操作として生まれた考えでしかない。一つ目は私の中よりももう少し遠い、自然なところから無邪気に発している。二つ目が「——でも魂はない。」ともっとはっきり否定していたとしても同じことで、自然に発した考えを世間と繋ぐために二つ目が出てきたのではないかと思うのだ。本当のことがつい口をついて出てしまったばっかりに取り繕うためにしてしまった苦笑い。二つ目の文はそういうものだ。

八月二十一日は『終の住処』で芥川賞を受賞した磯﨑憲一郎の芥川賞受賞パーティだったが私は出席せずペチャのそばにいた。私は何人かに、欠席の連絡と一緒に、

「ペチャは満一歳になる前に猫ジステンパーにかかり、子猫にはかなり死亡率が高い病気なんだ

けど、そこから生還したことで、僕は『プレーンソング』を書きはじめた。

つまりペチャがいなかったら、小説家・保坂和志はいなかったか、違うタイプのぱっとしない小説家にしかなっていなかった可能性があるわけで、ペチャは現代日本文学の流れの一翼を担っている、というわけです。

小説家・磯﨑憲一郎の芥川賞受賞の日々とペチャの死の過程が並行モンタージュのように進行するなんて……」

というメールを送って、そこに書いたことは本当なんだけれど、大きな間違いもある。というのはペチャがある役割を果たすために生まれてきたかのような印象を与えてしまうからで、それはペチャの生命を人間的に歪めてしまうことになる。いや、すべて動物は人間と接するかぎり人間的に歪められるのだから、ここは「社会性を付与されて歪められる」と言う方がいいのだろうか。とにかく私がしなければならなかったことは、このような人間的なものから可能なかぎり遠く離れたところでペチャの魂を見ることだった。

チャーちゃんが死んだのは一九九六年十二月十九日で、そのときチャーちゃんは四歳四ヵ月か五ヵ月ぐらい。私が夜、道でニャアニャア鳴いている子猫のチャーちゃんに出会ったのが九二年十月一日で、そのときチャーちゃんは生後二ヵ月か三ヵ月だった。だから私はチャーちゃんと一緒にいたのは四年と三ヵ月に満たない。ペチャが口内炎かと思われた異変に気づいてから死ぬまでに半年の時間があったのに対して、チャーちゃんは十一月十五日に獣医に見せに行っていきなりウィルス性の白血病と診断されて一ヵ月しか時間がなかった。ペチャはそれ以前の十一月の私の気持ちから計算すれば、チャーちゃんと比べてとても長い時間があり、何しろそれ以前に二十一年半の歳月があった。

チャーちゃんが死んで一ヵ月か二ヵ月か三ヵ月か忘れたが私は毎日のように近所を歩き回って、チャーちゃんの生まれかわりの茶トラの子猫と出会うことを願った。そして家の外にいるあいだ、私は家の中でチャーちゃんが動き回っている映像を想像するというよりも、頭の中で映像として必死に出力しつづけた。気狂いじみているように見えるが、小説や音楽や絵を創作するときの気持ちの状態というのはこういうことであり、作品を真っ正面から受け止めようとしたらやっぱり、受け手は気狂いじみて中に入り込んでいくしかない。一歩ひいて作品を俯瞰したり、作品の構造を把握しようとする行為は作品が生成する強い圧のかかった状態から逃げることにしかならない。

作品が体験と呼べるほどの濃度を持っていたり、人に霊感を与えたりすることを本当だとするなら、そこで人は言葉による記述の不可能性や思考という構築的なプロセスの破綻を経験するわけであり、魂はそのような状態にいるときにしか存在を知ることができない。私はチャーちゃんの死のときに魂というものを捉えそびれていたのだが、それはチャーちゃんの映像にこだわったことだった。

私はもともと視覚記憶が悪く、それゆえ頭の中で映像としてチャーちゃんを出力しようとすると大変な負荷がかかったわけだが、魂は映像にはなかった。映像は人の心に激しく訴えかける力を持っているが、それは聖アウグスティヌスが『神の国』の中で書いているように物質的な次元にとどまる。私が最も奇抜なことを考えると思っている小説家ビオイ゠カサーレスの『モレルの発明』は、孤島で死んだはずの男女のグループが毎日同じ時刻に同じ場所で同じ行為を繰り返す装置を発明した話で、それは驚くべき小説だが、その驚きゆえに私はそれがただ映像の反復であるという欠点に蓋をした。

実際、ビオイ＝カサーレスはそれにつづく『脱獄計画』では、ただ視覚でなく、アルファベットに色を感じたランボーや音に色を感じたオリヴィエ・メシアンたちが持っていた共感覚を使って視覚刺激から架空の体験を作り出すという、『モレルの発明』よりもずっと踏み込んだ構想にして、小説としては『脱獄計画』には本当にぶっ飛ぶのだが、魂はそのような刺激は必要としない。シュレーバーが手記に、

「私は自分の見た妻がもはや生きた人間ではなく、「仮そめに急ごしらえされた男たち」と同じように奇蹟によって捏造された人間の姿にすぎぬと思った」

と書いたように、映像・像には魂はない。映像・像と魂との混同は近代の視覚優位の文化ゆえの錯覚の産物であり、私たちが視覚的明証性を求めるほどに魂は遠ざかる、とさえ言えるかもしれない。平安期の人たちは、かすかな残り香・移り香や衣ずれの音だけでもありありと相手を思い出すことができたのではなかったか。しかもその相手というのが暗い寝室に入ってきたのだったら、もともと顔もろくにわかっていなかった。といっても二人のあいだには肉体による濃密な接触があったわけだから、そこに感覚的媒介がないなどとは全然言えないわけだけれど、濃密な接触の記憶が視覚像を上回るということは大事なことだ。

音楽も絵も直接に感覚に訴えるものだけで形成されているわけで、音楽家も画家も感覚に訴える音や色や形という物質的次元に心血を注ぐ。当面の作業としてはそのように見えるわけだが、音楽家も画家も必ずや受け手の内側に、物質的次元をこえた何かを作り出そうとしている。そして事実、物質的次元をこえた何かを生まれさせることに成功する。映画や写真や小説も同じだが、

どの表現形態においても物質的次元をこえた何かに受け手が出会うことができるのはひじょうに稀な機会にかぎられる。2+3=5とか√2×√3=√6という式のように、プロセスに対して結果の恒常性が保証されていることはなく、むしろこのような式は偏った世界の切り取りでしかないと考えるべきなのではないか。

　私は現に魂に触れ合わない、魂の実在をむしろ積極的に否定する社会に生きているのだから、感覚か思考を積み重ねることしかできない。カフカは「『城』はKの魂の彷徨を描いた小説である」という風に魂の作家に祭り上げられてしまっているが、魂という言葉をこういう風に簡単に使ってしまうかぎり、心理と同じ程度の意味、受け手のサイズに歪められて文の意味を理解するのにさして労力を必要としない意味の言葉にどんどん堕ちてゆく。そうでなくカフカの小説や書き遺した断片を、書いてあるとおりに意味やテーマなどを考えずに、ただ書いてあるとおりにたどってゆくと、一人の人間が紙に書き記していった時間ないし行為そのものが浮かび上がってくる。カフカは具体的なことしか書かなかったが、カフカの書く具体的なことは機敏に飛躍して繋がってゆく。

　カフカが偉大であるとか、難解であるとか不可解であるとか不条理であるとか、現代を先取りしたとか、そんなことばかり言ってカフカの書いたものを読もうとしない人たちには、カフカがたしかにある夜、この文章を書いたのだということがわからず、そういう人たちは偉大な文章とは生身の肉体を持って時間の中を生きた人間が書くのでなくあるとき突然空から舞い降りてくるとでも思っているに違いない。カフカは自分がいま書いているものをどういう方向に持っていこうというような、いわゆるそれが作家だと一般的に素朴につまりは保守的に考えられている意図はなく、いま自分が書いた文章にどれだけ自分が驚くことができるか、ということに心を奪われ、ひたすらそれを持続させることを願っていた。それゆえ、その先が書けずに書きかけで投げ出した断片がいっぱい残されることになった。

ペチャの死の過程に立ち会った時間の中で、ということは八月十一日以前私はペチャの死が日に日に近づいていると思いながらも同時に一日でも長くペチャと一緒にいたいと思ったり、三月の半ば以来いろいろやっている代替治療や二十二歳になったペチャにはたいして効果的な治療が残されていないとはいえかぎられた西洋医学の治療が劇的に効いて半年一年命が延びることを願ったりしていたのだが、十一日を境いに私はペチャの命が延びることを願わず、一日でも早く苦しまずに死ぬことを願い、その時間の中で私はペチャの魂を感じた。

それは人生の中で特異な時間であり、その外に出てしまったらその中で感じたことは錯覚としか思われないのだから、それそのものについて語ろうとは思わないし、現にいまこうしている私はペチャの魂をありありと感じてはいないが、あのときにペチャの魂を感じたことだけは事実だから、私はペチャの死をあまり悲しんでいない。

自分に子ども時代があったこと。母の実家でいとこに囲まれて育ったこと。鎌倉の浜で夏に野球をしたこと。秋に山に入っていってアケビを取ったり木の枝を組み合わせて秘密基地を作ったこと。これらは揺るがない記憶だがいつもリアルにそれがあるわけでなく、それらは何かきっかけがあったときだけリアルに記憶の中で展開される。ペチャの魂も大ざっぱにたとえればそのようなことで、ふだんリアリティからは遠くに私自身があるとしても魂を感じたことは揺るがない。これは二十二年間という長い具体的な接触を積み重ねた結果だと思う。

私は例によっていろいろな本を読み散らかしていて、ここのところ、樋口一葉の日記とダーウィンの『ビーグル号航海記』とシエサ・デ・レオンという十六世紀のスペイン人が書いた『インカ帝国地誌』を読んでいるのだが、この、過去の出来事を書き記した文章を読んでいると、ここに書かれていることがひじょうに身近な、年をとるほどに身近になってくる自分自身の子ども時代の記憶ほどにも身近なことに感じられて、文章を読んでいるときの自分のまわりの空気の濃度が変わっている。ほんの二、三年前までこれら過去の出来事を書き記した文章は遠く、読むそばからてのひらから砂がこぼれ落ちるように記憶に残ることがなくすかすかしていたのだが、いまではただ文字によって書かれている光景がありありと浮かび、書いている人の息づかいが感じられてきて、自分がいまここに記された光景を思い出しながら書いているような気持ちになることさえある。

『インランド・エンパイア』へ（6）

『インランド・エンパイア』は長い映画なので、とてもその全体を記憶するわけにはいかない。が、記憶できないのは長さだけでなく、構成というかもっと大ざっぱに〝作り〟に原因があるのは言うまでもない。

『インランド』は三時間あるわけだが、三時間ぐらいは何ほどの長さでもない。人は長篇小説を前にするとその長さにたじろいだり、うだうだ言ったりするけれど、たとえば『失われた時を求めて』など、こんな長いものはとても読めないと思ったりするわけだけれど、ふつうに本を読む人であれば一年間で『失われた時』に相当する分量のページ数を必ず読んでいる。『失われた時』はとても長いけれど、長いといったって文庫本とか単行本で十二、三冊のことであり、本棚にそれを置いてみれば並んでいる本のほんの一隅を占めるにすぎない。

三時間の映画は長いと言われるわけだが、昔だったらいわゆる名画座と呼ばれていた二番館三番館に入ったら、一度に最低二本、名画座によっては一日に三本ずつ上映していて人はみんなそれを観た。映画の筋や構成を憶えるのは得意な人と苦手な人にはっきり分かれるが、どんなに苦手な人でもいままでに観てきた映画の筋を記憶しているかぎり全部言い並べてみたら、それはもう楽に三時間の映画をこえる。

という風に考えてみると、映画や小説に関する人の記憶というのは量でなく質に関わっている。極端に言ってしまえば、出来事が盛りだくさんのたとえばよく知らないが『ハリー・ポッター』とか『ロード・オブ・ザ・リング』についてなら、あれが起きて次にこうなってそれからこうなって……と三十分しゃべりつづけることができても、たった十分間の映像について、そこに何が映っていたのか二分もしゃべれないかもしれないということで、それを小説に置き換えてみれば、上下巻の出来事盛りだくさんの話について三十分しゃべりつづけることができても、五ページしかない短篇を丸暗記することはできないということだ。上下巻の小説を合計十時間かかって読むことはできても、その十時間を使って五ページの短篇小説を暗記することはできない。

弘前劇場という劇団の芝居の冒頭で太宰治に扮する役者が自分がいま書いた原稿を音読するという設定で『津軽』の冒頭の二ページくらいを、特別な抑揚をつけずにたんたんと声に出したことがあったのだが、これには驚いた。スペクタクルでさえあったと言ってもいい。舞台の上の太宰治の目の前の机の上に広げられた原稿用紙に書かれた『津軽』を音読するという演技だが、そこにはもちろん何も書かれていない。それが書かれた文字を目で追う朗読でなく、役者が記憶している文章の語りであることは耳で聴いているだけでもわかったが、芝居のあとで演出家の長谷川孝治に確かめてもやっぱりそのとおり役者は『津軽』の二ページもしかしたら三ページを丸々暗記してたんたんとそれを声に出したのだった。歌の歌詞だったら、たいていの人は文庫本百ページ分くらいは暗記しているかもしれない。しかしそれをメロディをつけずに声に出すとなると一コーラス分でさえもおぼつかない。

人はべったり丸々暗記するよりも構成や筋を抽出する方がどうやら得意らしいのだが、これは人として生きる上での認識の経済学なのか、それとも近代あたりにはじまった認識の一形態なのかはわからない。というのも、たとえば聖アウグスティヌスの『告白』や『神の国』を読むとそこにはほとんど一行ごとに後世の注がついていて、その注によってその一文、ないし一節、ないし一語が聖書のどこの引用かということがわかることになっていて、ということは聖アウグスティヌスは聖書の全文を丸々暗記していたということであり、それは聖アウグスティヌスだけでなく、日本の僧だって経典をいくつも空で唱えることができるわけで、ということは丸暗記している。時代劇をみればよく寺子屋で子どもたちが、「師のたまわく」と言って『論語』を朗読している光景が出てくるが、それを根拠に言うわけではないが、近代以前あるいはつい五、六十年前まで読むことの訓練は丸暗記することが基盤になっていて、構成や筋を抽出する能力は二の次だった。に、違いない。

いっこうにきちんとそこに踏み込んでいって勉強するわけではないけれど、ここ数年、あるいはもしかしたら十年以上、私の関心は聖アウグスティヌスなど近代以前の宗教家たちにとっての宗教であり、カフカであり、そこに二年前の二〇〇七年の夏からドッとディヴィッド・リンチが入ってきた。近代以前の宗教家たちにとっての宗教と書いてみて、『ローマ書講解』のカール・バルトもいることを思い出した。何と総称していいかわからないから聖アウグスティヌスということにしておくが、聖アウグスティヌスとカフカとリンチがどれだけ別々と見えようとも一人の人間の中で関心が途絶えることなく続いているということは、その三者に共有するものがきっとあることを意味する。

というか、カフカとリンチは私にとって、まずほとんど同じことをやろうとしていた人としか思えない。リンチがけっこう出たがり屋であり、カフカはそのようなことを決して望まないつつましやかな人であったとしても。しかしカフカは仲間が集まったサロンのようなところで何度も自作を朗読し、マックス・ブロートの伝えるところでは、『判決』なんかは最初の数行を読んだだけで、カフカのたくみな目くばせなどによって、一同が爆笑したことになっている。のだから、バカバカしいことをやって観客を笑わせたがるリンチとやっぱりあまり違わないのかもしれない。違っていても全然ＯＫだが。

ところで『判決』（柴田翔訳）の書き出しはどうなっているか？

「それはこの上なく美しい春の、日曜日の朝のことだった。若い商人のゲオルク・ベンデマンは自宅の二階の自分の部屋に座っていた。河沿いには低く手軽な造りの家が何軒も長々と立ち並んでいて、ほとんど屋根の高さと壁の色でしか互いに区別できなかったが、彼の家もその一軒だった。彼はちょうど、現在は外国で暮らしている幼なじみの友だちへの手紙を書き終えたところで、ことさらぐずぐずと手紙の封を閉じてから、肘をデスクに突き、河や橋、緑に乏しい対岸の丘の起伏などを、窓から眺めていた。」

これのいったいどこで爆笑できるというのか！　しかしマックス・ブロートというのも、初期のカフカの〝現代人の魂の彷徨〟みたいな深刻なカフカ解釈の枠組みを作ってしまったくせに一方で、カフカが自作を朗読するとサロンが爆笑に包まれたなんてことも書いているのだからおもしろい、というかやっぱりかなりまともな人なんじゃないか。私の記憶に間違いがなければ。

「ことさらぐずぐずと手紙の封を閉じて」のあたりは身振り手振りをうまくまじえると笑わせられるかもしれない。「河沿いには低く手軽な造りの家が何軒も長々と立ち並んでいて」をうまくしゃべり、つづいて「ほとんど屋根の高さと壁の色でしか互いに区別できなかった」もうまくしゃべって、「が、彼の家もその一軒だった」と言ったら、けっこうズルッとなって爆笑もんだったかもしれない。

が、笑いというのは文化の産物なので、本当のところは誰がどこで笑ったかなんてことはわからない。それが『判決』であったことさえ私の記憶違いで、朗読したのは『変身』で、爆笑でなく、ただ笑っただけだったかもしれない。が、東京乾電池の公演のとき、カーテンコールで役者が全員並び、真ん中の柄本明はただ型通りの挨拶をしただけだったのだが、観客は笑った笑った。大爆笑だった。柄本明のような人は笑わせようと思ったら、いつ何時でも笑わせることができる。左手で右の二の腕あたりをちょっと搔いたり、右足の靴で左足の甲をもじもじ搔いたりするだけで、笑わせられる。た、た、た、たと、たんたんと淀みなくしゃべっていたのを、ふっ、、、と途切れさすだけでも笑わせられる。カフカもその手を使ったのかもしれない。なんてさんざん書いてから、マックス・ブロート『フランツ・カフカ』を読むと、みんなが大笑いしたのは『審判』の第一章だった。

「われわれ友人たちは腹をかかえて笑ったものだ。そして彼自身もあまり笑ったので、しばらくのあいだ先を読みつづけることができなかった。」と書いてある。

私はいままで『フランツ・カフカ』を敬遠して読まずにきたのだった。しかし『フランツ・カフカ』は素晴らしい。カフカへの愛に満ちている。私は前頁の、「初期のカフカの〝現代人の魂の彷徨〟みたいな深刻なカフカ解釈の枠組みを作ってしまったくせに」の部分を訂正しなければならない。ブロートのカフカの読みはそんな単純なものではない。ブロートはカフカの全集を編纂するのにふさわしい人物だった。『判決』もカフカは朗読した。カフカが朗読を好きだったのか、当時朗読がふつうのことだったのか、わからないが、とにかくカフカは自作を頻繁に朗読した。というか、朗読することで、親しい友達に新作を披露した。そのときの光景は詳しくは書かれていないが、『審判』で笑ったのなら、『判決』で笑わせられないはずがない。カフカに笑わせるつもりさえあれば。『判決』の終わりちかく、話が急展開して、いままで病気でベッドにこもっていると思われていた父親が、息子ゲオルクの嘘をあばかんと、

「嘘をつくな！」父親は叫んだ。ゲオルクの答えが問いに激突したのだ。掛け布団が父親の強い力で撥ねのけられ、一瞬、大きく拡がって空中を飛び、父親はベッドの上に仁王立ちになった。片手だけは天井に軽く伸びて、身体を支えている。」

ここは絶対笑える。身振り手振りをうまくまぜたら腹がよじれ頰が筋肉痛になるかもしれない。

とはいえ、笑わなくてもいいわけで、「ここで笑わないおまえはわかってない」と言ったとしたら、深刻な解釈の押しつけと同じことになってしまう。笑いというのは一様ではないわけで、しかし今のようにお笑いが全盛の時代では笑いの概念が案外一様になっているのかもしれない。西武百貨店のカルチャーセンターに勤めはじめた頃、事務所に性格が歪んでいたために上司から嫌がられて、いわゆる出世コースから外された三十代男女のコンビがいたが、その二人が笑うときは人を嘲笑するときだけだった。だから、その二人が笑うとまわりは不愉快で寒々とした気持ち

になったものだった。

ペチャが死ぬ前、ペチャはようやく立ち上がり、さっきは立ったと思ったらパタンとすぐに襖が倒れるように横に倒れてしまったけれど、今度は立って、倒れないと思っているとペチャはすぐにトイレ目指して歩き出す。ペチャにとって歩くことは大変な運動であり、鼻の奥に節外型リンパ腫ができて気道がふさがっているそこを必死の呼吸が通るから鼻がブタみたいにブーブー鳴る。鼻の穴はもう両方とも出血した血がかたまってふさがっているが、息はそこからブーブー通る。ペチャは黙々とトイレ目指して歩いていくのだが、鼻からブーブー音が鳴り、

「ブーブー言ってるねえ。」

私も妻も笑ってしまう。

ようやくトイレが終わり、ペチャはいったんいままで寝ていた場所を目指した。と思うとまたトイレを目指して歩き出す。

「ペチャ、お布団にもどろうよ。」

と言ってペチャの体に手を添えて方向転回させると、また、いっそう強くブーブー鼻を鳴らす。

「ブーブー言ってる。」

今度のブーブーは必死の呼吸のブーブーでなく、主張のブーブーだ。死ぬ前十日間くらいだったか、もうペチャはニャアと鳴き声を出せなくなっていた。ニャアと鳴いて何かを訴えたい、そのかわりのブーブーだ。そういう事情はすべて承知して私と妻は「ブーブー言ってる。」と言って、そして笑ってしまう。その笑いはやっぱり救いでもある。が、私たちは同時に涙が流れる。書いていたら思い出してまた涙が流れてきた。

私はたしか『カンバセイション・ピース』で書いたし、ほかでも書いたかもしれないが、悲しみとは、その人やその時を身近に感じた瞬間のことだ。私が悲しんでいるときペチャは身近にいる。キリスト教のイコンが十字架なのは、キリストの苦しみを忘れないだけでなく身近に感じるためだ。九六年に死んだチャーちゃんを思い出しては悲しんでいたときに私はそう考えるようになった。悲しむこと、その人の苦しみ、その時の苦しみを身近に感じることは、しかし安易な方法ではないかと思う。それは聖アウグスティヌスが言ったように、身体的次元のつまりは表層的次元の反応であって、精神によって知る知り方はそのような形ある手がかりを必要としないだろう。

あまり共通点にこだわっていると、相違点で滞って話がおかしな方に流れるから、あまりこだわろうとは思わないが、『変身』の〝虫〟と『ツイン・ピークス』のボブは似ている。〝虫〟は『判決』の父親でもよく、ボブは『マルホランド・ドライブ』のカウボーイや老夫婦でもいい。それはいきなり形而上学的世界の〝災厄〟とか〝権威〟とか〝悪〟とか〝醜なるもの〟とかそういう抽象化（純化）された概念でなく、まずその姿をして登場人物と読者・観客の前に立つ。カウボーイや老夫婦は魔法使いや天使として人々が長年馴染んできた姿と似ても似つかないが同じことをやっている。ウィンキーズの裏の男もそうだ。しかしでは、魔法使いや天使はどうしていま人々が共通に思い描くようなあの姿をしているのか？　というか、どうしてキリストはあの姿をしているのか？　人々はキリストの姿にあまりによく馴染みすぎてしまったために、キリストの姿それ自体をあまりよく見つめず、キリストはいきなり形而上学的世界に行ってしまう。

リンチではボブやカウボーイや老夫婦やウィンキーズの裏の男があまりにそのものの姿で映されているために、観客は抽象化しそこなってそのものとして見てしまうわけだが、たぶんそれはリンチ自身が望んでいることでもある。『ツイン・ピークス』のボブはその意味で、荷なわされている抽象概念が大きすぎる（多すぎる）ために、カウボーイたちの初期形態と言ってもいいかもしれない。

一方、カフカでは〝虫〟について細かく描写されているにもかかわらず、「虫は何を意味するのか？」と抽象化されがちなために、キリストの姿と荷なう抽象概念の関係にずっと似ている。

ということを考えたのはペチャが死ぬ過程の中でのことだった。ペチャはもうすでに死ぬ過程にいるうちに私と妻にとって、いままで感じていた〝最初に飼った猫〟ゆえの特別さをこえて特別な存在になりつつあった。か、すでになっていた。折口信夫の『死者の書』のモチーフとなった「山越阿弥陀図」という、二つの山の向こうに山よりも大きな阿弥陀如来があらわれている仏画があるが、ペチャはすでに私の心の中では青空の遠く高いところから山越阿弥陀図の阿弥陀様のような大きな姿となって私たちを見ている。しかしそれは阿弥陀様や神様でなくペチャだ。

ダーウィンの『ビーグル号航海記』の一八三二年七月二十六日の日誌の、「次の日」と段落されたところに、ガウチョについて書かれている。ガウチョというのはアルゼンチンやウルグアイのパンパで牧畜をして生活していた南米版カウボーイのような人たちのことで、ガウチョがいかに野蛮で凶暴であり、しかし同時に彼らには神話的なオーラがあったという話を一八九九年に生まれたボルヘスが幼少年期に自分自身が見聞きしたことをまじえて、『ブロディーの報告書』という短篇集で書いていて、形而上学的な話ばかり書いたボルヘスが一転してここでは具体に就いて書いているのだが、しかしじつは『ブロディーの報告書』の短篇群の中でガウチョの外見については書かれてなかったんじゃないか？　つまり、読者である私は映画などで知ったにちがいないガウチョの姿を漫然とあてはめていただけだったのかもしれない。と、このダーウィンの記述を読んで思ったのだった。

「夜はプルペリアすなわち居酒屋に宿った。宵の間は、大勢のガウチョ（岩波文庫では「ゴウチョ」となっているが、ガウチョとしておく）たちが来て、酒を飲み、シガーをふかした。ガウチョたちの様子には極めて眼を驚かすものがある。一般に丈は高く、容貌は端正であるが、高慢で不敵な顔つきをしていた。往々口ひげの者もあり、長い黒髪を背に波打たせていた。あざやかな服に大きな拍車をがちゃつかせ、腰にはナイフを短刀のようにさして（しばしば短刀として使う）、およそ田舎者という意味のガウチョの名称から想像するところとは、ひどく異った人たちと思われた。この人たちの礼儀も度はずれの大げさで、他人が酒を飲まねば、自分も飲まない。ところがばかていねいなお辞儀をしながら、仕儀によっては、遠慮なく他人ののどを切ってしまう。」

　ここでガウチョについての引用をしたのは、ガウチョの姿とイメージの関係がキリストの姿と形而上学の関係と似ていると少しは思ったからなのだが、それ以上に、「長い黒髪を背に波打たせていた」ところなどウィンキーズの裏の男を連想しないか？　いやしなくてもいいのだが、『ブロディーの報告書』にはガウチョの外見の描写があると編集者から指摘されることになる。つまり私は『マルホランド』や『ツイン・ピークス』を経由したことで登場人物の外見に敏感になったということなのかもしれない。ガウチョが遠慮なく相手の咽を掻っ切ってしまうところがなんともいい。私はシビレる。ダーウィンのこれを引用した理由はじつはそれだった。

『マルホランド』のカウボーイを魔法使いと言ったり、老夫婦を天使と言ったりしたが、大事なのは彼らが魔法使いや天使と本当に同じなのかということでなく、進行中の映画の外から突然侵入して、他の登場人物たちのように進行中の映画の物語にしばられていないことで、やはり『マルホランド』でのカウボーイの存在（機能）は際立っている。

いやたしかに『ファウスト』のメフィストフェレスのように（ちゃんと読んだわけではないが）、あるいは旧約聖書のヨブ記で神をそそのかすサタンのように、悪魔的な存在というのは物語世界に強引に侵入して登場人物の人生を全然別のものに捩じ曲げる。のだから、それらの存在は物語に介入する作者の意志の顕在化、つまりそれによって作品世界に内と外があることを顕在化させる。わけだが、悪魔とか魔法使いとか天使とかと分類＝命名されてしまうことで、読者や観客の注意は、作品世界に内と外があるということにはふつう向かわず、物語に飲み込まれてしまう。分類＝命名されてしまった存在者たちはだから『マルホランド』のカウボーイほどの違和感は読者や観客に与えない。

これはもう私が一番最初から書いていることで、つまり、カウボーイの「何、これ？」感はすごい。ということだ。

読者によく伝えるためにあれやこれやいろいろ書くというのはつまり、「読者がまだわかっていないんじゃないか」という思いに化けた「私本人がよくわかってない」ということであり、だから本当に自分はもうよくわかっているくせに読者によく伝えようという意図だけで書く大学の先生風の文章は本当に退屈なわけだが、私自身、カウボーイや老夫婦やウィンキーズの裏の男を、魔法使いや天使や悪魔や悪の形象・災厄の形象と書いてしまうと、そこで映画に映っていたカウボーイや老夫婦やウィンキーズの裏の男の姿が希薄になり、彼らの荷なう抽象性が強くなってしまう。

しかし抽象性の方を大事だと思っているのならリンチはあのような姿で登場させないわけだし、そのようなわかられ方は求めていないわけだし、映画はまったく別物になっていた。

しかしここで確認しておきたいのは、リンチつまり作者の意図は問題ではない。ということ。映画でも小説でも作品の構成が複雑になればなるほど、評論、解説、解釈をする人たちは作者の意図を知る方に注意が向かってしまうのだが、解説の必要が何もないほどシンプルな作品における作者の意図と、基本は何もかわらない。作者のリンチ自身、『マルホランド』では「赤いランプシェードに注目せよ」だとか何とか、自分の操作が及ぶ範囲のことをきちんと解釈すれば映画の何かがわかるかのようなメッセージを発するわけだが、作り手はそれより遠くからの声によって動かされている。

リンチに登場するカウボーイのような特殊な機能を荷なわされた人たちは、あくまでもその姿をしているから、他のフィクションと別のフィクションにリンチの映画はなる。トーマス・マンの『魔の山』は非現実的なことはいっさい出てこない、きわめてまっとうなリアリズム小説だが、一箇所だけ、交霊術をする場面があり、そこで主人公ハンス・カストルプのいとこだったかが、戦場で死んだ軍服のような姿でぼおーっとあらわれる。ここは読者として吸収できない圧倒的な異物だ。私は比喩や幻想か夢ということわり書きがあるのを読みとばしたのかと思って二度三度読み返したのだが、小説にはそのようなことわり書きめいたものはなく、あくまでもそれまでの流れにのってリアリズム小説の枠内として交霊術が書かれ、そこに霊があらわれ出てきているのだった。

たとえば小津安二郎『東京物語』で戦地から戻らない次男、つまり原節子の夫がぼーっと姿をあらわして眠っている妻＝原節子を見つめるシーンがあったりしたら観客はそのシーンをどう吸収していいかわからなくなる。小説にも映画にも、幽霊とか魔法使いとか超常現象とか異界との交信とか、それらが登場しうるものとしえないものの二種類があり、それははっきり分かれている。

そんなことを言いながら私は、ページを折ったり線を引いたりしてある『魔の山』を探したのだが出てこない。このページのここと指し示せないのが残念だし、現物のそのページを開いて確認しないことには自分でも交霊術のエピソードを勝手にでっち上げたような気持ちになる。『魔の山』は第一次世界大戦によって古き良きヨーロッパ世界が崩壊する前夜を時代背景とする話であり、つまり二十世紀初頭ということなのだが、十九世紀の前半からか中頃からか、交霊術はヨーロッパでブームになっていて、トーマス・マンも交霊術を荒唐無稽の全然ありえないこととは考えてはいず、「もしかしたらそんなこともある」という風に考えていたのではないか。というか、そう考えないかぎり交霊術をやっていたら本当に霊があらわれてしまうことを読者として私は吸収できない。が、一方で、マンが本当の自分自身の体験として、交霊術で霊があらわれた、という実体験の裏打ちがあるのだとしたらもっとおもしろい、という期待もあると書くと当然のように編集者が『魔の山』にあたって裏を取ってくれた。

第七章、というのは最終章なのだが、そこの「ひどくいかがわしいこと」という項だった。いったん入稿してから私も『魔の山』を買い直してそこを確かめると、やっぱり間違いなくいとこのヨーアヒムがあらわれていた。著者のマンはその場面について出来事を書くだけで、それ以上の判断は何も語らない。項の「ひどくいかがわしいこと」というのは、霊媒となった若い女性が、なかなか霊があらわれないために出産のように苦しむそれをまわりでみんなが励ましている様子が主人公のハンスにはいかがわしく見えてどうしようもなかったということであり、交霊術を指しているのではない。

それにしても新潮文庫の『魔の山』はどこへ消えてしまったんだろうか。私は二、三週に一度ずつ三十センチの定規を使う。プラスチックの透明のやつだ。定規はもともと二本あったのだが、一本は一年以上前にどこかにいってしまい、もっぱらもう一本の方を使っていた。のだが、一ヵ月くらい前、二階で使い終わった定規を上まで持っていくのが面倒くさかったので階段の三段目くらいのところに階段の踏み板に対してタテに目立つように置いておいて、次に上にあがる用事のときについでに持っていこうと思っていた。

が、次に階段をのぼったときにうっかり定規を踏んでしまい、タテにしてあったから踏み板から五センチぐらい出ていた部分を踏んでしまい、見事にポーンと階段の上めがけて弾け飛んでいった。踏み板から出ていたところを踏んだらふつうは自分の上に飛ぶのだろうが、一段上の踏み板の出っぱりに一度引っかかって方向が転回して上へと飛んだのだろう、きっと。で、階段の一番上まで定規は飛んでいったのだが、そこにはいろんな荷物が片づけずに積んであって、定規はその中へと消えてしまってわからなくなった。

しょうがなく私は新しい定規を数日後に買ってきたのだが、それから二週間ぐらいして、階段をあがったすぐの部屋＝和室の座卓の上に定規があった。この座卓というのは前の家で炬燵に使っていたやつで、テーブルの板の裏にヒーターが付いてるやつなのだが、十年前に今の家に引っ越してきて以来使わず、かといって捨てるのも忍びなく、部屋の隅にずうっと置かれて、上には本などが散らかっている。妻に訊いたらもちろん妻は、そんなところに載せてないし、定規なんか見てもいないと答えた。

が、今度はその妻が一週間前に、一年以上前から行方不明になっていたもう一本の定規を見つけた。それも玄関の外で。定規にドロ汚れなどいっさいついていなかった。

こういうことをポルターガイストと言う人がいる。

「ホントにいるのよ。もうホントにいたずらでさあ、どこか行っちゃったって思ってると、しばらくするととんでもない所から出てくるんだから。」

と私に言った人がかつていた。当時彼女は三十代半ばだっただろうか。しかしこの人はちょっとアブナイ人だったので私は信じる信じないという仕分けはせずに、「アブナイ人の話」という引き出しに入れることにした。

映画・小説というフィクションでなく現実にも霊とか超常現象とかを信じている人はいっぱいいる。が、その人が信じることで安定してしまっていたらやっぱりおもしろくない。現実世界でもまた人はそれぞれのフィクションを持って生きているわけで、霊を信じるのも否定するのも私には同等のフィクションとしか映らない。科学の側に立つ人たちは霊とか超常現象の話がはじまると即座に一蹴するが、その一蹴の仕方はたいてい話し合いの余地がなく、信仰としか私には思えない。話に耳を傾けることぐらいしたっていいじゃないか。

七月七日の深夜三時、私はペチャの病気の快癒を祈る思いで夜空を見ていると、東の空の低いところに、こんな時間に飛行機が飛んでいる。星にしては明るすぎるから飛行機でしかありえない。と思いながらその光を見ていると、光はわずかにゆらゆら動くだけで何分たっても飛行機のように移動していかない。

「これって、もしかして……。」

私はＵＦＯは信じないのだが、こんなに明るいのはＵＦＯしかもう可能性がないじゃないかと不安になって双眼鏡を取り出してきて覗くと、光はその位置で激しく動きつづける。が、それは双眼鏡を持つ私自身の揺れであることがすぐにわかった。別にガタガタ揺れていたわけでなく、双眼鏡で遠くの一点を見つめようとすると三脚などで固定しないかぎり、人体の微動が見る対象の激しい揺れという錯覚を起こす。それくらいの分別はそのとき私も持っていたが、不安になりながらむしろＵＦＯであることを私は期待しはじめていた。ＵＦＯぐらいの奇跡が起こればペチャのリンパ腫だって治る。まさにいまあそこに見えているＵＦＯがペチャを治してくれる。

その夜三十分以上、光を見ていたがとうとう私には結論が出せず、翌日、同じ三時頃に東の空を見ると低いところにやっぱり光はある。そのとき私はようやく、「スターディスク」という、月日と時刻から星座を割り出す円盤状のものを持っていたことを思い出し、七月七日の深夜三時に円盤をくるくる回して合わせると、東の空の隅つまりごく低いところに一等星以上の明るさの星が一つあるではないか。

アルデバランという名前だった。

私は星や星座には基本的に関心がなく、しかしそれでも大人になってからは夜空を見上げることと自体は好きで、冬のオリオン座ぐらいはわかるようになったのだが、こんなに明るい星は見たことがなかった。……と、思って星の明るさに注意するようになったら、そうでもなくて、ものすごく明るい星というのは金星以外にもあるもので、夏でいえばわし座のアルタイルはすごく明るい。そんなことがあって以来、毎晩アルタイルを見上げるようになったのだが、本当に明るい。が、アルデバランはもっと明るい。と思っていたら、メルヴィルの『ビリー・バッド』の冒頭にいきなり、

「雄牛座の巨星アルデバランが、おのれの星座の劣等星を随えて運行している姿がこうもあろうか。」

と書かれているではないか。人生というのは不思議な連関によって成り立っているものだ。七月七日深夜のあの光はUFOでなく、つまりアルデバランだった。アルデバランは調べてみると、富と幸福の前兆とされている。私がその頃にただ一つ願っていた幸福は実現されなかった。

リンチの映画は、そのような霊や超常現象の類いが全然出てこないわけではないが、カウボーイのように異物として出てくる。私にとって現実という枠組みは、つまりすべての人間が現実としてある枠組みなしに接することはできず、その意味で現実というのは人間の前にフィクションとしてあらわれるという意味において、リンチが映画で出すところの異物を私はどうやらいつでも待っているらしいのだ。

リンチの異物は進行中のフィクションの内容には無関心である――という性格を一番端的に体現しているのは『マルホランド』ではカウボーイであり、『インランド』では助監督のフレディだ。彼らは進行中のフィクションの内と外ないし縁を指し示す。進行中のフィクションの内容に影響を受けないということを考えれば、やはりカウボーイを魔法使いとか悪魔と同類視するのは正しくない。魔法使いや悪魔はやはりフィクションの中の存在であり、彼らがフィクションの進行に影響を与えるとしても、彼らは自分自身がいるフィクションまでは見えていない。というか、彼らが読者や観客にそれを見せてしまったら彼らの住むフィクションは消えてしまう。

リンチのカウボーイや助監督のフレディはやはり一般的な分類＝命名は不可能の、彼らそのものの存在でしかない。ところで、『インランド』には進行中のフィクションを積極的にいじる人物が一人いる。ローラ・ダーン演じるニッキーの夫だ。

ニッキーの映画出演が決定した電話がきて、一階の広間か応接間でみんなで大喜びしているときに、夫は階段の上からみんなと喜びを共有せずにただ怪し気な眼差しでそれを見ている。そういう態度をしている彼の心理は映画の中で説明されていないし、その必要もない。というかそれについては説明することはできない。なぜなら、ニッキーの夫の眼差しこそがニッキーがこれから辿ることになる出来事すべての原因なのだから。

『インランド・エンパイア』へ（7）

最近とみに感じるエッセイを書くときに感じる不快感は何なのか？　私の家は物が散乱していて特に私自身の部屋となると床に反故にした手書きの原稿用紙やゲラの校正のファックス紙や薄い雑誌やパンフレット類が散らばっているそこを歩くときの不自由な気分と通じ合うその感じは何なのか？　だいたい原稿用紙にして三枚とかそこらのエッセイの連載を持ってしまったことが良くなく、三枚かそこらの長さで何を書けばいいのか？　たった三枚を事前のプランもなく、ということはこの連載の文章のようにアテもなく書くことは難しく、いきおい「何かを伝える」という書き方になるのだが、それは自分が書く前にすでによく知っているか書く前に何を書くか大筋を決めたものでしかない。思えば不思議なことで、まだ書きはじめて三百字程度にしかなっていないこの文章は書きはじめた途端にアテもなく書くことができるのだからたった三枚とはいえそれができないはずもない、ということは結局は長さが問題なのではなく、書くときのこちらの構えが問題なのか。つまり新聞という媒体に対する遠慮があるということなのか。情けない。

本当に気合いの入ったエッセイなら違うのかもしれないし、それは評論にも哲学にもあるいはもしかしたら自然科学の論文にさえも当てはまるのかもしれないが、私にとってエッセイというのは書き手の位置が書く前と後で一歩も動かない文章のことで、自然とそれは俯瞰的になる。書き手があたかも確固たる尺度を持っているかのようになる。できの悪い書評などその最たるもので、「おまえのそのいいの悪いの言っている基準はどこから来たんだよ。」と言いたくなる。

一年前なのか二年前なのか忘れてしまったが偶然何冊か評伝を読みかけた。半分も読まないうちに全部やめてしまった。評伝に書かれるほどの人物なのだからその主人公は書き手より大きいはずだ。どれも書き手が対象者である主人公を熟知しているみたいな書き方をする。私が読みかけた評伝のレベルが低かったのかもしれない。私は書き手が対象の大きさについて、何といえばいいか、わきまえない、リスペクトがない書き方が何と小説と別のものであるかということがわかった。

川島清という彫刻家の作品を見るようになったのは五年前か六年前のことだ。私はそれより二十年ちかくも前に川島清と一晩酒を飲んで口論し、そのわりとすぐ後にあった個展を見に行ったりしたらしいがそれは全然憶えていない。川島清という名前だけは憶えていて、個展の記事が新聞に載っていたので見に行った。線路の枕木のようにニスかワックスを塗られた、枕木よりもずっと太くて大きい木が会場に横たわっている。私は「わからないなあ……。」と思う。それ以上の言葉は一つも出てこない。「わからないなあ……。」と思いながら、長さ五、六メートルあるその木のまわりをぐるぐる歩いたり、屈んで顔を近づけて見たり、離れて見たり、そのあいだ私はまったく退屈していなかった。

「わからないなあ……。」という言葉にだまされていた。一つの作品を前にして十分、十五分、二十分と見ていることができるなら、私は作品をじゅうぶんに楽しんでいたわけだ。二ヵ月以上のあいだ私はルー・リードばっかり部屋でかけている。かけるのは『エクスタシー』が半分、『セット・ザ・トワイライト・リーリング』が残りの八割であとの残りは『ブルー・マスク』。カタカナじゃなく英語で書けよ。ルー・リードはメロディ・ラインがはっきりしないところがいい。二ヵ月以上かけていて、どれか一曲口ずさんでみろと言われたら、その日にかけたばかりのアルバムの中のワン・フレーズぐらいしか口ずさめない。そこがいい。メロディがはっきり私の記憶に入らないから何度でもかけていられる。『トワイライト』の最初の二曲はメロディがキャッチーすぎるからかけない。ルー・リードを私は「わかる」とは思っていない。「わかる／わからない」という形容が音楽や美術や文学や映画やダンスや写真に可能だとしたら、何度でも聴ける、どれだけ長い時間でも見ていられる、「わかる」とはそういうことでしかないのではないか。

川島清の展覧会のカタログを見ると、学芸員とか美術評論家とかが、

「川島清の作品はつねに記憶と時間をめぐってうんぬんかんぬん……」

なんて書き出している。川島清の作品をはじめて見た人がいきなり記憶と時間について考えることができたみたいだ。ロッククライミングというのはまずどこに最初の手掛かりをつけるか見当をつけることからはじまるだろう。やったことはないがそういうことだろう。いきなり登りはじめるわけではなく見る時間からはじまるだろう。現代美術は全般にそうだ。作品と自分との接触面を探すことからはじまる。それは言葉にすると「わからないなあ……。」でしかない。「わからないなあ……。」ではあるが、その前からあっさり立ち去らせない何かがある。難解な作品にこそ深遠な思想が宿るという幻想がかつて六〇年代七〇年代頃まであったことは間違いない。私がそれをまったく引きずっていないとは私自身には断言することはできない。「難解そうな作品」

「深遠そうな作品」と川島清の彫刻が別であることは間違いない。川島清の彫刻は目は退屈していないが言葉が見つからない。大きく長い木のまわりをぐるぐる歩きながら見ているのだから、目は体の動きでもある。

私はヴェルヴェット・アンダーグラウンドをまったく経ずにソロとしてのルー・リードを九〇年代前後から聴くようになった。ヴェルヴェッツの現役時代、ヴェルヴェッツのレコードはまったく日本で発売されなかった。ディスクユニオンなどで輸入盤は売っていたかもしれないが、売られていなかったかもしれない。ウォーホルがデザインした有名なバナナのジャケットのアルバムを聴くのも私はルー・リードを聴くようになった後だ。はじめてそれを聴いたとき私は「宿命の女」という曲を知っていた。ポップスの古典といってもいいくらいのメロディで、私は「宿命の女」を真似たメロディに聞き憶えがあったのかもしれない。聴き憶えのあるメロディだから耳にすんなり入ってくる。心地いいと言ってもいい。三分ぐらいの一曲が終わるまでに私は飽きている。ユーチューブには六〇年代の、私が中学で聴いたりそれ以前に聞き憶えたりした曲が全部あるといっても過言ではなく、私は何か曲を思い出すたびにユーチューブで聴く。懐かしく耳が喜ぶのは最初の一分くらいまででそこで飽きる。馴染まなさというのには別の魅力があるに違いない。

作品について語られるときその馴染まなさが飛ばされて何ものかとしていきなり語られ出すのはおかしい。作品のあり方に対してじゅうぶんな配慮あるいはリスペクトが欠けている。作品は簡単には馴染まないものとして作者によって制作された。受け手はその馴染まないものと自分の気持ちとの押したり引いたりみたいなことをする。それはすでに作品を肯定している過程でもある。馴染んでしまったら次に余裕か油断がこちらに生まれてしまうことを止められない。それをいいものと感じてしまったら受け手は、いいとか悪いとか感じはじめる。この状態になるともう私はつまらないとも感じている。受け手をどれだけ馴染まなさに踏みとどまらせることができるか？　どれだけ受け手からの攻囲に対して閉じつづけていられるか？　それが作品として存在する基底の力だと言うこともできるのではないか。しかも作品は馴染ませないと同時に、自分の前から受け手を退場させないようにしなくてはならない。

　それを二つの要素の兼ね合いと解釈する人がいる。つまりテクニックだと考える。小説論の中で私は繰り返しテクニックを否定した。するとアマゾンのカスタマーのレヴューみたいなところで、「保坂はテクニックではないと書くが、テクニック以外の何物でもないじゃないか。」みたいな反論を書く人がいる。そんなことばっかり言ってるから自分では何も作り出せないんだということを考えもしないで、すべての話を技術の問題にすり替える。

　テクニックではない。浜崎あゆみの全盛期だったから十年前ぐらいだったか、太って髪の毛を伸ばした元たのきんトリオの野村ヨッちゃんがギターを持って、ジミ・ヘンドリックスのフレーズをじつに楽しそうに楽々と弾くのを見たとき、

「時間が経つとテクニックに回収されてしまうんだ。」

　と思った。マイケル・ジャクソンの『ジス・イズ・イット』でギターを弾くオリアンティはテクニックはすごいんだろう。だから『ジス・イズ・イット』ぐらい英語で書けよ。ウィキペディアなどで書かれているオリアンティの経歴の「父親の影響で六歳でギターを弾きはじめる」というのがすでに間違っている。記事によっては「父親から英才教育を受ける」みたいになっている

ものもあるが、ギターは子どもが親の支配の外に出るために手にするものだったはずではないか。それを親に習ったらギターじゃなくなってしまう。テクニックなんていうのはそんなものだ。

『インランド・エンパイア』のローラ・ダーン演じるニッキー・グレイスの夫だが、あの人はどういう俳優なのか？　あの人はだいたいプロの俳優なのか？

『インランド』のＤＶＤとシナリオがパックされたＤＶＤブックというのか、そのシナリオは日本語に訳されていない英語のままで『インランド』はもともとシナリオなしで撮りはじめられた映画なのでシナリオというよりもスクリプトらしいが、うしろに短い付け足しみたいな感じで、これは日本語でリンチの経歴と、キャストの経歴が載っている。そこに選ばれているキャストは掲載順に、ニッキー役のローラ・ダーン、監督役のジェレミー・アイアンズ、ニッキー演じるスーザンの相手役のビリーを演じるデヴォンを演じるジャスティン・セロー、助監督のフレディ役のハリー・ディーン・スタントン、部屋で一人テレビを見ながら涙を流しているタイトルバックではLost Girlとなっているカロリーナ・グルシカ、以上五人だけでニッキーの夫は紹介されていない。

英語のままのシナリオつまりスクリプトは最後にタイトルバックがそのまま載っている。タイトルバックのキャスト紹介は役の重要度でなく役者の登場順にずらずら並んでいるだけなので誰が誰なのかじつに特定しづらい。スクリプトではたとえばLost GirlはWOMANと書かれているるだけだし、はじまってわりとすぐにニッキーの大きな家に訪ねてくる『ツイン・ピークス』で殺されたローラ・パーマーの母親を演じていた、『インランド』のこの訪問ではニッキーを気味悪がらせることだけを一方的にしゃべったグレース・ザブリスキーはタイトルバックではVisitor#1だがスクリプトではREDHEADとなっている。

私はニッキーの夫役の俳優が何という人なのか名前すら長いこと特定できなかった。ニッキーは、Nikki Graceなのだがグレースというのはニッキーの芸名か結婚前の名字であって夫はグレースではない。ウィキペディアを見てもそこのところがわからなかったのだが、英語のウィキペディアを見て、ニッキーがNikki Grace Królであり、それなら夫はPiotrec Królでありその俳優の名前はPeter J. Lucasであるということがわかった。英語のウィキペディアでもこのピーター・J・ルーカスという人は赤で表示されていて、つまりクリックして飛んでいくことができず、ピーター・J・ルーカスという人物に関する情報はそこで行き止まりだ。

ウィキペディアでわからなくても英語のグーグルでPeter Lucasを検索するという手があった。検索するとPeter Lucasは一九六二年六月二日ポーランド生まれで、本名はPiotr Andrzejewski、身長一メートル九一センチ。エンジニア特に農業機械のエンジニアの修士号を持っていて、ポーランドで歌手として賞を取ったことがあり、一九八九年にアメリカに渡ってから役者の勉強をし、なんてこんなことを知っていったい何になる。わかっていることというのはこのようにすらすら書いていくことができるが、書いているそばから心に空虚さが募ってゆく。そういうことばかりを書いて何かのプロを名乗っている人はいっぱいいるが。

大事なことは何故リンチは『マルホランド・ドライブ』でそれまで目立った役を与えられたことのないナオミ・ワッツを大抜擢したときのように、ピーター・ルーカスを『インランド』の宣伝・広報を通じて前面に押し出せなかったのか？　ということだ。という風に考えの進路を修正するともっともらしくなるが、じつはこれも知っていることを書き連ねる寒々しさと五十歩百歩だ。映画や小説の題名から作者の意図を推察するのもまたこれと同じだ。そこには作者が作品をコントロールしている、作者が作品の〝正解〟を知っているという大間違いがある。作者もまた作品を知悉しているわけではない。作品がはじめた運動に作者は必死についてゆく。

何故リンチはニッキーの夫役のピーター・ルーカスを前面に出そうとしないのか？　というこの疑問に対する答えを知っても意味はないが、この疑問を持って『インランド』を観るのはおもしろい。意味はないかもしれないがおもしろい。ニッキーの出演が決まったときに階段の上からそれを見る夫の目。夫の目ははっきりニッキーの出演決定を喜んでいない。何故か？　どういう心理によって喜ばないのか？　それについて説明されないし、説明する必要もない。

夫は後日、訪ねてきたジャスティン・セローの肩を、自分との身長差を存分に利用して抱いて威圧しながら「夫婦の絆は固い」うんぬんと、二人が不倫関係にならないよう警告したりするが、夫はニッキーの映画出演が決まったあの時点でジャスティン・セローの存在を知っていただろうか？　夫のあの目は、たんに妻が職業を持って社会に出てゆくことに対して表明された不快感だったのかもしれない。「そろそろ落ち目の女優と結婚して、家の中に置いておけると思ったのに、また映画に出るのか。」とでもいうような。

夫の目の説明は何とでもこじつけられる。説明なんかどうでもよく、ただとにかく夫の目は妻のニッキーに対して不吉なものあるいはネガティブなものとして機能する。

ここまでは前回書いた。私はここまで来るのにすでに六回使っている。ほとんどが『ロスト・

ハイウェイ』と『マルホランド』で『インランド』については何も書いていないに等しい。私は前回、そろそろ『インランド』について書かなければまずいよなあ……とでも思って、ニッキーの夫についてこれから書くかのように書いたし、そのときには書こうと思ってもいた。しかし考えるほどに、それについて書くことが浅薄なんじゃないか。私は現在無期限中断にしているが「新潮」で「カフカ『城』ノート」という連載をたしか五回目までやり、『城』のおもしろさをあっちこっちの方向から書いて、まだあと五回分くらいは書くことは簡単だとは思っているのだが、しかしカフカに対して根本的なところがそれでは欠けているのではないか。

私はカフカに対して不条理とか深刻とか深遠という評価はいっさい書かず、これまで「カフカ『城』ノート」以外の他のエッセイでも、おもに場面のおもしろさと言葉と書かれる情景とのズレのようなことを書き、「とにかく深刻ぶらずにまずおもしろがって読む。」ということを強調してきた。私自身がそう読むようになる前のわからなかった頃についてはきちんと書いたことがない。そのわからなさというのはテーマの深遠さ・深刻さから来るものではない。日本ではたぶん長いこと「不条理」という言葉で逃げていたこと。ふつう小説で期待されることがカフカの小説では起きない、というようなことになるのか。ふつう小説で予期される事の順番がカフカの小説では入り乱れている、というようなことになるのか。

私は『審判』は『城』ほど好きではなかった。読んだ回数だけなら『審判』だって五回くらいはすでに読んだ。五回というのは〝たった五回〟でしかなく、このあいだから読み直していると、うれしくなってくるほどおもしろい。私はたしかにそのページに線を引いたりページの角を折ったりしてあるのだが、こんなにうれしくおもしろがった記憶はない。

先日、ある雑誌でレトルトパックされた鰻を推薦するという取材があり、その取材は事前に試食して私がおいしいと思ったら取材を受けるというもので、私はおいしいと思ったから取材を受けることにした。取材の当日、もう一度あらためて鰻を食べ、編集の人に促されるまま私は感想をしゃべる。という段取りなのだが、

「脂の乗り具合」

「身のしまり具合、またはやわらかさ」

「タレの味」

などについて訊かれるまま応えていると何かウソくさい。質問に応えるまで私は鰻は大好きだが年に二回ぐらいしか食べないと思っていたら、二ヵ月に一回ぐらい食べていることがわかった。有名な店の鰻もけっこう食べていた。食べるといったって二ヵ月に一回だし、店を知っているといったって十軒以下だ。グルメ評論家みたいに、脂がどうの、身のしまり具合がどうのと言って食べる食べ方を私はした記憶がない。だいたい私はしょっちゅう食べている食べ物だって、味とか歯ごたえとかあんまり気にしない。「うまい」か「イマイチ」か「うまくない」かのどれかだ。歯ごたえがどうの、味つけがどうのといちいち考えるのはさもしい気がする。うまいと思ったらその証拠にもう一回食べる。うまいかどうかはその店にもう一回行きたいと思うかどうか、それしかない。

鰻はめったに食べないのだから、「うまい」にはただ「うまい」でなく幸福感が湧き起こる。その幸福感が私が鰻を大好きと感じる理由なんじゃないか。うまくて幸福な気分でいるときに、「脂の乗り方が」「身のしまり具合が」と言う人はおかしい。鰻だってイマイチの店があり、そう

いうときには幸福感を感じていない。それでじゅうぶん私は鰻の味を判断しているというかそれが私の鰻の食べ方だ。

カフカについて、このページのこの場面の書き方がおもしろいとか、この場面の思いがけない、読者の足元をすくうような、というのは読者が漠然と予期してしまう次の展開がくつがえされる展開がおもしろいという風に書くとき、私はカフカに対してある〝構え〟ができてしまっている。その構えは私が考えるかぎりでは最も無防備で同時に最も注意深く、何度読んでもそのつどどこかに意外さを発見できるような構えであり、構えそれ自体が間違っているとか硬直しているとかということはないけれど、構えは構えだ。その構えが私の中に出来上がる以前に私はどういう風にカフカを読んでいたのか？　あるいは読みそこなっていたのか？　私にとってカフカの小説がどういう風に映っていたのか？

ベケットの『モロイ』をはじめて手にしたのは大学三年か四年のときで、三輪秀彦訳の集英社の世界文学シリーズのその本の帯には、「モロイはついに言葉からも自分の名前からも見放される」とか「モロイはついに言葉も自分の名前も失う」とか、そんな風なことが書いてあり、私はベケットという名前をまったく知らないままそれを古本屋で買った。私はその惹句に惹かれたわけだが、読み出してみると『モロイ』は惹句に書かれているようなことは私には全然わからないままおもしろかった。おもしろいが二段組のその本を十ページくらい読むと飽きる、というか気持ちが飽和する。読んではやめ、読んではやめを繰り返すうちに話の流れが完全に見えなくなって、とうとうそのまま放り出し、しかし気持ちにはかかりつづけていた。私は読みかけの本をやめることは何とも思わず、むしろいつ途中でやめるか、そっちに比重がかかっているくらいだと言ってもいい。読みかけの状態でそのままにならず気持ちにかかりつづけたというのは例外で、大学六年の十一月に骨折と全身打撲で入院したときに通読することになった。

通読しても『モロイ』の全体の見通しは私は全然得られなかった。地を這うように読んだおもしろさだけが強烈にあった。それから私はカルチャーセンターで講座の企画をするようになるのだが、ベケットという名前は特別で、名前を目にするだけで私は気持ちを持っていかれるようだった。当然、講座をやりたい。適任者が見つからない。いろいろな人に相談してみる。返ってくる応えはそろいもそろって芝居のベケットばっかりだ。「ゴドー」という言葉を聞くだけでうんざりする。

「ベケットは難解だ難解だって言われますけど、演劇を見るとけっこうわかるんですよ。だから演劇の方からやってみたらどうですか？」と言われたときには気持ちが削がれた。こんなやつより絶対俺の方がベケットをわかっていると思った。わかることからとりあえず手をつけていくタイプの人間が私は嫌いだ。というか軽蔑する。一人、こう言った人がいる。

「ベケットは好きなんだけど、何をどうしゃべればいいんでしょうねえ。『モロイ』なんかでも、ちょっとぼんやりしていると全然違う話になっていて、「あれ？」って言って前にもどったりして、おもしろいけどわからないんですよねえ。」

私がこの人の言葉に激しく喜んだのは言うまでもない。この人は大学の先生だが編集者のような立場から仕事をさせるにはひじょうに厄介だという定評があり、あれから二十五年くらい経つが、いまだに単著がない。共著もないかもしれない。この人自身、もし講義をするとして「わからない」「わからない」を連発するとは思えず、講義をするなら「ちょっと気を抜くとすぐ全然違う話になっているけど、全体としては」と、「わからない」がよもや話の中心になることはなく、「わからない」は前段としてしか使わなかっただろう。

ベケットの小説は「わからない」抜きに語ったらベケットでなくなってしまう。

「わからないけどおもしろい」なのか、

「おもしろいけどわからない」なのか、

「わからないけどおもしろいけどわからない」

なのかわからないが、よくわかることがおかしい。そのときの「わかる／わからない」とは全体を見通すことができるかどうかという意味にすぎない。モロイに順に何が起こったかを記憶することとか、『モロイ』という小説に何かテーマがあるとしてそのテーマを言えることとか、そういうことをふつう「わかる」と言うわけだが、『モロイ』においてはそのようなことはわかったことにならない。『モロイ』を読むということはそのような引きの視点つまり俯瞰で読む態度を放棄して、地を這うような低さの視点に耐え、そして読後に『モロイ』について語るとしたら俯瞰しない地を這う視点のみによって語るという、ベケット以前にはほとんどの小説からも要請されたことのない小説の捉え方しか『モロイ』を語ることにはならないだろうが、おそらくそれはまだ誰もできていない。

人はわかりたくて、ということは「わからない」と表明することは間抜けっぽいし、自分自身に対しても不安だからわかりたくてしょうがないのだが、「わかる」というのは大げさな言葉を使うなら逃避なのではないか。私は同じことばかり書いている。

『インランド』で夫の目がある。それに対応するようにニッキーがジャスティン・セロー演じるデヴォンとの関係が夫に発覚することを怖れる。ニッキーはしかし事態を見誤っているわけで、ニッキーがこれから陥る試練は不貞が発覚することによって引き起こされるわけでなく、時間とか空間とかが狂った世界に迷い込んだことではじまる。というか、その世界に迷い込んだこと自体がニッキーの試練ないしトラブルであり、ということは夫の目は、妻への不審（不貞を疑う）とか妻への不満（映画界への復帰）というようなことを意味するわけではない。それは局所的な因果関係を設定して物語を動かす、つまりベケットやカフカ以前の文学的発想というものだ。

夫の目は心理の産物（結果）ではない。夫の目は結果でなく原因だ。こう書くと人によってはうがった観方と感じるかもしれないが、この観方が一番受け身というか、作品世界に必要以上の因果関係や心理的要素を導入せず、『インランド』の場面が映る順番に沿って自然にこの映画を観る姿勢なのではないか。夫の目に心理的な意味を読むということは、夫の目が映った時点から離れて映画のどこか別の時間から回顧することになる。それは文学的なつじつま合わせでもあり、この映画のあれこれの場面についてつじつま合わせをしようとしていると必ずどこかで破綻する、というかつじつまが合わない箇所が出てくる。つじつまが合わない映画を観る姿勢として、ふつうの映画やふつうの小説にある因果関係や心理を持ち込まない方がいいに違いない。

ニッキーが別の世界に迷い込んだときに階段の壁に落書きされていたAXX°NNみたいな文字とか、ニッキーとデヴォンが出演する映画の元の映画のタイトルが47で終わり間近に47という部屋番号が出てきたりするのは、たいした問題でなく、そういう小さな記号から意味や作品世界の構造を考えたりしてもきっとほとんど得るものはない。

この映画に散りばめられた細部の記号を組み合わせて意味を組み上げていくのは、ジグソーパズルのピースを組み合わせるような、つまりは謎ときということで『マルホランド』ではたしかにリンチ自身が、映画を読み解く十のヒントとして「赤いランプシェードに注目せよ」みたいなメッセージを発したけれど、『マルホランド』もまた過渡的なものであったというか、リンチ自身が自分が何故このように現実と幻想が入り乱れたり時間が錯綜したりする作り方をしたいのかの理由を、こんな言い方は荒っぽいがふつうの映画の側から説明しようとしていたのではないか？

という風に作者の思考を忖度《そんたく》することが、リンチが現に撮ってしまった映画を作者のサイズに矮少化することになる。私たちは作品が作者のものだという思い込みからどうしても自由になれないことに、いわば苦しんでいる。作品について作者はまず間違いなく一番よく知っているし、作品について一番よく考えている。それと作品が作者のものであることは同じではない。作者は作品についてすべてを知っているわけではない。

そこで私は今回のはじめに小説とエッセイの違いについて書いたことの理由に思い当たる。私は五行前に「私たち」という主語を書いた。私はあそこで「私たち」でなく「私」という単数というよりも一人の人間としてあのセンテンスを書かなければいけなかったのだが、「私たち」でなく「私」と書くためには私の中に飛躍ないし思い切りが必要であり、まだ私にはそれがなかった。エッセイとして書くということは「私」を「私たち」として書くことであり、書き手の思考は共通了解の圏域の外に出ていかない。しかし私がこの連載を「私」だけで書いてしまったら、それはそれで小説としての構えができてしまう。リンチの映画がフィクションをフィクションとして成立させている了解に抵触して、人のすべての思考が孕むフィクション性が駆動し出すそこに、小説としての構えができてしまった文章では響かせることができない。

　エッセイにはもう一つ接続詞の問題がある。小説も接続詞を使う。小説は例外を除いて筋があり、筋は時間に沿って進行することになっている。小説は接続詞に依存する度合が少ない。エッセイは内容が時間に沿って展開されるわけではない。「だから」「しかし」「たとえば」「もし」「もっとも」という接続詞によって読者の気持ちを自然に誘導する。自然に読者の気持ちの構えを作る。事前に共通了解をやんわりと醸成したり仕掛けておいたりする。

　映画はどうなのか？　どこがどうのとは私には言えない。映画にも接続詞があることは間違いない。カットつなぎでそうなるのか照明やアングルや演技でそうなるのかわからない。一概には言えない。俗な映画ほど接続詞がはっきりしていて、筋を追うのに苦労しない。リンチとカフカが最近の私の指針になっている。いろいろなきっかけでこの二人のことを考えるモードにすぐに入る。いろいろな考えが頭をよぎる。リンチは接続詞なしで映画を作ろうとしているのではないか？

　映像あるいは視覚それ自体には接続詞は内包されているのか？　接続詞はどこから来るのか？　接続詞は現実なのか？　フィクションなのか？　というようなことをリンチは考えているのではないか？　リンチとはリンチ本人のことではない。私はそれらの思考を作者の思考と仮定してしまう。これらの思考は映画、つまり『インランド』によって遂行されている。

　以上、「エッセイにはもう一つ接続詞の問題がある。」からはじまる三段落を接続詞を使わずに書いてみた。というか、書こうとしたらどうしてもちゃんと書けないので、一度接続詞入りで書いてから接続詞を取り払った。しかし「接続詞を使わずに書こう」という考えが頭から離れきらないので、少し考えが自分らしくなくなった気がする。話は逸れるが、この三段落がなんだか日本近代文学の随筆に似た感じがするのは私だけか？　私の感じ方が正しいとしたら、子どもの頃から日本文学の随筆として読んできた文章は、あんまり紆余曲折がなく、ということは、「しかし」等の逆接、「もっとも」という留保、「ということは」という言い直しなどがなく、するする自然に前に行くということで、文章の全体が共通了解の圏域の外に出ないことを意味するだろう。

ついでに言うと、じつは今回は冒頭から「しかし」「だから」を一度書いた文から可能なかぎりそれを取り払ってある。だから文と文のつながりが不自然だったり、映画でいえば一秒二十四コマのカットつなぎの十コマ分くらい飛んでいるように感じたところがあるかもしれない。やってみてもたんに文意をわからなくさせる無駄にすぎなかったかもしれないが、とにかくまあやってみなければ文章から接続詞を取り払った感じというのはわからないし、取り払った今となっては、私の手書きの原稿のぐしゃぐしゃ消してある三文字が「しかし」なのか「だから」なのか、けっこうわからなかったりもする。「だから」や「しかし」が文頭にある方が読むときの手触りのようなものとしてすわりがいいが、接続詞というのはその程度のものなのかもしれない。

だから私は無駄なことをしてみただけなのかもしれないが、『インランド』が折りに触れて思い出されなければ私は接続詞についてこんなことをやってみようとも思わなかった。

『インランド・エンパイア』へ（8）

夫の眼差しによって妻の災厄あるいは混乱がもたらされた。

『インランド・エンパイア』はそういう映画だ。これは一面の説明にしかなっていないが、妻の映画出演が決まって、妻が友達と一階で大喜びしているときに夫が階段の上からそれを、その場にそぐわない、妻の喜びを共有していないことが明らかな、もう少し決めつければ不吉な眼差しで見るのは、その場面にいたるまでのいまのところ映画では何も説明されていない妻と夫の経緯または関係の産物（結果）ではない。夫のあの眼差しが映画＝このフィクションの原因あるいは牽引力となる。あの眼差しは産物とか結果というような消極的なものではない。心理的なものではなおさらない。

あの場面は、夫の眼差しであるから夫婦関係にまつわるあれこれを観客が憶測するまぎらわしさを持っているわけで、あの眼差しを夫にさせずに、たとえば巨大な彫刻の頭部でも突然カットインさせて、妻が友達と大喜びするところをその頭部が怖い眼差しで見ているようにすれば、フィクションの構造としてはすごくすっきりしただろうが、もちろんリンチはそうはしない。リンチでない映画監督でもそんな巨大な頭部を突然カットインさせたりしないわけだが、ではふつうならどうするかと想像すると、そういう機能を担うものは隠される。『ロスト・ハイウェイ』の白塗りの悪魔みたいな男とか、『マルホランド・ドライブ』のカウボーイとかファミレス裏にいる男とか最初のあたりと最後のあたりに出る老夫婦とか、そういう人物はふつうの映画ではキャラクターとして登場せずに、フィクションの流れを左右する因子であり、だから画面に映らない。「その瞬間、ニッキーは決定的に運命の女神に睨まれた。」ということで、「その瞬間」を少しはっきりさせたければ、通俗的には風でも吹かせるだろう。

それなら、夫の眼差しを含むここに並べたキャラクターをただフィクションの流れを左右する因子としてだけ観ればいいのか？　といえば、それはそんな単純な話ではなく、現に役者を使って映っているのだから、観客は必然的にあれこれ考えたり感じたりすることになるわけだし、ピオトレック・クロールと読むのか Piotrec Król と書く登場人物つまりニッキーの夫と、いまのニッキーの夫のほかに二つの役を演じるピーター・J・ルーカスという役者にその役割を担わせるというか詰め込むというか、そういう無茶をすることでリンチの映画はふつうのフィクションではないものになってゆくことになる。

ところでさっき「心理的なものではなおさらない。」などとわざわざ書いてしまったのは、最近私はレオポルド・ルゴーネスというとんでもない小説家を発見してしまったからだ。ルゴーネスはどうやら生涯通じて長い小説は書かなかったみたいだが、短篇には心理的に展開するようなものはひとつもない。

フロイトは心理学の学者だが、お母さんがいないあいだ子どもが糸巻きを投げて、Fort（いない）Da（いる）と言っていたという有名な話を読んで私がうれしくなったのは、ＯＮとＯＦＦ、あるいは1と0のような無機的な次元として心理を記述したと感じた、ある種の開放感のようなものがあったからで、これは私の勝手な受け止め方であり、だいたいフロイトの説はそこから、言語という象徴がうんぬん、母親という大きな存在を糸巻きという小さな物に置き換えることでうんぬんという、言語の機能みたいな話になってゆくのだが、そっちの方は私にはおもしろくないというかどうでもいい。心理の発生の現場とか心理の起源とかには、当然、心理は関わっていないわけで（でももしかしてやっぱり関わっているのかもしれないが）、そこには事故のような出合いとか、突風で大木が倒れる瞬間とか、風で蝶の進路が曲がるとかそういう、心理を介在させて解釈しなくてもいいことが起きている、ルゴーネスの短篇とはそういう小説だ。

ルゴーネスは一八七四年にアルゼンチンで生まれて一九三八年に死んだ。私がルゴーネスを知ったのは、ボルヘスが編纂した「バベルの図書館」シリーズの一冊として『塩の像』という短篇集が出ていて、日本語訳は一九八九年に国書刊行会から出版されたが、現在絶版。

こんなすごい本が出版当時まったく話題にならなかったとはどういうことだ！　といえば、あいかわらず日本ではカフカでさえも現代社会の予言とか寓話とか諷刺として読まれる傾向が強く、そのページでどれだけ意外なことが起こっているかという徒手空拳の読み方をする人が少ないからで、ルゴーネスの短篇に意味や社会的テーマやまして教訓を探しても、そんなものは何もない。

そういうわけでどうやらルゴーネスはＳＦの文脈で読まれたみたいなのだが、ＳＦ小説を読むつもりで読むと展開がなさすぎるのではないか。あることが起こる原因や背景とかあることがそうなっている原因や背景というのを説明するのがＳＦ小説は好きで、仮りに展開は必要ないとしても原因や背景は必要となる。最近のＳＦ作家といってもグレッグ・イーガンくらいしか知らないが、イーガンなんかを読むとそこのところの説明が緻密すぎてバカバカしくなる。そういうわけでルゴーネスには原因や背景もなく、出来事がボンッと提示される。ほとんどそれだけだ。

『塩の像』収録の「イスール」という短篇はこういう書き出しではじまる。

「私がこの猿を買ったのは、破産したサーカス団が持ち物を競売に付した時であった。

以下に記すのは、この猿に対しておこなった私の実験であるが、それを思い立ったのはある午後のこと、ものの本で、ジャワ島の住民が、猿が言葉をしゃべらないという事実を、能力の欠如にではなく、猿の側の自制心に帰している、というくだりを読んだからである。そこには、「猿が話さないのは、仕事をさせられるのがいやだからだ」と書かれていた。」

カフカを読んだ人はこれだけで、『田舎医者』の中の「あるアカデミーへの報告」を思い出すだろう。猿が学会でしゃべる短篇だ。一八七四年にアルゼンチンで生まれてスペイン語で作品を発表したルゴーネスと、一八八三年にプラハで生まれてドイツ語で作品を発表したというよりもほとんどを発表せずにひたすら書いたカフカとの間に影響関係があったかなかったか、ということを考えても意味がない。どちらかがどちらかをもし仮りに読んだとして、そこからインスピレーションを得ていたとしても、形だけの真似なら、材料が同じでしかない似て非なるものにしかならない。読者は、

「同じ材料を使って、どうしてこっちはおもしろくないのかねえ。」ぐらいにしか思わないもので、影響を受けて同じ材料を拝借した側の作品がおもしろければ、影響を受ける以前に、そっちにも同じものがあった。あるいは潜在的であったものが先人に触れることで開花した。ルゴーネ

スとカフカの間に影響関係を考えるのは難しいわけで、となると二人はだいたい同じような時期に同じようなことを考えた。同じような時期というのは、ダーウィンの『種の起源』が出版されたのが一八五九年で、社会全体がその熱の中にあった時期ということだが、そのような時代背景はこうして見当がつくよりつかない方がおもしろかったのにな、と私が考えるようになったのも、しかしやはりカフカやルゴーネスのインパクトによるところが大きいと思う。

『塩の像』収録の二つ目「火の雨」は、旧約聖書の「レヴィ記」第二十六章十九節の「あなたたちの天を鉄のように、あなたたちの地を赤銅のようにしよう。」という言葉をエピグラフに置いた、街に突然火の雨が降りかかる話で、話はほとんど終始それだけと言ってもいい。

ところで、手元の聖書（日本聖書協会発行）で「レヴィ記」のその箇所をいちおう確認しようと思って読むと、

「わたしは顔をあなたがたにむけて攻め、」

とあるではないか。いちいちそんなことに驚いたり喜んだりするのもたわいないし、それだけのことだと言えばそれだけのことだが、顔を向けるというのには強い霊力のようなものがある、という了解というかイメージというか、そういうことが人々の心の中にあるのではないか。時代劇でよくある「面《おもて》をあげい」というのは、眼差しには相手に災厄をもたらしかねない力があるから、目下の者は目上の者の許しが得られるまでは相手を見ることができない。などとここまで書いてしまうとつまらなくなる。

眼差しには相手に災厄をもたらす力があるからリンチは夫の眼差しを映したのではない。昔の人が眼差しの力を発見したのと同じプロセスを辿って、あそこで夫の眼差しを映した。平たく言

さの物足りない言い方の物足りなさは、つまりこの簡略化は何か言い落としか抜けがあるはずだ。しかしこの平たい言い方の物足りなさは、つまりこの簡略化は何か言い落としか抜けがあるはずだ。平たくしたから物足りないのではなく、平たくなってしまうそれには抜けがある。こんなことはどうでもいいことのように見えるかもしれないが、リンチとフィクションのプロセスを考えるためには、こういうことをどうでもいいことだとして通りすぎていたらたぶんわからないまま終わってしまう。

『塩の像』収録の三つ目、表題作の「塩の像」は前の二作と比べると複雑で説明しにくい。それで私は保坂和志名義のホームページに「塩の像」を全文掲載した。http://www.k-hosaka.com/nonbook/shionozo.html これは無断掲載だ。出版社に許可を求めたらきっと面倒くさいことになるだろうから、せめて訳者の牛島信明氏にひと言ことわりを入れようと思い、牛島氏を調べるとウィキペディアに載っていた。しかし、二〇〇二年に死去したとなっていた。私は牛島さんにお目にかかったことがある。

一九八二年、私は入社二年目で、カルチャーセンターの講座企画の担当者になった。なってすぐのことだから自分自身で企画した講座はなく、すべて引き継ぎで、その中にスペインの文化・歴史全般を講義する講座があり、全体のコーディネイターはスペイン学では一番の権威とされていた神吉敬三氏だった。しかしどこどこの文化・歴史全般というのは私が最も嫌いな企画の一つであり、私は講座の一回目に、それがあることを忘れて昼食に出てしまっていた。カルチャーセンターにおいて、講座の一回目に担当者が居合わせないというのは最悪のミスで、私は神吉先生に平謝り。講座はそれから毎週全十回あり、歴史、美術、文学などテーマごとに講師が一人につき二回ぐらいずつ来ることになっているから、他のときにはくれぐれもきちんとやるようにと、二十五歳の私は説教され、その後講義に来たのが、文学で牛島信明氏、美術で大高保二郎氏。他の講師は憶えていないが、この二人をとてもよく憶えているのは、他の講師と比べてこの二人は若く、感じがよかったからだ。だから好き嫌いで仕事をするなという話では全然ないが、私は好き嫌いで仕事をする人しか基本的には信じない。

四月にNHK教育の「日曜美術館」に大高保二郎氏が出演し、ベラスケスの「ラス・メニーナス（侍女たち）」の話をした。「ラス・メニーナス」というのは縦三一八センチ×横二七六センチという驚く大きさで、フーコーの『言葉と物』の導入部で人物たちの視線について書いているのを読んだときには、何をそんなに緻密すぎることを言うんだと思ったが、スタジオで大高氏やアナウンサーの前にCGで「ラス・メニーナス」を再現すると、もう本当に大きい。高さ三一八センチというのは、たぶんたいていの家の天井より高い。描かれた人物たちも等身大に近く、絵の前に立つと自分も空間の中の一員であるような気がする——というところが、人物たちの視線がそれぞれどこを向いているかという観察の起源となる。それはもう考察とか理屈とかそういうことでなく、「ラス・メニーナス」があれだけの大きさであることによって生まれる自然な出来事だったのだ。大高保二郎氏は、かれこれ三十年前と変わらず謙虚で感じがよかった。いまではきっと六十代なのだろうが、当時の三十代前半の雰囲気がそのままあるような気がした。

牛島信明氏は大高氏よりいっそう謙虚、というか学究の徒という感じだった。私はそのときにはすでに『ドン・キホーテ』が一番好きな小説の一つであり、とはいえ、二十六歳の若造としては『ドン・キホーテ』の正・続全六巻を読んだ俺って、すごいだろみたいな自慢とか、小説を好きで小説家になろうというからには当然『ドン・キホーテ』ぐらい押さえておかなきゃね、みたいな気持ちがそこに作用していないと考える方が難しい程度の『ドン・キホーテ』好きだったわけだが、講義の後だったたか、牛島氏に一所懸命話しかけた憶えがある。迷惑な話だ。何かをちょっと知ってるというだけであれこれ話しかけてくる人が、返事に一番困る。

それ以来、牛島信明という名前を見ると、私は子どもみたいに「あのときの牛島さんだ。」と思っていたのだが、ウィキペディアで東京外国語大学の名誉教授であり、正四位勲三等瑞宝章などと書かれているのを見た途端に、私はウィキペディアの中の牛島信明と私が八二年に会ったその人が同定できなくなり、

「あの人は牛島信明という名前ではなかったのではないか……」と思うようになってしまった。

ウィキペディアの中の牛島信明氏の生年は一九四〇年。私が会ったとき、すでにあの人は四十二歳だった、というのは本当なんだろうか。大高さんと同じくらいの年齢だとばかり思っていた。というか、大高さんは当時いったい何歳だったのか？　三十代前半というのは私が勝手に思っていただけのことだったのか。出講日の確認で電話したとき、奥さんが感じよく、とても若かった。声だけだが。

私はあれから三十年ちかく、「牛島信明」という名前を見るたびに全然違う人を思い出して、「あのときの牛島さんだ。」と思っていたのか。私の中のいったい何が、しかしここまで、ウィキペディアの中に書かれている「牛島信明」があの人ではないと思わせるのか。二十六歳ぐらいというのは、まだ全然、大人の年齢というものがわかってなく、実年齢より十歳くらいの見間違いはふつうだろうし、いま自分が二十六歳だったとしても、四十歳をすぎている阿部和重や磯﨑憲一郎を四十代とはきっと見ないだろう。というか、以前この連載にも書いた劇団ＦＩＣＴＩＯＮ

の主宰の山下澄人のことを、どういうわけか最近まで私はずっと三十五歳だと思っていたが、本当は四十五歳だった。私の年齢推測はまったくアテにならない。

というようなことをあれこれ迂回させて、私はようやくあのときのあの人が牛島信明だったと考えるようになったのだが、それを覆えされて驚く心の準備はつねにできている。そうして驚いたとき、しかし、「あのときの牛島さんだ。」と、ラテン・アメリカ小説の翻訳で見たり、岩波文庫の『ドン・キホーテ』の新訳で見たりしたそのつど思っていた私の三十年ちかくというのはどういうことになるのか。とはいえ、「あのときの牛島さんだ。」という私の思いは、その後二分と持続することなく、電車の窓から見た建物のように通りすぎてゆくだけで、「ああ牛島さん……。」と、いつまでもじぃんと感慨に耽っていたわけではないので、こんなに大げさに言うようなことではないのかもしれない。シウマイもギョウザも区別せず、どちらもギョウザと呼んでいる家族がいて、大人になってシウマイを食べたくて店で「ギョウザ」と注文したら、シウマイでなくギョウザが来てしまった。というその程度のことだし、それにそもそもあのときのあの人は牛島信明さんで間違いないのだ。

「塩の像」はどういう話か。

これもまた旧約聖書「創世記」第十九章の、ソドムとゴモラ、二つの町を神が滅ぼした話だ。神の使い二人が町を滅ぼすためソドムに着いたとき、門でアブラム（アブラハム）の甥のロトが迎え、ソドムを滅亡から救おうとするのだが、話はうまく運ばず、神の使いがロトにおまえの身内の者だけは助けるから逃げろと言った。

「主は硫黄と火とを主の所すなわち天からソドムとゴモラの上に降らせて、これらの町と、すべての低地と、その町々のすべての住民と、その地にはえている物を、ことごとく滅ぼされた。しかしロトの妻はうしろを顧みたので塩の柱になった。」

これが旧約聖書の記述で、「塩の像」は、この塩の柱（塩の像）になったロトの妻が、その姿のまま今もまだ生きているという話だ。

「その白い目と白い唇は、数世紀の眠りのなかで完全に静止していた。その塩の岩からは、生命の兆しのかけらさえ発していなかった。太陽は幾千年も前から、常に変らぬ厳しさで、容赦なく像を焼いていた。ところが、それにもかかわらず、この像は生きていた。汗をかいていたからである。」

心理的なことがどこにも書かれない。ルゴーネスは心理的に展開させずに、事実をごろっと差し出す。聖書もそうだ。新約も含めて、聖書の場面を簡略化して書こうとすると、心理的な説明がないところに私はつまずく。簡略化して書こうとすると「それを不審に思って」とか「疑いを晴らそうとして」とか、つい書きたくなってしまうのだが、聖書の方を読んでみるとそういうことは書かれていない。こちらが「それを不審に思って」などと書きたくなってしまうということは、それを読んだときに事態進展の説明として、そういう心理的機縁を、意識しないまま補足しているということでもある。

場面を簡略化して書こうとしたときに心理的機縁を追加してしまうのは矛盾と見えるのだが、そうなのだ。心理的機縁は事実に対するプラスの要素である、と漠然と考えているとそう思えるのだが、実際には心理的機縁というのは事実から要素を消し去る働きを持っているのではないか。

下手な小説を考えてみればわかる。『マディソン郡の橋』というのは相当下手な小説だったが、主婦（映画ではメリル・ストリープ）が出会った男（クリント・イーストウッド）が靴の紐を結ぶ場面で、「このうえなく印象的な手つきだった」みたいな、描写とはいえない、何も具体的に再現していない書き方しかしていなかった。ただしこれは私の記憶なので、それに類する記述があったかどうか、そもそも男が靴の紐を結ぶ場面があったかどうかすら保証のかぎりではないが、下手な記述というのはそういうもので、具体的なことは何ひとつ再現せずに心理的に説明してしまう。

「しかし」「だから」「あるいは」のような接続語の話はたしか前回書いた。接続語を文や段落の頭に置くことで、書き手は読者を誘導する。もっと言えば、同意を事前に取りつけておく。読者の側から言えば、次を読む前に心理的な方向づけがされているから読解に要する負担が減る。書き手が接続語を書くのは読者に対する配慮でなく、書いている自分自身が話の流れの方向づけを必要としているからなのではないか。極端なことを言ってしまえば、接続語が書かれる瞬間、書き手は文章の流れの外に立ち、文章の流れを俯瞰する地点に立つ。

それが私は最近退屈で仕方なくなるときがあり、接続語を書かずにいくつか文章を書いてみたのだが、あとで読むと自分で不安になる。文章を書くというのは書いている自分をどこかに連れてゆくことであり、接続語なしの文章を読むと開けてはまずい蓋を開けたのかもしれないと思うのだ。ジミ・ヘンドリックスに関する私の知識はここ数年以上停止状態にちかかったのだが、このあいだ新譜の『ヴァリーズ・オブ・ネプチューン』が出た。「海王星の谷」という意味だろう。ここ数年以内の過去に、ジミヘンの音源の所有権が整理されたらしく、その所有権者がこれからジミヘンの音源を系統立てて出していくことになったのだそうだ。ジミヘンは膨大なスタジオ録音のテープを残してあり、それらを編集していくとまだまだいくらでも新譜が出るのだそうだ。

ジミヘンの未発表音源ということでいうと、『サウス・サターン・デルタ』というのが一九九七年に出た。「土星の南のデルタ」ということか。『リトル・ウィング』とか『エンジェル』とか、ジミヘンは空を飛んだり、宇宙的であったりするイメージが好きなのだ。ドラッグの影響かどうかは知らない。『サウス・サターン・デルタ』は、ジミヘンが生きていたあいだに発表されたアルバムより私は好きで、きちんと完成させていないところがむしろいいのかと思っていたら、『ヴァリーズ・オブ・ネプチューン』はもっといい。のだが、ジミヘンのギターを聴いていると、「開けてはいけない蓋を開けようとしている。」と感じる。発表＝編集が最近のものほど私はそう感じる。

「だから開けちゃ、いけないんだって、あいつが死ぬ十年前から俺は言ってたんだ。」

と、オーネット・コールマンは言うのだ。

「ドルフィーだってコルトレーンだって、みんなそうやって死んでったんだ。タコとか間抜けとか言われても長生きして吹きつづけていれば、きっといつかはわかってもらえる時が来るさ。わかられなくてもいいがね。」

と、オーネット・コールマンは私に言うのだ。何かを作ったり表現したりする行為にかかわる者たちにとって、ストイックにキリキリキリ追い詰めていくことは簡単だ。簡単というのは精神のありようにおいて簡単ということであり、それをすることはものすごく大変だ。ものすごく大変だから、「自分はすごいことをやっている。」という満足感なり達成感なり使命感みたいなものが自分の中に生まれ、それに牽引されて本人はどんどん突き進んでゆくことができる。ジャンキーみたいなものだ。ランナーズハイやワーカーホリックと同じようなものだ。

しかし「俺はそれはしないんだ。」とオーネット・コールマンは私に言う。

「ジミヘンでもドルフィーでも、聴くとやつらの呪縛にかかるだろ？　あんたはしばらくやつらの圏域から出られなくなる。アーティストっていうのは、みんなそうすることがいいことだと思ってるからな。」「そうする」というのは聴き手や観客を自分の作品の力で呪縛するという意味なのだろう。

「でも俺のはどうだ？　体の緊張がほぐれて、あんた、いろんなことが頭を吹き抜けていくだろ？　せっかく聴くんだから感動したいっていうのは貧乏人根性だと思わないか？　みんな、『すごい演奏だ！』って言って感動を表現するわけだが、そこで起こった感動はその演奏を聴く前と同じ感動だとは思わないか？　『すごい演奏だ！』っていう言葉だって、それ以前に何度言ったか数えきれないしな。」

オーネット・コールマンはただ蓋を開けるなと言っているのではない。開けるべき蓋はそれではない、なのか、蓋を開けても大げさに考えるな、なのか、蓋などもともとない、なのか、それはまだ私にはわからない。しかし答えはすでにCDの中にあり、彼はもう五十年以上もそういう音楽をやってきた。それは間違いない。

夫の眼差しに心理的機縁を見ず、それを結果でなく原因と見るようにこちらの態勢が切り替わると『インランド』の見え方はガラリと変わる。ガラリと変わると言っても、夫の眼差しを結果でなく原因と見るようになるのと同時に態勢の変化が起こるわけでなく、その変化は時間がかかる。いわゆる「アハ体験」のような、ひらめきが襲ってくる瞬間の呼び名があり、ある瞬間に大発見があるようなことを言う人がいるが、それは何も発見したことのない人が傍観者的に発見をそう見ている錯覚であり、ある瞬間の前か後には必ず長い蓄積や組み替えのプロセスがある。夫の眼差しが結果でなく原因と見えるようになってから、私には『塩の像』などの迂回が必要だったということだが、『インランド』についてのみ限定すればそれは「迂回」となるが、『インランド』も含めて何かを考えようとしているのだと考えれば『塩の像』も何もすべてがきっと前進であり、その前進は同時に『インランド』を観るためのものでもある。

部屋で一人、テレビを見ながら涙を流している女（スクリプトではWOMAN、エンドロールではLost Girlとなっているカロリーナ・グルシカ）がいる。彼女はラスト近くでローラ・ダーンと抱き合う。いままで馴れ親しんできた世界と別の世界で、カロリーナ・グルシカが生きるはずの苦しみをローラ・ダーンが生き、カロリーナ・グルシカはそれをテレビを通じて見ていたから、ラスト近くで出会った二人が抱き合った、という風に私は考えていたのだが、そういうことではない。

フィクションというのはどういう風にして起こるのか？　フィクションの起源ということだが、それは起源ともまだ言えない、起源より遠いはじまりのように私には思えるのだが、空間と時間を圧縮すること、それが認識のはじまりなのではないか。それと同時に起こるのだが、登場する人物も圧縮される。つまり、本来八人の人間がその出来事に関係していたのに、Aが三役、Bが三役、Cが二役という風に三人に圧縮されたとしたら、そこで認識とフィクションが受精される。十ヵ所で起きたことを三ヵ所に圧縮したり、十年間の出来事を三日間に圧縮したりすること。

これらはすべてリンチの映画の特性だが、映画一般の特性でもある。三ヵ月の出来事を二時間に圧縮するのが映画だ。十年かかって起こるような出来事を三ヵ月間の出来事のように圧縮し、しかるのちにそれを上映時間の二時間に圧縮する。リンチには世界がつねにそのように見えているのではないか。

リンチ自身にどう見えていようが、観客はそんなことをいちいち考慮する必要はない。謎解きがふんだんに盛り込まれた小説（村上春樹『1Q84』もそういう小説らしいが、）に馴れている読者は、リンチに世界がどう見えているのかということを解くことを快感とするかもしれないが、そんなことはどうでもいい。上質なフィクションなら、「作者に世界がどう見えているか？」がフィクション内世界にうまく溶け込み、それが作品のテーマとなったり、主人公の世界観となったりするだろう。しかし上質でないリンチの映画では、「作者に世界がどう見えているか？」がゴロッと違和感として投げ出される。私はきっとそこに惹かれ、あれこれ考えているうちにリンチが感染した。

確認しておきたいのだが、部屋で一人でテレビを見ながら涙を流している女を私は「どういうこと？」という風には観ていない。謎解きや解釈の対象として観ているのではなく、リンチのように観ようと私はしているらしいのだ。樫村晴香みたいな言い方をすれば、リンチの病いを共有しようとしている。きっとそれが理由となって、私は二〇〇八年の初夏に遅ればせながらリンチの映画を観るようになったその時以来、リンチ以外面白くなくなった。というか、もう何年も映画に面白さを感じなくなっていた状態のところに、リンチだけが俄然面白いものとして飛び込んできた。だから私は、リンチの意図やテーマを知りたいわけでは全然ない。『マルホランド・ドライブ』のリンチ自身による十のヒントというのにもまったく関心がない。『マルホランド』が、拳銃で自殺する女性が死ぬ間際に見た妄想というだけの映画なら、そのように撮ればいいのだが、それがすぐにはわからないように撮ったということは、そのすぐにはわからなくさせた部分にリンチがいる。十のヒントはリンチ自身の意図の及ぶ範囲だが、すぐにはわからないようにしか撮れない（または、撮りたくない）その態度まではリンチ自身の意図によってどうすることもできない。

病いとはそのことであり、リンチは編集によって起こる時間の操作や空間の飛躍と結合や、俳優がフィクション内の人物と見なされることが不思議でしょうがない。リンチを観れば観るほど、なかでも『インランド』を観れば観るほど、私もそれが不思議というか違和感というかそういうものにどんどんなってゆく。

部屋で一人、テレビを見ながら涙を流しているカロリーナ・グルシカはロスト・ガールであるが、フィクションを観るすべての人でもある。ローラ・ダーンが自分の苦しみを生きたと彼女が思っているのだとしたら、それは観客や読者のフィクションに対する感情移入のことでもある。画面の中で、たとえば誰かが目玉をフォークでえぐり取られたりするときに、観客は画面の中の人物が自分の代わりにそうされたかのように顔を歪ませるではないか。カロリーナ・グルシカはテレビに映っているのが自分の苦しみでなくとも涙を流しうる。いや、こんな言い方では、フィクションをいつでも自分のことと思って感情移入して読んだり観たりする人という一般論にしか聞こえない。リンチは一般論を書いたのでなく、あの映画を撮った。

ある女性から夫の家庭内暴力の話を聞くとき、夫の顔かたちはどうなっているか。つまり、キリストが十字架に磔にされている姿を想像するとき、だいたいみんな何種類かの特定のキリスト像を思い描くわけだが、家庭内暴力をその女性にふるった夫の顔かたちをふつう人はどの程度具体的に思い浮かべながらその女性の話を聞いているのか。その女性の話を聞いて、「ひどいヤツだなあ。許せないなあ。俺が会ったらブン殴ってやる。」と思って、翌日電車で夫である男と隣り合わせにすわったとしても、全然気がつかないだろう。

家庭内暴力をふるう夫に誰か特定の顔・体型・声質などを当てはめ、その特定の人物が発するリアリティとともに暴力夫の話を聞くという人がいたら、その人はあまりふつうではないが、ふつうの人もキリストと聞いて特定の顔かたちを思い浮かべたりするのはそれと同じようなことで、歴史上の有名人に対して人はそういうことをしている。しかしそれでは画像はあっても声が聞こえてこない。声が聞こえないとどうしてもリアリティがないと、意図以前に感じている人は、キリストとかジャンヌ・ダルクとかに知り合いの顔と声を当てはめることになる。そんな変なことをする人がしかしいるだろうか？　といえば、それがリンチなのかもしれない。

肉体というのは容れ物なのか通り道なのか、いずれにしろふつう人は肉体という容れ物の中に〝私〟がいたり〝自我〟がいたりするものだと思っているが、この体がそれだけだったらとても芸術などを創り出すことはできず、何かを創ったり表現したりしようとするときには、この体はただ〝私〟や〝自我〟の容れ物であるだけでなく、媒介か中継点となり、自分以外のいろいろな人たちの試行錯誤をこの体が試行錯誤する。別の言い方をすれば、自分の中にいろいろな人が交差点のように交わり圧縮し、自分の試行錯誤はいつか（あるいは、たった今）他の人へと拡散してそこでまたまた試行錯誤される。

『インランド』の場面の転換や結合はそういう実感の顕われなのではないか。こういう書き方はいきなりで、『インランド』の映画としてのストーリーのレベルでの受け止めをすっ飛ばしてしまうことになるが、私は『インランド』のストーリー・レベルでの整合性とか人物相関とかはほとんどわかっていないし、どことどこをチェックしてそれを繋げて……という風に考えない。

映画というのは、二時間なら二時間、三時間なら三時間のあいだ、「観客の興味を引き止めておくにはどうするか?」ということで、芝居も小説も、あるいはダンスや音楽も、はじまりから終わりまで一定の時間のうちに展開する表現はすべてそれで、そのやり方を支持しない人が九割以上でもかまわない。現実にはリンチは上映館が少数とはいえロードショーを延長する程度には客を集めるのだからその辺は問題ないが、数の話はどうでもいい。作り手にとって受け手の「ほどよい数」など想定しようもない。

媒介とか中継点とか圧縮とか拡散とかにいきなり飛ぶ前に私も観たのが画面だけであるのは間違いないのだから、画面についてはやはりまだ書く必要があるのだろうとは思う。

二つの世界

去年の八月はペチャが二十二歳四ヵ月で死んで私はそのことをちょうど一年前のここに書いたが、今年は七月五日に父が八十四歳で死んだ。それも自転車に乗っているところを軽自動車にぶつかられるという交通事故で。ペチャは三月から変調があらわれ、変調というのは節外型リンパ腫が副鼻腔にできたことによる、口や鼻や目にあらわれた変調のことで、私と妻は二十二歳四ヵ月だから手術とか抗ガン剤治療は論外としてもそういう手段を使わずに治すことができないかと、ガンに効くというサプリを五種類か六種類、もしかしたらもっといろいろ取り寄せてペチャに服ませ、服ませるということは口を強制的に開けてそこに突っ込むということで、猫にとってそんなことが楽しいわけはないが、ペチャはそれをすべてされるがままに受け入れた。

妻が通っている決してスピリチュアル系ではない鍼灸師が、写真気功もやったことがないわけではないのでやってあげようと妻に言い、妻は携帯電話に入れたペチャの最近の写真をその鍼灸師に見せて写真気功をしてもらったが、それから一週間もしないうちにペチャは死に、次にそこに行ったときに妻が報告すると、針灸師は「あなたのペチャのこの世での使命はすでに終わっていたが、あなたとダンナさんを残して旅立つのが忍びないために、ペチャはしばらく頑張っていたんですよ。」と言い、それを聞いて、というのは私は直接でなく妻からの伝聞で聞いて涙がまたしばらく止まらなかった。

こういう話を聞くと、後からそんなことはいくらでも言えると批判する人がいっぱいいるはずだが、鍼灸師はこの言葉をペチャが生きているあいだに飼い主に言えるだろうか。言う人の方がおかしい。そしてこの言葉を聞いて、私と妻は、

「ペチャはあたしたちの気が済むように、服みたくもないサプリを毎日我慢して服んでくれたんだね。」と考えるようになった。

一方、父は八十四歳とはいえ、元気でいわゆる「どこも悪いところはなかった」。元気でなければ自転車に乗って事故に遭ったりするはずがない。「交通事故だなんて、びっくりしたでしょう。」と、みんな言ってくれるのだが、私は父は自転車に乗っていて事故に遭うのではないかと、心のどこかの部分でいつも怖れていた、というか予期していた。ならばどうして自転車に乗るのを禁止しなかったのかと言えば、「やめろよ。」と私が五、六年くらい前に言ったときの父の「大丈夫。」という返事の響きで説得をあきらめたと言えば、冷淡と思われつつも少しは納得してもらえるかもしれないが、そうではなく、私は父が自転車で事故に遭う怖れや予期がまさか本当になるとは思わなかった。と言うとだいぶ近いが、しかしそれも本当は違う。世界が二つに分かれている、あるいは人が生きる時間には二種類があるのだ。

私は今年は「真夜中」のこの連載だけでなく、「群像」の『未明の闘争』と「文學界」の『カフカ式練習帳』もやっていて、「ちくま」の『寝言戯言』というのも一月発行の二月号から連載することになっていたが、昨年の十一月末くらいだったか、日経新聞から「プロムナード」とい

う週一回のエッセイ欄を一月から六月までの半年やってくれないかと言われて、けっこう手一杯だったがそれを引き受けたのは、「プロムナード」だけが父が読んでわかりそうな文章を書くと思ったからだ。交渉によっては半年か一年先に繰り延べられるかもしれないが、半年先一年先だと父がどうなっているかわからないと思ったから引き受けた。ついでに言えば、「ちくま」は活字の「ちくま」と「WEBちくま」の二つがあり、そのどちらを選ぶのも自由だったがWEBでは両親にわからないと思ったから活字つまり冊子の方にした。といっても「ちくま」の連載は父が読んでわかるとは思っていず、母にしても回によっては半分も理解できないだろうと思っていたが、親というのは子どもが書くものについて、内容ではなく形なのだ。

「ここでもここでも仕事している。」と思うだけで安心したり喜んだりする。だから文学賞など取ったりすれば親は一番喜ぶことになるが、文学賞はもういい。子どもが仕事をつづけていて、一定の読者の支持を得られている、そしてそれは一過性でなく自分が死んだ後も子どもはつづけている、という実感さえあれば親はいい。というのは半分は私の勝手な推測ではあるが、大きく外れてはいないだろう。私がもっとずっと権威主義者で地位や名声にも貪欲で、それを次々実現させていったら親はもっと喜ぶかもしれないが、子どもがこのように権威主義者ではないということは親も権威主義者ではないということでもある。

日経新聞の「プロムナード」は予期したとおり、父は毎回楽しみにして読んだ。といってもひじょうに表面的な読みであり、あまり本を読まない人なりの感想しか持たなかった。父はエンジニアであり、すべてのエンジニアが小説や思想書の類を読まないわけではないが、父は読まなかった。いったい私の小説を一つでも通読したことがあったのかも疑わしいというか、私は父は通読したことがないと思っていた。

父は定年後は碁ばっかりやっていて、碁ばっかりやっていたが勝負事に淡白で、対面する相手との凌ぎ合いが本質的に得意ではないからいっこうに上達しなかった。大げさな言い方をすると、人生というものを自分が向上するためや真理に一歩でも近づくための道のりと思っているタイプと、目の前にいる相手との凌ぎ合いに勝つか負けるかのものだと思っている脂ぎった現世的タイプの人がいて、私はほとんど完全に前者だし父も最低言えることは後者ではまるっきりなかった。たぶん二つの中間にあるのが資格というもので、「ボイラー取扱いなんとか一級」という類の資格を父は若い頃からいくつも取得したが、定年後六十歳をすぎてたしかもう一つ何かの資格試験を受けたらしいが、若い頃のようにはいろいろ記憶できず苦労しているという話を聞いたことがある。結果については知らない。

最後の目標が囲碁初段だったが、それは二十年以上囲碁ばっかりの生活をしてもついに叶えられなかった。私は父に「碁や将棋はいかにも頭を使うように思えるが、同じ頭の使い方しかしないからボケの防止にはならない。」と言いつづけた。しかしすでに六、七年前から父の思考力や記憶力ははっきり衰えはじめていて、いくつもの断定されない命題を未決定のままプールさせておいて、考えを辛抱強く練り上げていくようなことはほとんどできなくなっていた。が、では年をとってボケる以前の人たちがどれほどそういうことができるかと言えば、ほとんどの人は決定済みの命題を積み上げることしかせず、命題が未決定であることを虫や蛇を見るように生理的に嫌う。

日経新聞「プロムナード」で私はそうとは明記せずに何回か父へのメッセージを書いた。そのうちの一つは、小島信夫を例に挙げて、小説家など広く芸術をやっている人間は生涯現役でありうるということ。書物の世界は果てがなく、それに関心を持っている人間は、死ぬ寸前まで関心が完了することがないということ。小島さんは実際には脳梗塞でブツ切りの形で活動が中断されることになったが、病気で明日死ぬと言われても本を読みつづけたに違いないということ。

父がどう振舞うべきだったのか、私は具体的なことは書かなかったし、私自身に具体的なイメージはなかったし、あったとしても父はそれを実行しなかっただろう。ただとりあえず、最晩年を迎える準備として、池に小さな波紋をつくるくらいのつもりで父の心に小石を投げ入れておきたかった。

「プロムナード」の連載を、半年先一年先に先送りしなかったのは、先送りしたらそのあいだに父に何が起こるかわからないと思っていたからだ。しかし「プロムナード」で父に送ったメッセージはもっと先の時間を想定してのものだった。これもまた二つの世界、二つの時間の顕われではあるが、これはまあたいしたことがない。この程度の二様の頭の使い方は日常生活の中でふつうにしている。浅薄な人はそれを「矛盾」などというわけだが、「矛盾」のもともとのエピソードの、矛と盾を売る楚の男の、「この矛は世界一鋭くどんな盾も突き通す。」「この盾は世界一堅くどんな矛も通さない。」という口上に対して、「ではおまえの矛で盾を突いたらどうなる?」という追及も私には浅薄に思える。矛と盾を売る楚の男にとって、いま自分が持っている矛と盾はそれぞれの世界に運ばれていき、もう二度と出合わないのだ。楚の男は誇大広告をしているわけではない。しかし、ひたすら日常を生きる人は、本質的に交わることがない二つの世界ないし二つの時間を、いまここと同じ日常の時間としか理解しないから、楚の男の言葉は滑稽な詭弁に成り下がる。

「プロムナード」で私が送ったメッセージが父に届いたか届かなかったか。それは確かめようがないというのは日常的な思考様式の方で、本当に池に小さな波紋ができるようにして父の心に小さな波紋が確かにできた。それは思いがけず、「ちくま」の連載の六月下旬発行の号と響き合った。私はそこまでは考えていなかった。

父は「おまえの書いたのがおもしろかった。」と言ったわけではない。「プロムナード」で父がおもしろかったと私に言ったのは、もっとわかりやすくて、父自身がおもしろいと自覚した回にかぎられていた。そんな父の反応をどうして私が知っているかというと、私は緊急連絡用に二〇〇四年から父と母に携帯電話を持たせた。しかし二人はいっこうに真面目に使わず、私はしょっちゅう腹を立て、

「じゃあ、もう解約する。それでいいな。」と言うと、二人とも「それは嫌だ。」と答える。口ではそう言っても事態は少しも改善しない。そうこうするうちに、二〇〇八年の夏にソフトバンクから現在の機種が二〇一一年で使えなくなるという案内がきた。妻は、

「年を取れば取るほど新しい機種に対応できなくなるわよ。」

「どうせ、今も対応してない。」と私。しかし結局二〇〇八年九月に両親の携帯を新しい機種に替え、そのとき、

「携帯電話を持ち歩かなくてもいいから、まず使い方に慣れるように毎日午後六時に電話を入れてくれ。」と、私は父に言った。

午後六時のコールはそれ以後、交通事故に遭う七月五日の前日まで二年ちかく、きちんきちんとかかってきたが、ほとんどそれ以上の進歩はなく、事故に遭ったときも父は携帯電話を携帯していなかった。私は父の携帯電話のアドレス帳を開くとすぐに、「息子」として私の番号が出るようにしておいたし、発信履歴・受信履歴を見たって私の名前しかないのだから、持っていれば、私に二時間早く連絡が入った。といっても、事故の時点で意識はまったくなく、かろうじて心臓が動いていただけだった。

その午後六時のコールもほとんどは、

「今日もなんにもナーシ！」

「はい、どうも。じゃあ、また明日。」

だけだったわけだが、たまに、

「今日の日経はおもしろかった。」

と言った。小島信夫や小説や芸術や書物の世界のときには父の反応は何もなかった。しかし、「わかる」「理解する」「伝わる」というのはどういうことか？　もっと踏み込んで言えば、どういう心の様態が「わかる」ということなのか？

楚の男の口上の矛盾を指摘することを「わかる」とは言わない。しかし今の社会ではそれこそを「わかる」と呼んでいる。語る側の言葉が属する周波数帯に自分の思考を合わせず、自分の既存の思考様式から一歩も動かずにあくまで冷静に辻褄の合う合わないを判断する態度だ。

音楽が鳴っているときに、自然と体が動いている人とおもしろくもなさそうに腕組みしてコード進行や曲の構成ばかりを考える人のどちらが、その音楽をわかっているか？　つまり「わかる」とはどういう心の様態なのか？　信じがたいことに、批評家的傾向のある人は前者のような状態を「わかる」をイメージするときに考えることができない。私の「わかる」が前者であることは言うまでもない。

「ちくま」で私は卒業して四十一年後に集まった小学校の同級生たちとのことを書き、小学校を卒業すると私は私立の中学に行って彼らと別れ、それは幸福な子供時代との別れでもあったと書いた。私は長いこと、もうすぐ四歳になる前に両親が生まれ育っていとこたちに囲まれていた山梨から引き離されたことが、自分のメンタリティのかなりの部分を決めたと思っていたが、同じことが中学入学時にもう一度あったのだと書き、私立の進学校での軋轢のことなど書き、小学校の仲間たちと同じ中学に進んでいたら自分はどうなったんだろうかということを書いた。

　私立の進学校に進んでいなかったら私はきっと小説家にはなっていなかっただろう。私立の進学校での、学校との絶え間ない軋轢がいまの私を作った。私の核は何なのか？　と考えると、小説家である以上に秩序や伝統や権威に対する反撥と軋轢なのだ。だから私は小説家になっていなかったとしても核としては、核という言い方が物にちかい実体をイメージさせすぎるとしたら運動の性質として、軋轢を自分としていた。これだけは確信を持って言える。

　この文章を読んで、父ははじめて母に、

「俺はキミを兄妹《きょうだい》親戚がたくさんいる山梨から鎌倉に連れ出して、悪いことをした。」と言ったそうだ。――父は母に向かって「おまえ」とも言ったが「キミ」とも言ったそうだ。私は父が母を「キミ」と呼ぶ場面に居合わせたことがない。それは事故で死ぬ一週間か十日ほど前のことで、まるで唐突に口にされた人生の総括や回顧のように聞こえるかもしれないが、母はこの言葉が「ちくま」の私の文章によって誘発されたものであることを知っていた。母は、「そんな風に思ったことは一度もありませんよ。」と、これもまた奇妙なことに敬語で答えた。「キミ」も敬語も文字にすると違和感があるが、母の口から語られる分には何も違和感がないのだから、きっとその通りにしゃべったんだろう。しゃべりのイントネーションによって、「キミ」も敬語も、きっと一般にやりとりされるそれらと別の言葉になっているに違いない。

父は船員で、アメリカとの戦争をしている最中に商船学校に通い、卒業すると南方の戦線に人員と物資を運ぶ輸送船に乗ることになっていたが卒業を目前にして終戦になって命拾いした。といっても当時、ふつうに戦争に関わり、特別な反戦思想を持っているわけではない人たちは、「命拾いした」とどこまで思っていたかわからないし、仮りに「命拾いした」という言葉が心に浮かんだとしてもいまの人が思う「命拾い」と同じではないだろう。「戦争が終わって平和な時代が来た」という慣用句があるが、昭和二十年の八月や九月の時点で「平和」とはどういうものだったのか。戦争が終わって出征や空襲がなくなることが、そのままゆるゆるした平和を意味したわけがない。都市は空襲による瓦礫の山だし、食料も物資もない。結核の脅威もある。輸送船は日本と戦地をつなぐ生命線だったから、卒業すれば輸送船に乗ることになっている商船学校の学生たちはとても優遇されていて、昭和二十年に入ってもなお寮ではチョコレートなんかが支給されていたそうだ。だから父は戦争の悲惨をよく知らないというか、悲惨な現場に居合わせていない。

しかし父の第一志望は商船学校でなく理学部だった。旧制甲府中学の生徒の進路としては、旧制松本高校から東京帝大というのが理想だったらしく、入学試験直前まで父は商船か理学部かと迷いつつも気持ちは理学部に傾いていたらしい。入試は同じ日だ。ところがどういう事情によるものか、父は商船学校受験一本の友達の受験票をあずかってしまっていた。結果、迷う余地なく父は友達に受験票を渡すために商船学校の受験に行くことになった。

この間抜けなエピソードが私は好きだ。どうして友達の受験票なんかあずかっていたのか。人生のいくつかしかない大きな岐路が、意志でなく偶然または手違いで決まってしまったという、そういうバランスの悪さが父らしい。と書いたら、「あれは飯倉さんが受験票を筆箱に入れたんだよ。」と母が言った。飯倉さんはどうしても父と一緒に商船学校に行きたくて、一次試験（か何か）の後、自分の受験票を父の筆箱にこっそり忍ばせ、父が松高に行けないようにした。と言うのだった。

その飯倉さんなる同級生はわりと若死にし、母は知っているが私は知らない。家に父のお客さんが来ると、その人は「保坂さん」か「機関長」という役職名で父を呼ぶ。しかし甲府中学か商船学校の同級生が来ると、「保坂」と呼び捨てにする。同じ「保坂」でも「さん」が付く「保坂」と呼び捨ての「保坂」では語気が違う。父が「保坂！」と同級生に呼び捨てにされるたびに私は自分が呼ばれたようで、「本当に父も保坂なんだ。」と思ったり、「父にも少年時代があったんだ。」と思ったりした。

「ちくま」を読んで、父は母へ向けた言葉ともう一つ、

「あのとき、商船学校に行かずに松高に行ってたらどうなったかなあ。」と、自分のことも母に

言った。

「ちくま」の私の文章は父に完璧に伝わったのだ。「わかる」とは書き手が何を言おうとしたのかを理解することでなく、書き手と同じ思考をすることだ。哲学の存在論はその最たるもので、「存在とは×××である。」と解説書のように理解しても意味はなく、哲学者が存在を実感した瞬間に接近して、手応えとして摑むことができなければ感動も興奮もない。

私は父がこれから先何年も生きるとは思っていなかった。父が七十代後半に入って、野球のシーズンには毎晩横浜ベイスターズの試合を見ていながら、私が家に帰ったときに、「向こうのピッチャーは誰なの？」と訊いたときに、動揺もせずに、「誰だったかなあ。」と答えた、その答えに接したあたりから、私は父が最晩年に入ったと思い、病気かそうでなくても体が動かなくなったときに、それさえ読んでいれば満足と思えるような本に出合っていてほしいと思った。が、現実には私はアクションはまったく何も起こさなかった。が、日経の「プロムナード」と「ちくま」の連載がそのアクションのスタートになったのかもしれない。

しかしその次のアクションは実際にはありえたのか。なかったのではないかという気持ちが強いが、しかし本に出合うというようなやり方でなく、息子が書いた「ちくま」の文章などに触発されつつ、自分と妻の人生を辿り直すというようなことはありえたのではないかと思う。が、それは絶ち切られた。

交通事故というのは死としては最も暴力的な顕われで突然だが、死はいつでも準備のないところにくるのではないか。

父が死んで私ははじめて知ったのだが、父と同年代の知人が他に二人、自転車に乗っていて車に轢かれる事故で死んでいた。一つは父が死んでから母も知ったが、もう一つの事故の方は父も母も知っていた。それからもう一つ、十年ほど前、母が自転車に乗っていて突然転倒して後ろを走っていた車が急ブレーキを踏んだおかげで助かった、そのときタイヤが母の目の前五十センチくらいのところにあった、という事故寸前の出来事があり、それ以来母は自転車に乗らなくなったが父は乗りつづけた。

以前、私は石川忠司と「群像」で対談したときに〝未然問題〟ということを言った。こうして事故が起こると、人は必ず「家を出るのが一分遅かったら、いや十秒遅かっただけでもあんなことにならなかった。」「急ぎの買い物ではなかったんだから明日にしておけばよかった。」ということを考えるけれど、事故に遭わずに無事に帰ってきた日に、「今日もまた、ほんの十秒のズレで遭遇していたかもしれない事故に巻き込まれずに何事もなく帰ってこられた。」とは考えない。しかし、父の同年代の知人が他にも二人同じ事故に遭っていることを考えれば、父も母も私も毎日無事に帰ってきたことを心から感謝するべきだった。

しかしこんなことを思うのも当然事故が起きたからで、事故が起きない何事もない一日にこういうことを考えるのはやはりリアリティがない。――という考えはしかしやっぱり、日常の思考から一歩も外に出ない思考なのではないか。世界は可能性の渦であり、現実とは可能性の渦を縫ってただ一つだけの出来事を辿ることだが、過去と現在において現実がその一つの席を占有することによって他の可能性が弾き出されるわけでなく、実現しなかった可能性も現実につねに随伴して、可能性は消えない。

ということを書くのはまだ早い。早いというのは文章の体裁において早いということにすぎず、書いても書かなくても、書きつつこう思ってしまった私の文章は書いたのと同じにしかならないだろう。冬に備えてトカゲを木の幹の、雪が積もる位置よりも高くはりつけにしておく鳥は、冬になる前から雪が積もった時間を同時に生きている。

父が自分と妻の人生を辿り直す時間が交通事故によって絶ち切られた、というのは本当か。小島信夫は病気で明日死ぬと言われても昨日までの関心の継続の中で本を読んだだろう、ということが本当なら、そしてこれは間違いなく本当なのだが、これを本当とするなら、死は行為の継続を絶ち切ることはできない。

そもそも一人の人間が生涯を通じて本を読んだり特定の関心に導かれて調べたりするのはどういうことなのか。一人の人間が死の床にあってなお本を読みつづけたとして世界の何かが変わるのか。

変わる。いや、世界など変える必要はないのだから変わらなくてもかまわない。ただ「何かが変わるのか」と問われたから弾みで「変わる」と答えただけのことだ。死の床にあってもなお、それ以前の関心と同じことをつづけるということは、死によって絶ち切られないと示すことなのではないか。死によって絶ち切られないということは、その関心がたまたま与えられた生の期間という期限つきの関心ではないと示すことなのではないか。

それでも人や動物がこの世界に生まれて死ぬまでの限りある時間はある絶対的な特別さを持っているように思える。その特別さはたぶん、親と子の特別さと同じところから来ている。親は現実には生まれなかった理想の子どもより現実に生まれて育てた理想にはまったく及ばない自分の子どもの方がかわいい。現実の自分の子どもだけに心を砕く。同じく子どもも、こういう人こそ自分の親であってほしかったと思う理想の人物がいたとしても、その人物の死に際して涙を流さないが、自分の親が死ねば葬式で会葬者の前で挨拶をしゃべりきることができないほど泣く。

大人にとって涙を流して泣くとはやはり特別なことで、関係の薄い人の死に際してさんざん涙を流すようなことはない。涙はある強烈なリアリティをあらわしている。私は父が即死にちかい状態になった事故現場の詳細をいまだ聞いていない。いまはまだそれを聞く勇気はない。もし事故現場の写真があるとして、私はそれも当分見ることができないだろう。現場写真や詳細な事故説明は、父の事故それ自体はいまだ抽象的で一般的なものにとどまっている私に一挙に、まさに父の事故として襲いかかるに違いない。

ここで私は二つの世界が出合うことを回避していることになるだろう。その二つの世界、あるいはもっと単純に〝二つ〟とは、死の可能性の高さを考えつつも現実にその死が起こるとは思っていなかったという〝二つ〟や、死の床にあってもなおそれ以前と同じことを考えつづけることがたまたま与えられた生の期間の関心であることを超えるという〝二つ〟と、同じことなのか違うことなのか。

私は現実の力を薄めて可能性に関心を開けなどと言っていない。現実とは可能性を強く随伴させるものでなければならない。現実と可能性が別のものと考える思考法こそが日常のものだ。宗教が血のつながりとしての親子の関係を切って、修道院や僧院の生活に入るのは、現実の持つこの厄介なリアリティから解放されるためなのだろうが、厄介なものをそういう形で清算したら単純なフィクションしか生まれないのではないか。

しかしそれもまた宗教の本当のところを何も知らない者の浅薄な決めつけにすぎない。カール・バルトは一九五七年春のラジオでの説教でこういうことを言った。

「死からの救い・永遠の生命。それは、その人間の、その〔魂と身体との〕一体性と全体性におけるまさに此岸の生の――延長ではなくして――永遠化、〔すなわち〕この徹頭徹尾死すべきものが不死性を着ること、であります。」

（「不死性」天野有訳『聖書と説教』所収、新教出版社）

バルトは「彼岸」でなく「此岸」と言っている。永遠化するのは、「彼岸の生」でなく「此岸の生」なのだ。

『インランド・エンパイア』へ（9）

「近代を特徴づける最もわかりやすいメルクマールは、真理システムとして自然科学が採用されたことにある。真理システムは、（自然）科学だけではなく、かつては、たとえば宗教や呪術等も、その機能を果たしていた。固有の意味での（自然）科学が誕生し、それが真理システムの中で圧倒的に優越的な地位を占めるに至ること、それこそ、近代への変容を示すきわめて明確な道標である。」

これは最近出版された大澤真幸の『量子の社会哲学』（講談社）のまえがきに書かれている一節だ。私はこれとよく似た言葉を一九九四年の夏に友人Kから聞いた。

「絶対他者とは世界に関する真理を知っている者のことである。近代以前にはそれは〈神〉のことであり、近代では未来がその地位を占めることになった。」

友人Kとは樫村晴香のことだが、ここに書いた言葉は私の記憶なので樫村晴香その人の言葉でなく、友人Kの言葉だ。近代では人は今わからないことでも未来がいずれ解決するだろうと考えている。その前提には科学による進歩があり、科学とは時代とともに進歩するものだというのがもっと大きな前提としてあり、社会が科学を基盤にして成り立っているのだから社会もまた当然進歩する。

大澤真幸のこの文章と友人Kが私に語ったこの文章の、一番似ているところは、近代における科学の位置づけの大きさ以上に、真理がカッコに入れられた限定されたものとみなされていることだ。大澤真幸は「(自然)科学は真理である」と言っているのではない。ただ「(自然)科学は真理システムとして採用されている」と言っているだけだ。

「近代では(自然)科学は真理である」と書いているとしても同じことだ。「近代では」などと時代の限定がついた真理などない。時代によって真理が替わるということは、いつか科学もまた真理を担うことがなくなる日がくるということであり、友人Kの考えに立てば、未来の知が現在の知よりも説得力を持つという思いを人が抱かなくなる日がくるかもしれない、ということでもある。

しかし多くの人は、「科学は真理である」と思っている。「科学の発達こそが人類を救う」とも思っている。このような単純な思いにあっては、真理は大澤真幸や友人Kが考察の対象とした真理と違って無限定、無際限、つまり絶対であり、これこそが「真理」本来の意味での真理だ。科学者には単純な人は多いから、「科学は真理である」と思っている。

真理がカッコに入れられ、真理が無限定でなくなったがゆえに、真理もまたフィクションになった。と考えるなら、宗教も迷信も科学も芸術もすべてがフィクションとして、全員が自分がフィクションであることをよく承知したうえで、最も本当らしく映るものはどれかと競い合っている、という風に考えることもできる。「本当らしく映る」がもの足りないなら、自分こそ最も衝撃的なことを言えると競い合っている、と言い換えてもいい。

が、「すべてがフィクションである」とか、「自分がフィクションであることをよく承知したうえで……」というような言い方は私には全然おもしろくない。十年前か十五年前くらいまでならこういう言い方を私もおもしろいと感じていたんだろうと思うが、そのようなわかったような態度が今は私にはおもしろくないどころか苛々してくる。

フィクションであるという醒めた認識を食い破るものがある。

「それもまたフィクションだ。」

と、醒めた認識は当然言う。しかしそんなことは知ったことか。

七月に父が交通事故で死に、母と妹と私は心の準備のできていないところで葬式をしなければならなかった。詳しい事情は前回書いたものとして話を進めると、父の死がそう遠くない将来にくると考えていても私たちには突然だったから、その死の葬式をしているとき、とくに通夜と告別式で会葬者がお焼香をしているとき、私は母と妹と私がとても小さくなっているように感じた。体のサイズがだ。

葬式が終わっても人を送るということはいろいろ儀式があり、その中の一番の儀式は四十九日の法要だが、四十九日の法要は死んだ日を一日目として数えて四十九日以内にやらなければならない。そうしないと、死んだ人をないがしろにしているとされるそうで、四十九日の日取りをお寺と相談して決めるのはそれは関心の中心だから最初にやるが、四十九日の法要をするということは、法要の案内のハガキを事前に出すということであり、そのハガキの返信に書かれた出欠をもとに法要のあとに来てくれた人にふるまう食事の席の手配をするということであり、それからまた香典返しを四十九日の法要が済んだ一週間以内、理想は二、三日後に先方に届くように手配しておくということでもある。
他にも並行して、父の年金を母が受け取るように手続したり、交通事故だったから警察から交通事故の証明を取ったりというのをしているところに、四十九日の法要のあとの店にある程度正確な人数を二週間前に伝えなければならない。そのためにはこっちが出して向こうが返事を送り返すのに一週間、そのハガキの印刷に三日。ハガキの文面を書いて、印刷屋が校正を出してきて、……なんて計算すると、四十九日は四十九日先のことでなく、葬式が終わったら一週間ぐらいのうちに準備をはじめなければならない。そうそう、何よりお墓を建てなければならず、お墓は四十九日には完成していなければならないが、途中にお盆休みが入るからすぐ決めなければならない。

　で、お墓を決めていると事故の現場で最初に店から出てきて救急車を呼んでくれた人に挨拶に行かなければならない。こういうことは初七日が終わる前にしておかなければならないと言われて挨拶に行き、そのとき私ははじめて父がほぼ即死状態になった事故現場に立ち、車のフロントガラスの破片とか父の頭部から出血したアスファルトの血痕とか、そのような生々しい痕跡はすでにひとつもなかったが、現場から立ち去って歩いていると私は急に咽がいがらっぽくなり、次に痛くなり、手足がぐぐうっとだるくなって、どこかに腰掛けたくなった。しかしそれはごく一時的なことで、三、四分歩いて海に出て、しばらく海を見ているうちに治った。

　このまったく同じ夏、世間では「葬式の費用は高すぎる」とか「葬式は十万円台でできる」とか「お布施の金額の根拠は何か」みたいな葬式批判がブームになっていたが、私は「××××しなければならない」という言葉に追い立てられるようにして、最もふつうの伝統的な葬式とその後をやっていったわけだが、私は「××××しなければならない」という言葉に対して受け身だったわけでなく、事故の現場に行ったら咽が痛くなり手足がだるくなったように、すべてそれを引き受ける態勢が私の側にできていた。

しかしこういうことは当事者として「××××しなければならない」という言葉を全身で受け止める態勢になっていない人にはまったく通じない。葬式が終わり、私が父のお骨を抱いて玄関に入り、お骨を玄関に置こうとしたら、

「あっ、お骨を床に置いちゃダメ！」

と、向かいの順子ちゃんが私を制止した。順子ちゃんといってもすでに六十歳をすぎているが、昔私の家に遊びに来た従兄たちがみんな、「鰐淵晴子みたいだ」と、地に足がつかなくなったくらいの美人だった。順子ちゃんに言われて、順子ちゃんにとっては「カズちゃん」である私も慌てて動作を止めて、

「じゃあ、どこ置いたらいい？」

とおろおろした。去年、かわいがっていた猫が死んだ友達が電話をかけてきて、暗い声で、

「きのう焼いてきたんですけど、お寺に訊いたら四十九日までに××××しなければならないって言われたんです。でもそれって、――。」

と言った、その「××××」部分は忘れてしまったがとにかく無茶というか荒唐無稽というかそういう話で、私はとにかく急がずにこれから十日か二週間考えているうちに、やらなくてもいいんじゃないかという気持ちになると思うけど、それでもやっぱりやらないと気が済まないと思うんだったらやればいいよと答えた。

お寺に払うお布施には戒名の代金も含まれ、戒名には格があり「○○院△△△△居士」と、院と居士がつくと関東では百万円以上払わなければならない、という話は端から見ればナンセンスだが、高いとは思いつつも家族はそれを払う。父は「俺は居士でなくていい」と言っていたが「戒名はいらない」とは言わなかった。特に死んだ人が生前それを望んでいたなら家族は払う。

戒名がナンセンスなら葬式もナンセンスなわけで、実際、白洲次郎は葬式も戒名もいらないと言ったわけだが、戒名と葬式がフィクションであることは言うまでもないがそれらすべてを不要と一蹴するそこには別のフィクションが必要となる。フィクションが嫌なら、論理あるいは原理でいい。何しろこっちは体がとても小さくなっているのだ。醒めた認識の産物など、全然魅力ない。

私はかつて、一度、もう十年以上前に、

「わしは死ぬことなんかちっとも怖くない。焼かれて骨になっても、わしはわしや。」

という強烈な言葉をエッセイに書いたことがある。葬式無用戒名不用や海への散骨なんかよりずっと強い激しい意志がこの言葉にはある。これこそ葬式はいらない。墓にも入れず、焼いて連れて帰ってきたら、そのまま家で一緒に暮らしつづければいい。

先日は『プレーンソング』の「ぼく」と一緒に競馬場に通う石上さんのモデルの岩見さんが言った。

「俺は死んだら佐渡の先祖代々の墓に入って、毎日日本海を眺めながら死んでるんだよ。」

この文法の間違いは岩見さんの心的世界における必然だから間違いではない。言葉はこのような心的世界における必然の積み重なりで文法や構文という形を得ていったはずだ。「骨になってもわしはわしや。」も「毎日日本海を眺めながら死んでるんだよ。」も、葬式や埋葬にまつわるフィクションの起源にまで遡る強さがある。

「すべてがフィクションである。」という言葉もまたフィクションであり、このような全体を俯瞰して事足れりとする発想はフィクションの生成に関わっていない。すべてがフィクションであったとしても、それぞれのフィクション、もっと言えば、フィクションとされたまさにその一つの出来事は、〈真理—フィクション〉という分類の外で起こる。それが真理であるかフィクションであるかを問うのは浅はかだ。

私はそろそろ『インランド・エンパイア』に戻らなければならない。私は二回前か三回前に『インランド』の個々の場面をもっとよく観なければならないと書いた。もしかしたら思っただけで書いていないかもしれない。

映画も小説も個々の場面・情景の積み重ねだ。それは言うまでもない。しかし個々の場面を観ながら気持ちがつねに抽象へと向かう映画がある。全体のテーマとか何とかそういうことではなく、いま現に自分が観ている映画と関係ない考えがやたらと湧き出てくるような映画だ。私にとってゴダールはそういう映画であり、『インランド』がまたそうだ。

作り手の意図というのがある。ほとんどの書評は全体の関連や意図の解釈に終始する。それでは作品は作り手の意図を超えたものにはならず正解探しで終わってしまう。そこで精神分析の方法を取り入れた解釈があらわれたりするのだがそれもまた同じことで、その解釈では作品を読む・観るの終点が作り手の意図でなく、無意識とかエディプス・コンプレックスや移行対象にまつわる図式がそれに取って換わるだけだ。

カフカが一九一五年九月三十日の日記にこう書いている。

「ロスマンとK、罪なき者と罪ある者、結局は両者とも区別なしに罰を受けて殺されてしまう。罪なき者はいくぶん軽い手つきで、うち倒されるというよりはむしろ脇の方に押しのけられるといったふうに。」（谷口茂訳）

Kは『審判』のヨーゼフ・Kで、ロスマンは『アメリカ（失踪者）』のカール・ロスマンだ。『アメリカ』は未完で、カール少年の死は書かれていない。いま『アメリカ』は『失踪者』と呼ぶのがふつうになりつつあるが、私は『アメリカ』と呼ぶことにしよう。ブロートの『アメリカ』と名づけたマックス・ブロートに敬意を表して『アメリカ』と呼ぶことにしよう。ブロートの『フランツ・カフカ』を読むと、何と言ってもブロートこそがカフカの理解者だったと思う。その後の研究者たちはブロートを批判するが研究者たちは教祖に直接会ったことがない信者のようなものだ。ブロートは信者でも使徒でもなく友人だ。

『審判』はヨーゼフ・Kの死＝処刑の場面が書かれている。カフカは最初、朝の逮捕の場面を書き、次に最後の処刑の場面を書いた。いまはこれが定説であり、ヨーゼフ・Kが処刑されるのはまぎれもなくカフカ自身の意図であるとされている。

一九一五年九月三十日。死の九年前。そのときカフカは三十二歳。『城』を書き出すのは一九二二年。一九一五年のこのときカフカは『アメリカ』も『審判』も主人公には死がふさわしいと考えていた。しかし『アメリカ』は死に至らずに中断された。そして『審判』だが、『審判』の歴史的批判版は現在、一冊に綴じられた書物としてでなく、各章ごとにバラバラに分冊され、章の順番は決定されないという形式で出版されている。たぶんそれは原文だけでしか出版されていないので私は持っていないどころか見たこともない。

カフカは『審判』の最初の場面を書き、次にラストの処刑の場面を書いた。つまりそれがカフカの意図だ。もっと正確に言えば、それが『審判』に着手した時点でのカフカの意図だった。そしてたぶんカフカはヨーゼフ・Kの処刑へと作品を導くために『審判』の場面（章）をあちこち書いた。しかしとうとう『審判』は、ある朝の突然の逮捕から処刑へとつづいてゆく一つの流れにはならなかった。

ヨーゼフ・Kを処刑するのはカフカの意図（着手時の意図）だった。しかし作品はヨーゼフ・Kの処刑を要請しなかった（処刑へと導かれなかった）。研究者たちはカフカの意図を絶対と考えているフシがあるが、書き手であるカフカの意図は絶対でなく、現に書かれた作品の展開が意図を上回る。では作品は絶対と言えるのか。作品に対して書き手がそれをいじる「権利」と言えるか知らないが、とにかく書き手が作品をいじることが可能だが、その書き手は時間的制約や書き手自身の能力・根気の制約の中にあるのが現実であり、作品もまた完成されない。

たとえばクラシック音楽を考えたとき、譜面は完成形でなく、それが演奏されてようやく形になるわけだが、演奏は奏者によって違うし、同じ奏者でも演奏ごとに違う。譜面を読める人には、演奏には完璧はありえないから譜面を読んで自分の頭の中で理想の音を鳴らしている方が楽しい、ということを言う人がいるが、では譜面は完璧なのか。作品をいじる機会があれば作曲者は譜面をいじる。

ここで、〝完成形〟とか〝完璧〟とか、あるいは〝理想（形）〟という観念が人々の考えにつきまとい、それが考えを別の方向に開くのをじゃましていることに気づく。ニーチェはすごいとあらためて思う。

イデア。「存在の第一原因」といったか。この世界にある物や事はすべて、存在の第一原因であるイデアから投射された不完全なものにすぎない、という考えを徹底して批判したのがニーチェであり、そのニーチェは舞踏の比喩をたびたび使った。

ニーチェの思い描いた舞踏がアフリカの舞踏だったか知らないが、舞踏→アフリカの連想の先にあるのはジャズで、ジャズはそのつどそのつどの演奏であって完成形はない。ニーチェが思い描いた舞踏は、ヨーロッパ中のどの民族も持っているそれぞれの踊りのことだったのかもしれない。民族音楽は譜面を持たない。本来、音楽と舞踏はセットになっていたのだろうが、いわゆるクラシック音楽は舞踏と切り離された形で発展した。それゆえ音楽には譜面という、あたかも音楽を再現できているかのような表現なのか記録なのか素材なのか、そういうものが生まれてしまったが、さいわいなことに舞踏は音楽と切り離されたおかげで譜面のような再現可能と人に錯覚させるものが生まれ育たなかった。それゆえ、舞踏では、

「舞踏には完璧はありえないから、舞踏譜を読んで自分の頭の中で理想の動きをさせている方が楽しい。」

という暴力的な発言を聞かずに済むことになった。

歴史には岐路があり、舞踏だって楽譜のような精密な（と思わせる）ものが生まれなかったとは言いきれない。しかし人間が扱いうる文字や記号では、音までは記録できるという錯覚を与えることができても、全身の動きまでは記録できるとはさすがに錯覚させられなかったかもしれな

い。

イデアに縛られた思考を批判し、舞踏の比喩を好んだニーチェの言葉は、いずれにしろここまで伸びる。作者が作品をコントロールできているという作品観において、作者は作品の「第一原因」のようなものになる。作者が作品の「第一原因」であれば鑑賞者は作者の意図を探れば作品を理解したことになる。

ここにはいくつもの間違いがある。「理解する」とはどういうことなのか。そんなことが可能なのか。「作品のテーマを理解する」「作品の構造を理解する」「作者の意図を理解する」そういうことは可能だが、それらはどれも作品の一部分でしかなく、作品そのものを語ることにはならない。

作品の全体を語ることは可能なのか。

そんなこと、どうでもいいじゃないか。

「そんなこと、どうでもいいじゃないか。」という映画になること。『マルホランド・ドライブ』の弱いところは、現実とナオミ・ワッツ演じる主人公の妄想という二つに整理可能で、その整理＝つじつま合わせができてしまうことによって、観客はある種の満足感を得ることができてしまった。しかしその満足感は『マルホランド』という映画の面白さとは関係ない。

『マルホランド』を観て、あるタイプの観客はとくにラスト何分間かでつまずいて、

「え？　何、あの映画。どうなってたんだ。わけわからない。」

と言う。するとその人に、『マルホランド』の現実と妄想の仕組みを理解した人が、

「あれは、ピストル自殺した女優志望の女の子が死ぬ寸前に見た妄想だよ。」

とか何とか言い、

「あ、そういうことだったのか。」

と、わけわからなかった人が納得する。

が、これでは『マルホランド』の面白さというか中身を全然伝えない。これが『マルホランド』の弱さであり、『マルホランド』を作ったデイヴィッド・リンチの弱さでもあった。

映画という表現方法は、『ロスト・ハイウェイ』で、留置所の中にいる男がある朝いきなり別の人間に入れ替わっていても、それをそれとして話、というより映画を作ることができる。観客はそれに対してなんらかの理由づけをする。あるいは理由づけができなくても、どういう形でかそれを受容する。それが映画だ。

映画や、テレビドラマでナレーションが入る。登場人物の声ならまだしも、そこに出ていない人が話の進行や背景について説明的なことをしゃべる。しかもほとんどの場合それは誤った情報ではなく信じるに値する情報だ。どうしてそんなことが可能なのか。しかしそんなことを誰も不思議とは思わない。映画にはナレーションがある映画とない映画がある。観客も作り手もただそう考えている。

カットとカットのつなぎにバシバシバシッと文字を入れたのはゴダールだ。ゴダール自身による声も映画に入れる。その声ははっきりと進行中の映画の外から聞こえてくる声として聞こえていた。しかし『フォーエヴァー・モーツアルト』では、いままで外から聞こえていたゴダールの声が中の声として聞こえた。(しかし『フォーエヴァー・モーツアルト』を私は一回しか観ていないのでもしかしたら違うかもしれない。)

と、このように（　）に入れて書かれた部分は、不思議にも他の部分よりも冷めていて信憑性が高く感じらるのはどういうわけか。私は最近、（　）のそのような作用がわずらわしくて仕方ないので極力（　）は使わず、（　）を使うときは、ああイヤだなあと思っている。

ナレーションのようなありえないことがまかり通るのだから、映画は何だってすることができるだろう。と言って、何だってしてみても、それが「何だってすることができる」と思ってしたことでしかなかったら面白くも何ともない。そういうことだけを面白いと思ったり評価したりする人はいっぱいいるわけだが、そういう人たちのことはどうでもいい。したことが、観客の受容のギリギリか、受容の限界を超えていること。ギリギリであったり、超えていたと感じられたことが、観客にとって痕となって残ること。ついでに言うなら、批評とはその痕に誠実であること。

数学とは、数学者の奇行を読んだり、たとえば若い日のハイゼンベルクが数学の教授を紹介されて訪ね、何に関心があるのかと訊かれて物理についての関心をしゃべると、「そんな不純なものに関心のあるヤツは俺のところに来るな。」と言われたというような話を読むと、閉じられた世界で精緻に何かをしたい人のように思ってしまうが、ユークリッド幾何学は一つの限定された幾何学にすぎないとして、リーマンやロバチェフスキーのように別の体系を考えた人がいるということを知ると、数学者の欲求もまた精緻さにあるのでなく、自分たちが持っている言葉の臨界点にあったのだ、そして数学者もまた宇宙を語る言葉を求めているのだと知ると感動する。

あるいは、インド人数学者のラマヌジャンのタクシー数の話。

療養所にいるラマヌジャンをケンブリッジ大学のハーディ教授が見舞いに行き、

「乗ってきたタクシーのナンバーは1729だった。さして特徴のない、つまらない数字だったよ。」

と言うと、ラマヌジャンがすぐさまこう答えた。

「そんなことはありません。とても興味深い数字です。それは二通りの二つの立方数の和で表せる最小の数です。」

つまり、$1729=12^3+1^3=10^3+9^3$。

精緻さへの志向とは偏執狂とほとんど同じであり、数学の世界では有名らしいこの「タクシー数」の話に私は感動する。数に感動したのか、偏執狂に感動したのか、それともラマヌジャンの夭逝が背景にあるから感動したのか、判然としないが偏執というのはその人自身の安定した生を内側から食い破る力であり、離れて見ているかぎりただ精緻さ、整然としたものへの志向であると思えていたものが、宇宙の真理を解明するため熱意や信仰を奥に秘めていたという数学の情熱と同じものだったことにまた感動する。と書きながら、私は自分でバカかと思う。これでは同じことを二つの書き方をしただけではないか。偏執狂というのはきっとその人として宇宙の真理を解明する熱意であったり、あるいはもっと言えば、私がこれを放棄しないから宇宙はこのようにして存在しつづけることができる、という信念だ。しかしその熱意や情熱や信仰や信念は、じつはそれ自身が依拠する体系をついには内側から食い破ることになる。

『インランド』について書くために、ナレーションのことを書いたり、数学のことを書いたりした。数学のことだったのか、偏執狂のことだったのか。どっちでもいい。するっと簡単に書いておけばすぐに元の文脈に戻ることができたはずなのに、話を先まで延長させていたあいだにどういうつもりでそれを書いたのか思い出せなくなる。読み返してみてもそれはすでに想定されていただろう文脈に嵌るパーツではなくなっている。

しかしもともと想定されていた文脈など何ほどのものか。現に書くということは想定されていた文脈を超えることだ。そのように映画を作ること。『マルホランド』はパーツが厳密にはきちっとそこに嵌るようにはできていなかった。しかし厳密に考えなければ、というよりも文脈への嵌め込みを優先させた思考の上ではパーツは都合よく嵌め込まれた。『インランド』はそれをはっきりとできなくさせた。

それをリンチの意図と呼ぶこともできる。ふつうはそう言う。しかしこれは、『ロスト・ハイウェイ』から『マルホランド』へと至り、その次の映画としての、映画の側からの要請だったのだ。

「ペチャの隣りに並んだらジジが安らった。」

いちおう自分を中心に言うなら、日常のある安定した思考とか安定した感情を支える思考（ないし言語の体系）の基盤が揺さぶられること、もっと極端な場合にはそれが破壊されること、それが本来の迷信というものであり、私の場合の安定した感情を支える思考の基盤とは簡単に言えば科学的思考ということになるが、それが科学的思考であることに最近では「こんちくしょう」という反感を禁じえない。が、外的にも内面にも支配的なのは科学的思考であることは否定しようがない。が、しかし本当にそうなんだろうか。そうでないものまで、ついうっかりスルーして「科学的思考」と思い込んでしまっているのではないか。

その「迷信」は近年ではＰＴＳＤ（心的外傷後ストレス障害）と呼ばれたりしている。しかしこれは広義の迷信だ。そんな言い方をすると、「心的外傷後ストレス傷害に悩む人たちを傷つける」とか「貶《おとし》める」と非難されるにちがいないが、迷信とは本来それほどの力を持っていたからこそ迷信たりえた。軽い気持ちで迷信という概念か、もしかしたら実体が、人間の歴史で長く長く人間の思考や感情生活を支配しつづけてきたはずがない。必要なことは、迷信とＰＴＳＤを同じ目で見る思考の軸を科学の側は持つことだ、なんてことはもっともらしいからいちおう書いてみたが私がずうっと考えていることはそういうことではない。どうせ結論などのつもりでここで書かずにあとまで取っておこうと思うと話はそっちに向かわずに書き忘れるに決まっているし、ここで書いておいてもそれを結論とするように話を調整するなどということはもう私はきっとしないしできないのでいまここで書いておくが、デイヴィッド・リンチの映画を受け止めることは、ＰＴＳＤも含む迷信に自分が囚われることだ。

それを真剣に受け止めた者を迷信状態に陥らせること。それは芸術家のひとつの夢であり、友人で哲学者の樫村晴香のように言うなら、「自身の症候を共有させること」だ。

記憶するかぎりでは大学一年の二月から、私は毎年二月になると右下の奥歯よりやや手前の歯が痛み、とうとう医科歯科大学まで行ってそこの痛みを訴えたのだが、かえってくる答えはいつも、

「この歯は治療済みだね。」

そうは言っても、痛む時期にその歯を爪の先で軽く叩くだけでひどい痛みではないが間違いなく痛みがあるんだから、「気のせい」ではないし、

「口の中は案外わかりづらくて、隣りの歯が痛んでいることもあるし、下だと思ったら上の歯だったということもある。」

と言われたって、痛いそこを叩けばそこが現に痛いんだからその歯でしかありえないはずだったが、ついに誰一人として私の訴えを正しく受け取められないまま、歯の痛みはだいたい三月半ば過ぎか四月になると消え、消えれば私も歯のことはどうでもよくなるのだが、翌年の二月になると痛みがまた戻ってくる。そのうちに私は、寒がりの私は冬が嫌いで嫌いでどうしようもなく、

二月の半ばあたりから寒さに耐える限界に達し、我慢できずに気が立ち、神経が、本当の神経も比喩的な意味での神経もすべて過敏になるために、歯医者には見つけられないほどに小さな何かがある歯の、ふだんでは通りすごしているかすかな痛みをキャッチし、しかもフィードバックさせて痛みを増幅させることになるんだろう、と考え、痛みに関しては治療をあきらめ、

「今年はこの程度だからすごい楽だな。」

などと思うようになった。

が、一九九六年。大学一年の二月から数えて二十一回目。年齢でいえば数えで四十一歳だから前厄。その年は三月中旬になっても痛みは退くどころかひどくなる一方で、歯茎が腫れ膿がたまり、次に右の頬まで腫れ、頭を下げるだけで、鈍痛がし、近所の友達が通っている痛くしない歯医者に行くと、

「院長先生にお願いしますって言わないとダメだよ。」

の忠告を無視して、院長でない、体格のいい中年女性の歯科医師にかかると、彼女は麻酔も何もせず、親指の腹で私の腫れた患部の膿を力ずくで押し出し、私はすでにその時点で目からは涙がにじみ、顔の右半分は鈍痛でぐわん、ぐわんだった。

が、彼女はさらに、私の上顎にこの期に及んで麻酔の注射針をガガッ！　と突き刺し、そのまま一気に麻酔液を射ち込む。私は上顎が二つに砕けたかと思った。麻酔注射の針が突き刺さる瞬間は麻酔が効いていないんだから、それは針が突き刺さる痛み以外の何物でもない。ふつう歯科医師は麻酔注射の針を刺す前にそこを麻酔をしみこませた脱脂綿でこすって、表面から弱い麻酔をかけ、それが効いたのを確認してから、慎重に少しずつ針を刺しながら同時に麻酔液を少しず

つ入れて、針自体の刺さる痛みを針と液でなくしつつ針を刺してゆくというありがたいことをしているということをそのときまで私は考えもしなかった。

注射を終えた女歯科医師に、私は痛みをこらえて、

「顎が砕けたかと思った。」

と、きっと相当弱々しい声で言ったが、彼女は返事もせずに向こうを向いて注射器を戻すだけ。治療が済んでも私は痛みで動けず、すぐ隣りにあった、「チェリー」とか「来夢来人」とか「白い家」みたいな七〇年代に日本中にできた小ぢんまりした、少ないメニューに必ずピザトーストがあるみたいな喫茶店の隅で小一時間すわりこみ、で、それから家に帰って布団に入って寝た。その後、四月に入ってようやくたどりついた別の歯科医師がはじめてレントゲン写真の患部を指さして、

「ほら、ここにクラックがある。」

と言った。高校一年の冬に神経を抜いたその歯の根の先のあたりが、神経を抜いたときにヒビが入り、歯根治療の液がかすかに漏れ、そこが定期的に痛んでいたということを、その歯科医師は明確に指し示した。

彼は絶対に痛くないように治療を進めたのだが、何回目かに、あのときと同じ上顎に麻酔注射の針を当てられたとき、私の両手がわずかだがぶるぶる震え出した。歯科医師にはわからないくらいの震えだったので治療はつづいて、事もなく終わったが、私はそのとき、ＰＴＳＤとはこういうことを言うのかと思った。

という話。

昨年七月五日に、自転車に乗っていた父が車に撥ねられてほぼ即死状態で病院に運ばれ、公式の死亡時刻は連絡を受けた私が父の横たわる病室に入って、医師が私たち家族に確認して呼吸器を外した午後四時五十六分だが、事故があったのは四時間前の十二時五十五分だった。そのとき私はそんなことはまったく知らず、ひとりで朝食兼昼食というには昼食すぎる食事をとっていて、たしかちょうどその時間にトーストを食べようとして口を開けたら、唐突に右のこめかみに痛みが走ったが、そのまま午後一時五分からのNHKの「スタジオパークからこんにちは」に、四月九日に亡くなった井上ひさしが映ってしゃべっていて、井上ひさしぐらいなら知っている父に電話して教えてやろうかな、などと思ったが、「ま、いいか。」と思って電話しなかった。

「あのとき電話して教えてやってればなあ。」

というのは、もちろん計算の狂いで、そのときにはすでに父は道で倒れて意識不明の重体になっていた。しかし、あの日、私が新聞のテレビ欄を早い時間に見て、

「一時五分から1チャンネルで井上ひさしが出るよ。」

と言って教えていれば事故は回避できたわけだが、あのときを思い出す私はいつも、テレビをつけたら井上ひさしが映っていたそのときに電話をしていれば間に合った、という誤りを繰り返す。

が、ここで言いたいのはそのことでなく、あの日以来しばらく、というのは三ヵ月間ぐらいだったろうか、私は昼間のテレビの画面の左上隅に出る0:55十二時五十五分、父が事故に遭ったその時刻を見ることができなくなった。いまでも少し怖い。母は命日の五日に、新しく花を供え

たり、お墓は近所だが脚が悪いためになかなかそこまで歩いて行けないが、「今日は命日だから」と言って来てくれた親戚の車でお墓参りに行くことに熱心だが、私は「五日」は翌月の八月五日からすでに忘れる。が、十二時五十五分からはなかなか解放されない。

命日。正しくは、月命日。父母の田舎の言葉では「たち日《び》」。「発ち日」なのか「断ち日」「絶ち日」なのか、と思って広辞苑をひいたら「立ち日」と、ちゃんと載っていた、その立ち日、命日がはじまったのは、故人を忘れないためでなく、その人に死が来たその日が忘れられないから、つまり恐ろしいから何かしようとはじまり、それが多くの人たちに共感されたからではないか。

　そんな一般論はともかく、十二時五十五分がこんなに圧迫になっていることが私は「すごいなあ」と思う。十二時五十五分という時刻に出会うと思うと私の中の何かが計算不能になる。その計算不能あるいは計算停止の感じが、私にとって『ロスト・ハイウェイ』の、妻殺害の容疑で留置場か刑務所に入っていた男がある朝突然、全然関係のない若者に入れ替わっていたあの瞬間と同じもののように感じられる。

　この感じを読者に共有してもらうには、何段階かのステップが必要なんだろう。私の十二時五十五分に出会いたくない気持ちと男が若者に入れ替わったあの瞬間は、形として？　質として？　何て言えばいいかわからないがとにかく似ていなさすぎる。共通点が全然ない。しかし私には、二つが同じもののように感じられるとしか言いようがない。二つを繋ぐ何段階かのステップはあるのかもしれないが、あったとしてそれを提示したところで説明にならないんじゃないか。

私が行かなかったのは、私は行ったからだ。

私はカフカを読んでいるうちに、右の文がひらめいた。あるいは、

「私がしなかったのは、私はしたからだ。」

「私がしたのは、私はしなかったからだ。」

この文の何が私はそんなに魅力なのか。

言語というのは音を聴いたり色を見たりするときのような動物の延長としての人間の自然な受容プロセスでは受容できない原理を持っているそれがあからさまに出た文だから。という説明はいま考えたものだが、こんな説明をしても私が感じている魅力が伝わるものではない。

そんなことでなく、人間は言葉を使ってまさにこのように思考しているんじゃないか。

「空に書けないラブレター」

これは変だ。しかし、

「空に書いたラブレター」

これなら、小説や映画のタイトルになるし、現にこのタイトルは実在するかもしれない。しかし、本当に変なのは「空に書けないラブレター」でなく、「空に書いたラブレター」の方だ。空に書けるラブレターなどこの世にない。

「『空に書いたラブレター』は本当は変なのに変に聞こえないのに、『空に書けないラブレター』は本当は変じゃないのに変に聞こえる。」

という言葉を誰かに向かってしゃべったら、きっとその人は「もう一度言ってくれる?」と、聞き返してくるだろう。文字で読むならまだしも、耳だけで聞くとわからなくなるレトリックや

論法はいろいろある。

これは人間が言葉を受け取るときに受け皿として言葉の実体を出力しつつ受け取っていることを証明する実験だが、〈赤〉という文字を赤の地に書き、〈緑〉という文字を緑の地に書いて、どちらか一方を見せて、「文字を読め」というのは誰でも間違わないが、赤地に〈緑〉という文字を書き、緑地に〈赤〉という文字を書いたカードを見せると、文字を読まずに地の色を言ってしまう。だいたいこういうことは書いているだけで軽い混乱が起きて、私は「赤」と書くべきところに「緑」と書いたり、「緑」と書くべきところに「緑」と書いたりしてしまう。

ついこのあいだも、北朝鮮が韓国との対話を拒否したというニュースで、北朝鮮が、「すぐに制裁をふりかざすような国とは交渉ができない。」と言ったと言った。この、耳を疑う北朝鮮の論法は、いつも聞いてうれしくなる。「と言ったと言った」という私の文を編集者や校正者は直したくなるだろう。なぜ間違っていないのに言い換えを求められる言い方があるのか。文法的にも間違っていないし、書かれた内実としても間違っていない。


とうとうジジが一月十七日に天寿をまっとうした。二十一歳四ヵ月だった。二〇〇九年八月二十六日に、二十年ちかく毎日べったりくっついていたペチャがいなくなって以来、一日を通して穏やかに何も体の変調がなく過せた日がジジは週に一日あったかどうかぐらいだった。

二〇〇九年の九月十月は毎週のように台風が来たりしてとにかく天候が荒れ、年を取った人間が天気が崩れると膝が痛くなったり腰が痛くなったり、頭痛持ちが頭が痛くなったりするように、ジジは外の条件の変化から生体を守って恒常性《ホメオスタシス》を保つ生体本来の機能が機能しなくなり、風雨にもろにさらされる小さな家や荒れた海を漂う小舟のように気象に翻弄されつづけた。

十一月の後半だったか十二月の前半だったかは少し落ち着いていたものの、十二月末からは何度も寒波が来た。二月三月は季節外れに暖かい日とその反動の寒さが繰り返し、というのは、季節外れの暖かさは日本海に低気圧があって南にある暖気を引き込み、その低気圧が偏西風で北海道の東沖に移動すると今度は大陸にある寒気を引き込むからで、三月十日には鎌倉の鶴岡八幡宮の樹齢八〇〇年とも千年ともいわれる大銀杏が突風で倒れ、二月三月はとにかく風が吹き荒れた。四月五月は大陸の寒気が張り出しつづけ、寒く、雨ばかりだった。

こうして思い返してわざわざ書いていると、あのジジの辛い日々をもう一度ジジに体験させているような気持ちになる。胸が痛い。

二〇一一年になり、一月はずうっと晴れがつづき、気温は低いが上旬はジジも安定していた。十日を過ぎた頃から天気が安定しているのにジジはとても不安定だった。もう本当に限界だった。ジジの体には余力が何もなかったと思う。

人間も動物も死ぬ少し前に、たいてい激しくひきつけるようなもがき苦しむような呼吸を一分間ぐらいする。ペチャはそれをしてから完全に呼吸が止まるまで一時間ちかくかかった。外からはもう苦しいようには見えない。穏やかな、力のない呼吸を何度かしては止まり、「死んだのか」と思うとまた何度か呼吸する。ペチャはそれを一時間ちかく繰り返したが、ジジは激しくひきつけるような呼吸のあと三回しか呼吸しないで、そのまま止まった。

一番太ってしまったときは八キロ以上あった体重が最後は二キロだった。八キロのときはさすがに太らせすぎだったが、ジジの人生の半分以上は六キロ前後あった。

――あの二人は泣き虫で頼りないから、ぼくがいなくなってジジまですぐにいなくなっちゃったら、きっとどうかなっちゃうよ。だからジジ、ジジはもうしばらく二人のそばにいてあげて。

というペチャの言葉をジジは健気に守った。なんて書いているだけで泣きそうになる。

ジジを火葬し、骨壺を納骨堂の棚のペチャの隣りに並べたとき私はほっとした。

こんなにほっとするなんて、自分でも信じられなかったが、ペチャの隣りに並んだジジを見たら心の底から安心した。

このことについて、二通りの書き方がある。ひとつはそういうことは、錯覚である、迷信であると、一蹴したり、鼻でせせら笑ったりする人に向かって、あなただって、迷信や錯覚の中に生きているんだよと指摘する書き方。

たとえば、日本の家のふつうの食卓は、ご飯の茶わんが左で、汁物のおわんが右だ。これは機能の問題ではない。ご飯と汁物の右と左が機能だとしたら左利きは逆に置かなければならない。着物の合わせも和服はすべて左が外で、これも機能ではない。

よその国は知らないが日本では左利きが、私の両親の世代、ということは昭和ひとけたか十年代ぐらいまでに生まれた人たちには「よくない」ことと見られる傾向があったが、これもハサミや包丁が使いにくいとか字が書きにくいとかいう機能の問題でなく、死者の膳や死者の着物の合わせが左右逆だったことが一番の原因だったのではないか。しかしそれなら、左右逆の像を写す鏡を見て化粧をするという行為はどう思われて（思わないですませて）いたんだろうか。それともずうっと昔の人は、鏡で自分の顔を見るたびに、左右反転の不吉さを味わっていたんだろうか。

日本の葬式では、葬式から帰ってきて家に入る前に清める意味で体や服に塩をかける。まあ、そんなことはどうでもいい。塩なんかかけない人もいっぱいいるだろう。では火葬や埋葬あるいは散骨はどうなる。家族の遺体を完全な物として処分できる人がいるだろうか。

いるかもしれない。しかし、本当に家族の遺体を物として、たとえば棺に入れるとなると棺の代金がかかるから、適当な大きさに切り分けて、小さなダンボール箱か袋に入れて火葬場に持っていくような人がいるとして――鎌倉市は火葬料として五万円支給してくれた。火葬場に払った代金も（といっても私が払ったわけでなく、葬儀屋が払って、私はその明細を見たのだが）だいたいそれくらいの額だった。鎌倉市は（というか行政は）火葬代は払ってくれても棺の代金は払ってくれないということだから、行政は棺と火葬をセットとして考えていないということなのかもしれない――、しかし私は、ジジの骨壺がペチャの隣りに並んだのを見て、ほっとしたということを、そういう人にまで理解させなければいけないなんて誰からも言われていない。

私は、あなたは私のこの気持ちを迷信や錯覚と一蹴するかもしれないが、あなたも必ず、一つや二つどころかたくさん迷信や錯覚を持っている、というそれを指摘すればじゅうぶんで、もし完璧な唯物論者がいるとしても、私はその人まで説得する必要はない。ところで、その場合、完璧な唯物論者というのは、自分が大事なのかそうではないのか。完璧な唯物論者にとって、〈自分〉と〈私〉は同じなのか同じではないのか。

さっき書いた二通りの書き方のもうひとつの方の書き方とは、それを理解しようとしない人を

わからせることでなく、

「こんなにほっとするなんて、自分でも信じられなかったが、ペチャの隣りに並んだジジを見たら心の底から安心した。」

という、まさにこのことを、このことだけを、音楽や絵や小説に感動した、それと同じように書くことだ。

と、文字にきちんと書いてみると、急に思った。このやり方は嘘になる。というか、理解しようとしない人を説得すること以上に空疎なのではないか。いま実際に書く（文字を置く）まで私はこれこそが正しいと思っていたが、これは空疎だ。だいたい、「音楽や絵や小説に感動した（感動する）」とはどういうこと（状態）なのか。それは書くそばから、いわゆる「感動」に持っていかれて、何も残らない。

ペチャの隣りに並んだらジジが安らった。――これは事実だ。それについて書くのでなく、それを事実だと受け止めた自分に驚いていることを書こうとしていたり、これを事実とするメカニズムとか作用とかそういうものがあり、それはこの私を超えているというようなことを私は書こうとしなければしょうがないのではないか。

ペチャの隣りに並んだらジジが安らった。

これは、疑いの対象とするべきことでなく、驚き（または喜び）とすべきことだ。「すげー！」とはそういうことだ。キリスト教において、一度死んだキリストが蘇ったということは、本当に宗教としてキリスト教について考える人たちにとっては際物《きわもの》の部分で、本当に本当のところはなくてもいいものなのかもしれない。しかし聖書に書かれている以上、キリストの蘇りは、つまずきの石になる。キリストの蘇りは際物であり、余分な部分であり、「いくらそこを論じてもキリスト教の核心には到達することはできない。」と言うかもしれないが、キリストの蘇りが初期において人々の心を捕えたことは間違いない。

「神の子が死んだということはありえないがゆえに疑いがない事実であり、葬られた後に復活したということは信じられないことであるがゆえに確実である。」

という、私が『カンバセイション・ピース』の中で繰り返し使ったテルトゥリアヌスの言葉のように、キリストの蘇りみたいなありえないことを真っ正面から取り上げる方が私は断然好きだ。

変な言い方だが、芸術を受け止めることは飲み込みがたい作り手の言葉や思想やイメージを加工せずに丸飲みすることであり、芸術とは、人間が日常生活ではそれを見ずにすませている世界の、それにいちいち関わっていては生産とか効率とか全然ダメになってしまう相を提示することだ——というのはしかし、空疎な教義でしかない。

『ロスト・ハイウェイ』の、主人公の中年男が若者に入れ替わった瞬間を、説明なしに受け入れること。『インランド・エンパイア』で、ローラ・ダーンが今いるのが、現実なのか劇中なのかと問わないこと。どこかの部屋でローラ・ダーンをテレビで見つづけている女性がどういう人であるか問わないこと。ウサギ人間たちが何なのか問わないこと。それらをすべてそのまま受け止めること。

私はこの同じフレーズを、もしかしたらもう三回か四回書いたかもしれない（でも、一度も書いてないかもしれない。）が、書いてないかもしれない。あ、これおもしろい。文の書き方とか、

（　）の使い方とか、いろいろあるものだなあ。私がこの同じフレーズを一度も書いていなかったとしても、三回か四回書いたかもしれないと思うほど、私はいま書いたこれらの場面を説明なしに受け入れられていないということだ。これらの問いをいっさい抱かない人がいたとしたら、しかし、リンチが自分の映画をこのように作る理由もなくなってしまう。

このことと、しかし、ペチャの隣りに並んだらジジが安らったこととは、だいぶ違ってきたんじゃないか。ペチャの隣りに並んでジジが安らったのが事実なら、私はペチャが死んでから一年四ヶ月のあいだ、いろいろジジに手を尽くさずに、早いところジジを安らわせるべきだったのではないか。逆に言えば、私はジジに手を尽くし、早いところ安らわせようとは思わなかったのだから、ペチャの隣りに並んでジジが安らったというのは事実でなく錯覚だ。

と、こう書いてみて、これもまた頭の中にあるうちは少しはまともに思えたが、文字として定着させてみると浅薄極まりなく、ひとつ目の唯物論者や懐疑派相手の議論と同じことだということがわかる。なんでこんなことが文字に書く以前とはいえ、少しはまともな考えと私は考えたのか。書いた今となってはさっぱりわからない。

『カフカ・セレクションⅢ』（浅井健二郎訳、ちくま文庫）の、ふつうは『ある犬の探求』と便宜的に呼ばれている（なぜならそれはカフカの遺稿中の草稿で題名はカフカによってはつけられていないから）『「いかに私の生活は変化したことか」』に、以下に引用する二つのくだりがあった。二つはつづけて、ほとんど並んで出ていた。

（A）魂は生よりも早く変じる

（B）犬の生活が彼らを喜ばせはじめたとき、彼らはすでにすっかり老犬風の魂を持ってしまっていたにちがいなく、彼らが思っていたほどには、あるいは、あらゆる犬の喜びに耽っているその目が彼らに信じさせようとしていたほどには、出発点の近くにはもはやまったくいなかったのだ

（A）は明快だが、（B）は一回ささっと読んだだけではわからない。しかし（A）が明快なのは文の形だけであり、実体としてどういうことを語っているのかとなると明快とは言いかねる。

「神は遍在する」

「芸術は存在を開示する」

「死は無でも無限でもない」

これらはすべて、形は明快だが、内実となると正確に理解することは不可能と言ってもいい。

一方（B）は形は曲がりくねっているが、言い方を変えてわりと明快にするのはそんなに難しいことではない。

「彼らが犬の生活に喜びを見つけたとき、すでに彼らは若くなかった」

ということだ。「彼ら」とは犬のことだ。とはいえ、この犬の話は、ある一匹の犬が理屈に理屈を重ね、考察に考察を重ねていく話だから、語られる内実はふつうに、「彼らが犬の生活に喜びを見つけたとき、すでに彼らは若くなかった」という文で語られうるものほどには明確ではな

い。語られる内実はやはりどれも深い霧の向こうにある感じがする。

「ペチャの隣りに並んだらジジが安らった。」

と書いたそのかぎりにおいて、これはこれをすんなり受け入れるか、懐疑または否定するかのどちらかの事態でしかなくなってしまう。

本当にリアルなことは、肯定と否定が一人の人間の中で同時に起きる状態なのではないか。それが事実かどうかはたいした問題ではない。大事なのはリアルであること。リアルであるとはどういうことかという問いが生まれくること。事実はそのあとについてくる。激しい拒絶が生まれなければ事実にはならない。

一時期熱心に読んだが所詮、根本の数式がわかっていないから概念だけの理解もどきの状態にとどまっていたから、それから十年以上経った今ではもう名詞しか憶えていない、量子力学のたとえば「シュレディンガーの猫」の生きている状態と死んでいる状態がまったく１００パーセントずつに同居している事態とか、光が波（運動）であると同時に粒子（物質）であるとか、光の粒子は一粒ずつ打っても二粒以上でなければ起こらないはずの干渉波が起こることとか、そのような、感覚による把握と理屈による把握が互いに矛盾し合うにもかかわらず、それが確かに起こっているという事態。

そこまでいくために、私はジジがペチャの隣りに並んだあのときを、もう一度やり直さなければならないのではないか。もう一度やり直すことがどうすれば可能なのか。

判断は感情の上でなされる

フィクションとは、どういう状態がフィクションなのかを一撃を加えるように痛烈に感じさせたり、そのフィクションの状態を激しく揺さぶったりすることを言う。

「赤とは一番赤い色のことを言う。」というような定義の仕方だが、本当のことを言うためには、論理学や文法に遠慮する必要はない。論理学も文法もまた一つのフィクションでしかないのだから、フィクションに揺さぶられた方がそれらもきっと活性化するはずだ。

チャーちゃんは九六年十二月十九日、ペチャは〇九年八月二十六日、ジジは一一年一月十七日に死んだ。ペチャが死ぬまでの十二年と八ヵ月、チャーちゃんはひとりで動物霊園の納骨堂の棚にいたわけで、私はチャーちゃんが淋しい思いをしているといけないと思って、チャーちゃんの毎月の命日かその前後二日ぐらいのあいだに納骨堂にお参りして、

「じゃあ、来月も来るからね。」

と言って帰ってきた。ペチャが死にチャーちゃんが淋しい思いをしているかもしれないという私の懸念はなくなり、ペチャが死んで本当に淋しい思いをしたのはジジの方で、ジジは私と妻が夕食を外に食べに出たりして家を空けたとき、帰ってきて家に近づくとジジが「アーン、アー

ン、」と心細そうに鳴いている声が聞こえてきた。だからジジが一月十七日に死んで、翌日霊園の焼き場で骨にしてもらって、ペチャの隣りに骨壺を並べたときには、私はごく自然に、
「ジジが安らった。」

と感じた。動物霊園の方はそういうわけで三匹が並んでいるのでもう淋しいなんて三匹のうちの誰も思っていないだろうが、ジジの命日の十七日からペチャの命日の二十六日までのどこかにいまだに毎月行くようにしている理由は、まあ自分でもよくわからない。月に一度行くのが私のお勤めのようなものになってしまった。というわけだが、今日も三匹が棚に並んだところを見てきて、そろそろ私は余計かな？　と思わないわけでもない。

まだチャーちゃんが元気だった頃、私なんかよりも猫たちとの生活がずうっと長い知り合いがうちに来たとき、ペチャとジジとチャーちゃんの三匹が、お客さんにあまり関心も示さずに適当に家のあちこちに散らばっているのを見て、

「ここの猫はやっぱり群れの猫っていうか、猫社会の猫っていうか、そういう顔をしてる。」

と言った。一匹だけで飼われている猫と、複数で飼われている猫では顔つきが違うのだそうだ。私はいまだにその違いがわからないが、その人はとにかくそう言った。


三月十一日の大地震以来、余震が繰り返し来た。三月十一日の大地震のとき、私は自転車で片道十五分か二十分かかるところにある、新鮮で激安で狭い店の前にいつも客が何重にも重なって、手を上げて声を出さなければ中に常時四人か五人いる店員に見つけてもらえない店まで行って、千円で大皿いっぱいのホタテ貝柱を買いに行ったが、昨年の猛暑でホタテの収穫が悪く、その上

二日前の九日昼の地震で水揚げが減ったとかなかったとかで、量は同じだが冷凍でしかも千二百円になっていたホタテを、外にいる鼻風邪の具合が悪く、ひどくなるとホタテしか食べられなくなるマーちゃん、白地に茶の柄が斑に入っているから「斑のマーちゃん」と呼んだのがきっかけでマーちゃんと呼んでいる猫のために買って、自転車で隣りの駅の高架の手前まで来たところだった。

そこはサドルから立って力を入れて漕がないと登れないくらい、短いが急な坂があり、土地全体がぐにゃぐにゃしているところだから、そのせいか私は地面の揺れはまったく感じず、ガチャガチャガチャガチャ！　とビンや金物を積んだ大きな台車を転がしているような音が聞こえてきて、それがいっこうに止まず、

「あ、そうだ。屋外でガチャガチャ音がするのは地震だった！」

と気がついたときには、上から水がジャバジャバ落ちてくる。ちょうど改札を抜けて商店街を歩きはじめた人たちが騒然としている。ダンナに抱きついている奥さんや悲鳴をあげている人もいる。しかし私はなんか全然冷静で、しかし漕いでいた自転車がうまく進まず自転車を押して、上から物が落ちてこない場所まで逃げたくらいだから、地面の揺れで自転車が進まなくなっていたということかもしれないが、

「あそこ、見て！」

と言って、ダンナに抱きついていた奥さんが指差した電柱の上を見ると、大きな変圧器なのかそういうのが乗った電柱がいまにも倒れそうにぐらんぐらんしている。ペチャが生後半年のとき、八七年の十一月か十二月の午前十一時頃あった千葉県北西部が震源だった地震のとき東京は震度

4ということになっているが、実際はかぎりなく震度5弱にちかく、あれよりもずっと強いから「これは震度5強だな」と思い、まだ揺れは収まっていなかったが、家が心配なので携帯で電話すると携帯はまだ通じて呼び出しているが家にいる妻は出ない。

そんなことをしていても仕方ないから自転車で家に急ぐと、本を収納するのに借りているトランクルームの人が二人道に出ているから、

「震源はどこだったんですか？」

と訊くと、「宮城県らしい」という返事。私は東京近辺が震源だと思っていたから、そう聞いて少し安心したのは想像力が全然足りないが、阪神大震災規模の地震しか考えていず、その規模の地震なら、世田谷でこれだけ揺れたのだとしたら、何十キロか離れた震源つまり東京か千葉か神奈川のどこかが大被害にちがいない、という推測だった。

私は震源がここから遠いと知っていったんは安心して裏道を自転車で走ると、マンションの敷地の入口で、白いワンピースを着た女の子と黒いスーツを来た若いお母さん、おそらく幼稚園の卒園式帰りの女の子とお母さんが茫然と立ちつくしている。私は薄情にも二人に声もかけずに近所の商店街の外れに来ると、小さい調剤薬局の前に店の女の人三人が、道にじかにすわりこんでいる。その三人にも声をかけず、私の経路は商店街の中には入らないからたしか他にはほとんど人を見ないまま、家のそばまでくると大谷石の塀が少し崩れて石の破片が道に散らばっている。

そこから一分で家に着くと、妻は、ものすごい揺れで、あわてて外に出たら両隣りと向かいの人も出てきて、みんながいままで経験した中で一番大きい地震だったと言ったと言った。六十代と七十代の人がだ。しかしとにかく家の中は大きな被害はなかったが二階と三階で本が崩れ、あ

たしには上れる状態ではない。でも花ちゃんが二度目の揺れが来たときに恐くて二階に駆け上がってしまった。

本を階段の上ったところに積んであるから、それが全部崩れて階段が本で埋まり、それを寄せて足の踏み場を作らないと私は自分の部屋に行けない。やっと行くと本が床に四層か五層に、難破船の中のように散乱していたが、これは私が本を立てずに寝かせて積んでいたからだ。本が散乱しているのより、高さ一八〇センチのサッシの引き戸が開いていたのに驚いた。本を片づける気にはならず、余震が何度も来たのはわざわざ書くまでもないが、恐がりでお客さんが来るとどこか奥に隠れて私にも見つけられない花ちゃんの居場所はまったくわからず、いったんあきらめて妻のいるリビングに降り、停電していなかったからテレビで地震の情報を見ていると、仙台市若林区の平らな土地に津波がどんどん広がっていくのが映った。私と妻はテレビに釘づけになった。

こんなことは私がわざわざ書かなくてもみんな知っているのは私はわかっているのに書くのは物を書く人間というのは、自分の体験だけが特別だと思っているのか、とりあえず体験したことは書かなければ気がすまないからか、たんについ書いてしまったのかわからない。ひとつ言えるもっともらしいことは、私はいままでもみんなと共通であるとそうでないとに関係なく、何かを書くための前段としてのことをいちいち書いてきた。私はここでも自分の三月十一日を書きたいのではなく、書きたいのはその後の、つまり余震のことで、余震の前段として本震のことをちょっと書こうと思って書き出したら、さすがに興奮していっぱい書いてしまった。

私の友人のコマーシャルの監督をしているNは、地震のちょうどそのとき、電通のガラス張りのビルを上っていくガラス張りの高速エレベーターの中にいて、カゴが、ガタン！　ガタン！　ガタン！　と、両側の壁面に打ちつけられて、「『ダイ・ハード』のブルース・ウィリスじゃない自分は死ぬと思った。」そしてそれ以来エレベーターに乗れなくなったと言った。

私は東京とその周辺で三月十一日の地震を経験した中で、最も恐い思いをしなかったグループに入ると思う。私が自分の目で生に見て、「すごい地震だったんだな。」と思った光景は、自分の部屋と階段の本の散乱だけだ。揺れの体感はほとんどなく、被害も崩れるべくして崩れた本の山だけだから、わりと気楽に言ってしまうのかもしれないが、

「あれはたぶん震度5強で、あれで震度5強だったから、地震の揺れそれ自体で大きな被害になることは、よっぽど変なところにいないかぎりは、まずない（だろう）。」

と感じている。

それでも、東北ではなく東京でも「すごい地震だった」という思いがあるのは、揺れを経験した人たちの気持ちを共有したためなのか、あるいは逆に、自分が実際に経験した揺れは本当はもっとずっとすごかったのに、その後「たいしたことなかった」と、記憶を書き換えてしまったという可能性も否定はできない。記憶が書き換えられたものかそうでないかの検証は難しい。

しかしやはり後者の可能性が薄いのは、それが直接の理由にならないが、私はもともと地震と津波には度を越した関心があり、人の話（声）を聞いたり、テレビの光景に見入ったりしているのを通じて、自分自身の経験より、自分以外からの地震の経験を、本来の今回の経験として置き換えていったのではないか。

そのあたりの正確な理由があいまいだが、私はしばらくは電車に乗らなければならない外出を

しなかったのは、自分がいないあいだの家が心配なのと、外でまた大きな地震があったときに帰宅難民になって帰れなくなるのを恐れたからだ。花ちゃんは地震以来しばらくとてもナーバスで、ちょっと揺れるだけでも家のどこかに隠れようとする。私はおびえた花ちゃんの背中を撫でると花ちゃんは逃げずにじっとしている。私はひどい寒がりですぐに風邪をひくから、帰宅難民なんかになったら絶対風邪をひいてしまうし、何より暖房のないどこかで夜明かしするなんて耐えられない。

実際、余震はひんぱんにあり、気象庁が言っていたとおり、四月七日の夜には東北を震源として一番大きい余震もあった。本震の直後には、長野でも静岡でも震度6強の地震があった。しばらくは次にどこで震度6クラス、マグニチュードで8前後の地震が起きてもおかしくない感じだった。揺れがはじまると、「この揺れは大きい揺れのはじまりなのか、これだけですむのか」「この揺れはこれですんだとしても、次に大きいのがまた来るんじゃないか」と考える。

あの地震から二ヵ月経った今はそういう風には考えない。いつ頃からそこまで先のことを心配しないで、たんに「今の揺れがどのくらいの大きさだったか」で片づけるようになったか、もうはっきりとは思い出せないが、いつ頃からか、地震に対する感じ方が元にもどった。

私は四月二十二日、二十三日、二十四日の三日間、いままでに二度か三度書いたことがある、劇団フィクションの主宰の山下澄人が、演劇未経験者とフィクションのメンバーが一緒になって作る芝居の公演が札幌であり、一月十七日にジジが死んでもう家を空けられない状態の猫がいなくなったので、四月のその公演には行くつもりだったが、三月十一日の直後は行けなくなったと思った。あの頃、私はまさか東京周辺ではこんなにもたんたんとすべてが元にもどるなんて考えもしなかった。
計画停電と節電で、コンビニも夜の早い時刻に閉まり、電車に乗ると暖房が入ってなくて寒い。乳製品も食パンも納豆も豆腐も店頭にない。灯油もガソリンもない。半分は買い占めが原因だったとしても、いろいろな物の工場が東北にあるために、納豆のパッケージが作れないとか思いがけないところで生産がつまずく。しかし、三月二十日にはそう感じていた私自身が、三月末には、「四月二十三日には札幌に公演を見に行く」と山下澄人に連絡している。

私はこうして記憶を頼りにあれこれ書いているうちにもともと書こうと思っていたことがどんどん遠ざかっていくのに困っているのだが、もともと書こうと思っていたのは、
判断していると思っていることが、じつはほとんどすべて感情の上でなされている
ということだった。
「感情の影響をモロに受けている」でもいいことはいいが、その言い方ではまだ判断に独立性があるように見える。そうではなく、透明度の高い水彩絵の具のような絵の具とか書類をチェックしたりするときに使うマーカーの、たとえば黄色を濃い赤の上に塗っても全然黄色に見えないように、判断とは感情に対して全然独立していない。
そのことを私は三月十一日の後の十日か二週間ぐらい感じていたが、こうして書いていくとむしろ逆で、三月十一日からの十日か二週間ぐらいの後の、どんどん普通にもどっていた日々の方こそそうなのかもしれないが、どっちであっても、判断は感情の上でしかなされていない。
「感情的判断」があるのでなく、すべての判断は感情の説明のようなものでしかない。――小説

の評で感情の説明でないものはひとつもない。私は小説の評が感情の説明にすぎないことをまったく否定しないが（なぜなら、小説とは読者の感情への訴えかけの上でなされるものなのだから）、自分の書く評が感情の説明にすぎないことを自覚してない評者のことは「バカ」と思う。

三月後半にひんぱんにあった震度3くらいの地震は、三月十一日の東北地方太平洋沖地震の余震だったわけだが、そんなことはそのときには断定はできず、次に起こる別の大地震の予震なのかもしれなかった。余震か全然別のものかよくわからないが、長野と静岡にあった地震は震度6強だった。そういう地震が次に自分の真下で起こっても全然おかしくなかった。

しかしその状況は日本にいるかぎりつねにそうだ。しかし、そう書く私は最近は、三月後半のようには震度2の揺れが起きたときに警戒しない。三月後半にあった、恐怖感やリアリティがいまはもうないからだ。私は何かを判断しているわけではなく、恐怖感やリアリティに反応しているだけだ。

しつこく言っておくが、私は地震を最も恐れるグループに属している。家具にはもともと全部に転倒防止の器具や仕掛けがしてあり、乾電池も常備してあり、懐中電灯の類は家の中にいろいろ合わせると十個ぐらいあり、ランタンもある。——しかし、そのように備えをしているということは本当は恐れているのではないのかもしれない。本当に恐れている状態というのは、何も備えをする気になれず、いざその時になったときにパニックになったり、茫然自失したりするのだとしたら私は恐れていることにはならないし、現に三月十一日の地震以来、「震度5強までなら大丈夫」だと思うようになっている。

地震直後、私は電車に乗るようなところまで外出する気になれなかったが、今はそこまでは考えない。余震がひんぱんにあったかなかったかの違いだけで、大きな地震がいつ来てもおかしくない状況の中にいることはあのときと今とでほとんど違いはない。それなのに、今は外出できるのは、地震に対するリアリティが薄れているからだ。

もっと言えば放射能がそうだ。放射能の情報には、すでにものすごくひどく汚染されているというものから、まあそれほどでもないというものまで、かなりの差がある。ものすごくひどく汚染されているという情報を収集しはじめたら、いくらもう五十五歳になろうとしている私でも、食べ物についてかなり神経質にならざるをえないだろう。

私ひとりが知っていても知らなくても、放射能の拡散と汚染の現実はまったく変わりない。しかし知ってしまうことによって、葉もの野菜なんかはもう全然食べられなくなるかもしれない。私が食べる・食べないの判断は、ひたすら恐怖の度合にだけ乗っかっている。その最中に起こった焼肉チェーンのユッケの食中毒はその最たるもので、原因はそのチェーンの肉の処理の杜撰さとわかってはいても、人はしばらくユッケを食べない（私はもともと焼肉はほとんど食べない）。

前回の、歯（歯茎）の腫れでブスッといきなり暴力的に麻酔の注射針を突き刺された痛みがその後の治療でよみがえってきて手が震え出した、一種のPTSDのこととか、それより前に書いた、父の交通事故の現場に行ったら、直後に急に手足がだるく重くなって、咽がいがらっぽくなったこととか、私が繰り返し書いている、ということは私が何か事に出遭うたびに考えているのは、これらが全部フィクションだということだ。

これは全部フィクションであり、人はそのフィクションから絶対に自由になれない。人どころか、うちの花ちゃんもまた、三月十一日の大揺れを経験して以来、しばらくは、ちょっと揺れたりどこかがミシッといったりするだけで、ピッと反応して逃げ出す体勢になった。しかし今はもうそれほど恐がってはいない。

フロイトならこれを神経回路の通電の記憶と痕跡とその修復みたいなことで説明するのかもしれないがしないのかもしれない。そのような説明がありうるとしてもありえないとしても、それがフィクションであることの否定にはならない。

フィクションというのは、人が（または動物全般か、ある程度以上の知能を持った動物が）現実と自分との関係を作り出すそのあり方のことだ。だから、それがたんに息抜きであるようなお話はフィクションの名に値しない。もちろん、どんなにくだらない、作り話という了解に守られているお話であっても、それを読む人にとって、「この本を読んで気持ちをリフレッシュさせて、また仕事に戻る」というような、現実との関係は必ずあるわけだが、その話を経てもなお、その話に接する前とまったく同じ顔をして現実に戻っていけるような話をフィクションと呼べるだろうか。ハイ、呼べません。

私は最近はずうっと「フィクション」という言葉を使っているわけで、それは『インランド・エンパイア』へと至るデイヴィッド・リンチに、私として接近するための用語であり概念である。しかしフィクションという言葉を使わなくても、「人間は幻想の中で生きている」とか「すべての人間は神経症である。生涯神経症を生きる動物を人間と呼ぶ」というような、心理学・精神分析寄りの言い方はいくらでも可能に見える。が、やはりリンチ絡みのフィクションは心理学的立場から一歩踏み込んでいて、

人間が生きているフィクションは、フィクションの力によって、突き崩したり書き換えたりす

ることができる。

フィクションはとてつもない広がりがあるのにもかかわらず、いつの頃からか人間はひじょうに狭苦しいところに入り込み、そこでぎゅうぎゅう、ぎしぎし、せこせこやっている。

三月十一日に崩れた本、といってもほとんどは平らに積んであった文庫本で、立てていた文庫本と単行本の中でも重いやつは落ちなかったが、そういえばうちには立てている文庫本は一ヵ所しかないが、その崩れた文庫本はいまだに本来の位置に戻ってないものがあり、昨日そのうちの一冊、オクタビオ・パス『弓と竪琴』（岩波文庫）を手に取って、ぱらっと開いた４４２ページにこんないいことが書いてあった。この本もまた、前に出てきた牛島信明氏の訳だ。


科学技術は世界のイメージでもなければ、ヴィジョンでもない。現実を表現したり、再生したりするのをその目的としていないがゆえに、イメージではなく、世界を秩序ある形姿と見なすことなく、人間の意志によって、ある程度自由に鍛造しうるものと考えているがゆえに、ヴィジョンではありえない。科学技術にとっては、世界は原型としてではなく、抵抗としてそこに存在するのである。世界はリアリティを持っているが、秩序ある形姿は持っていない。そのリアリティは、いかなるイメージにも変えることができないし、文字どおり想像不可能なものなのだ。古代の知の究極の目的は、それが感知しうる存在であれ、観念上の形姿であれ、リアリティの観照であった。一方、科学技術の知は、真のリアリティを機械の世界に替えようとする。過去の道具やから、く、り、は空間の中にあったが、近代の機械がその空間を根本的に変えてしまった。自動化する傾向にある、あるいは、すでに自動的に作用している機械のはびこっている空間は、諸々の力の広場、あるいはエネルギーと関係との結び目となっているが、それは古代の宇宙論や哲学の、ある程度安定していたあの広がり、あるいは範囲とは、似ても似つかぬものになっている。科学技術の時間は、一方では、古い諸文明の宇宙的リズムの破壊であり、他方では、近代の精密時計による時間の加速、そして遂には、抹殺である。どちらにしてもその時間は、計測はされても、表現されることをまぬがれている、不連続な目くるめく時間である。要するに、科学技術はイメージとしての世界の否定に基づいている。そして、まさしくその否定によって科学技術は存在するのだ。科学技術が世界のイメージを否定しているのではない。そのイメージの消滅が科学技術を可能にしているのだ。

『弓と竪琴』が出版されたのは一九五六年だが、いまよりも五〇年代の方が社会全体で、科学、テクノロジー、機械文明に対する批判が多かった。科学・テクノロジー・機械文明はその後、二十年、三十年かけて、勝利をおさめたということだろう。五〇年代は米ソの冷戦時代であり、ヒロシマ・ナガサキの記憶は世界中で生々しく、しかし同時に米ソはさかんに核実験を行ない、ウィキペディアによると、アメリカがネバダ州だけで一九五一年から九二八回、ソ連はセミパラチンスクだけで一九四九年から四五六回やったとされている（フクシマなんか全然たいしたことないんじゃないの?）。米ソだけでなく、イギリス、フランス、中国も六〇年代のうちにやっている。イギリスは五九年です。六〇年代じゃありません。もうホントに編集者とか校正者は細かいことにうるさいんだから。私の書いたものをこんなことの資料や根拠にする人はいないんだから、どうでもいいじゃない。

科学・テクノロジー・機械文明が勝利をおさめた今となっては、オクタビオ・パスのように強く批判する人はいないか、いても相当変人扱いされる。同様の批判はハイデガーもやっている。というか、オクタビオ・パスを読んでいると、ハイデガーみたいだなと思う。ハイデガーは、科学・テクノロジー・機械文明は勝手に進んでゆくから人間にはもう止められない、というようなことを言ったと思う。パスがハイデガーみたいだと私が思うのは、それらに対する批判のところではなく、パスの考え方の全体だ。

何かが全貌をあらわしたあとよりも、それが出はじめたときの方がその本質がわかるというのはいい教訓だ。もう手遅れかもしれないが。

オクタビオ・パスもハイデガーも、人類の生きるべき世界を利便性で測らない。人間として内面を成長させるのはどうすればいいか。内面を成長させるのを妨げない世界とはどういうような世界か。という基準で世界を判断する。こういうことを判断の基準に置く人はもういないような気がする。

しかし、オクタビオ・パスといいハイデガーといい、基本は感心したり感銘を受けたりするのだが、しばらく読んでいると、ドッと息苦しくなる。もっとアナーキーで破壊的で不道徳なことを言ったりやったりして、パスやハイデガーに浸っていた自分を洗い流したくなる。いや、引用したこの程度の長さではそんなところまでは感じないが、これがもっとずっと長くなって、何日もパスやハイデガーを読んでいるとそうなる。

たんに難解でよくわからなかったり、書いてあることに入っていけずに退屈であったり、しばらくは頷いて読んでいるがそのうちにあたり前のことしか書いてないと感じたりする本はふつうだ。オクタビオ・パスやハイデガーのように、どっぷり浸っていたと思ったら突然息苦しくなって嫌になり、また二、三年すると読み出してどっぷり浸り、突然息苦しくなる、というのを繰り返す本は他にない。

なぜそうなるのか。パスもハイデガーも、自分の書いた言葉、思索の道筋が後代まで残るものと考えて書いたことに一番の原因があるのではないか。自分が考えたことに退屈しない人。書くことがそれまで自分が書いてきたことを壊していかない人。自分が考え、書いたことが鳴らされたそばから消えてゆく音楽のようなものでなく、ギリシアの神殿のように、芸術のようでいて建築物にちかい人。それゆえ、自分が書くことがフィクションには分類されない真実だと思っている人。

同時にフィクションは存在と密接につながっている。

ある絵に描かれた人を見て、「ああ、この人がかつて本当にいたんだなあ……。」と、突然ものすごいリアリティに摑み取られてしまうこと。映画の一場面の隅に映った犬を見て、「私が生まれる前に撮られた映画に映っているこの犬が、かつて本当にいたんだなあ……。」という思いが込みあげてくること。

今日、ふだんあまり通らない道を自転車で走っていると、いくつかの連想が芋づる式に起こって、二年前の八月に死んだペチャを、死ぬ二十日くらい前、最後に車で獣医に連れて行ったその往復の道のことが、ありありとよみがえってきた。

フィクションは作り話のことではない。作り話を通じて、ある人や生き物や、ある出来事をリアルにこの世界に存在させることだ。しかしそれがいつの頃からか、リアルにこの世界に存在させることの方でなく、作り話ということだけが流通するようになった。これは出版が商売となって、ただ筋だけしかやりとりしない人を読者＝購買者＝消費者として想定するようになったことと関係ないわけがない。

そんな読者は関係ないとして（関係なければわざわざ書かなきゃいいのにわざわざ書かずにはいられないのは、そこはいつも確認しておかないとならないからだが、それ以上に私自身のわだかまりだからだ）、フィクションは存在と密接に結びついているが、人の手や意識を介在させたものだから、一撃で揺さぶられる。

整然としたフィクションを作るのでなく、唐突で説明のつかない事や物をフィクションに入れること。「何かを言う」のでなく、「何が言いたいのかわからないが、とにかく何かが伝わってきた」を目指すこと。論理的にすぐれたものを書くことは、論理的に書けない人を排除することになるし、論理的であることから外れることを恐れる人の支持しか得ない。

もともと人を引っ張り、人を惹きつけるものは論理性とは関係ない。

作品全体の中に位置づけられる不快

一九五六年に生まれ、七〇年代後半に大学生だった私と同年代の若者にとって、芸術とか表現というものの一つの雛形ないし完成形、ないし原型は、一九六六年にジョン・コルトレーンが演奏した『ヴィレッジ・ヴァンガード・アゲイン』のLPレコードB面全部を使った『マイ・フェイヴァリット・シングス』の、テーマの旋律が混沌の中から聞こえてくる瞬間だった。

十七、八分ぐらいフリージャズ風の混沌とした音がつづいたあと、突然、というほどでもないが、その混沌がまたたく間に退いて、どこか別の場所から誰もが知っている、特にコルトレーンのファンならこれ以前に何度もコルトレーンの別の演奏で聴いてきた『マイ・フェイヴァリット・シングス』のテーマが聞こえてくる。夜の闇に一条の光が射すように、と言う人もいるだろうし、光の射さないジャングルをひたすら突き進んでいったら、ついに鬱蒼たる樹々のあいだから広々とした空間の光が見えた、と言う人もいるだろう。混沌との対比もまた「光あれ」と神が言った創世記的イメージがあるわけだから、『マイ・フェイヴァリット・シングス』のあの瞬間にはどうしても光のイメージがついてまわるが、それは重要かもしれないが、いまは重要ではなく、混沌としたものから、

「すべてはこの瞬間のためだったのか！」

という快感が生まれることだ。

これは中毒にもなりそうな快感だ。『インランド・エンパイア』のラストで、ニーナ・シモンの『シナーマン』が流れてみんなが踊る。夫役のピーター・J・ルーカスはノコギリで丸太をひく――しかし何故、かくも重要な役回りのピーター・J・ルーカスは、英語のウィキペディアでさえ『インランド』のキャスト一覧に載っていないのか。『インランド』のこのラストを撮りたいがために、「リンチは三時間にも及ぶ映画を作った」という言い方だってできなくはない。

しかしもっとずっと大事なのは、万が一にもリンチがこのラストを撮りたいがためにこの映画を作ったのだとしても、とにもかくにも観客を三時間すわらせつづけたことだ。映画も小説も音楽もダンスも演劇も、それら時間をともなって展開される表現形式にとって、大事なのは、みんな本当にラストの善し悪し、ラストのカタルシス、ラストの強烈さにコロッとだまされてしまうのだが、大事なのは、ラストへといたる中間部、長い道のりだ。

ラストというのは、作り手が受け手とほとんど重なる瞬間であり、作り手にとってむしろ異物ととらえることもできる。作者にとって今作っている作品、このあいだから自分だけがずうっとつき合っている作品というのは、つねに思いどおりにいかないものであるが、作っているかぎり作者はそれに対して一人で向き合っている。しかしラストになると作者が自分一人として、まわりと切り離していた気持ちが急にずるずるとだらしなくなって受け手に阿《おもね》る、というのは少し言いすぎにしても、作者に人並みの弱さがおとずれる。

テーマは言うにおよばず、作品にとって作者の意図などというものは重要ではない。作者が一人で、このあいだからずうっと進んでいる、できつつある作品と対峙するその姿勢だけは、賞賛か感嘆に値する。私もその一人なわけだが、書いているときの自分というのは、

「そんなにやらなくても読者は認めてくれるよ。」

あるいは別の言い方をすると、

「そんなにやってても読者はわかんないよ。」

という歯止めに対して妥協がない。

作品というのはとても安易に自分をジャンル化されようとする習性を持っている。作品を作るのは作者であるのは言うまでもないから、その〝習性〟なるものはつまり作者の中にあるのではないか？ という反論・疑問はいかにもまっとうに聞こえるが、それは表面なことであって、作品はやはり作品自体が多様な運動性を持っているその中の一つ、一番わかりやすく安易なのが、自分をジャンル化されようとすることだ。ラストで作り手が受け手と重なるとすでに書いたが、ここでも作り手が受け手と重なる。というか、ほとんど受け手の立場になってしまう。ということは、ジャンル化というのは受け手の側の安易な要請ということだ。受け手の要請がつねに安易なわけでなく、受け手にも難解な要請もあれば複雑な要請もある。気難しい要請もある。

——ということは、受け手の要請は、難解だったり、複雑だったり、気難しかったりすればいいんですか？

——そういうことじゃあないんだな。「難解」とか言っちゃったのは「安易」でないということを言いたい言葉の弾みみたいなものだと思っといてよ。

たとえばラブクラフトは怪奇小説とかホラー小説の名手と言われているが、いきなりいかにも

「怪奇小説ですよ」という語り口で書き出す。私は何（人・物・事・場所）が、どういう加減で平穏な日常から逸脱して怪奇といわれる様相を帯びるのかが知りたくて、ラブクラフトをわりと何篇も読んだことがあるが、もうホントに最初の一行から怪奇小説然としているから途端にシラケてしまった。

　そのシラケを我慢して読んでいけば、それなりに面白くも読めないわけでもないが、入口のシラケは何と言っても致命的だ。怪奇好き・ホラー好きの人たちは、「だって怪奇小説を読みたいんだから」とでも思っているからか、いかにものはじまり方をまったく気にしないらしい。もしかしたらそのはじまり方に接するだけでワクワクするのかもしれない。だいたい私は怪奇好き・ホラー好きの人の気持ちがまったくわからない。『リング』だったか『らせん』だったか忘れたが、風呂場の排水孔から長い髪の毛のかたまりが出てくるところがある。あれは恐い。

　絶版だから入手して読むのは難しいが、古井由吉に『栖《すみか》』という長篇があり、その中で主人公の妻がだんだん気が狂っていき、箪笥の引き出しに夫の革靴がしまわれている場面があるが、あれはリアルに恐い。妻や自分がいつそういうことをし出さないか、という危惧も含めて恐い。

　排水孔から長い髪の毛のかたまりが出てくるところもリアルに恐い。一人暮らしの頃のアパートの風呂場の排水孔はまさにあのような髪の毛のかたまりだった。この「リアルに恐い」と私はわざわざ書いたその「リアル」というものが、ジャンル化された怪奇好き・ホラー好きの人にはどうなっているのか。

　文章の意味が読者に理解される（されすぎる）ことの不快感というのがある。あるいは、自分が書いている文章や場面が作品全体の中で簡単に位置づけられることの不快感というのがある。

私はこのことについて、この連載でリンチについて書きはじめたときにははっきりわかっていなかった。この『真夜中』は二〇〇八年四月が創刊で、リンチのことを書き出したのは第二号の〇八年七月刊の号で、ということは私はその号の文章を四月末に書いた。『インランド・エンパイア』の公開は前年の夏のこと。私はその年の十月か十一月から、いま書いている『未明の闘争』を書きはじめた。

この連載の中でも書いてあるはずだが、私は〇七年の夏の少し前あたりにはじめてまともにリンチの映画を観るようになり、それが刺激となって、あるいはそれと並行して、むくむくと小説が書きたくなった。〇三年に『カンバセイション・ピース』を書き終えて以来、小説を書きたいという気持ちに全然と言っていいほどならなかった。映画も観ない。ごく一部の小説を除いて、映画も小説も、それが完成品として私の前にあることが退屈で退屈でしょうがない。が、その退屈さがリンチによって一気に破られ、私自身もむくむくと、ふつふつと、小説を書きたくなった。

私が書きたくなった小説がどういうものかは見当が全然ついていなかったが、それは決定的にリンチの影響を受けたもののはずだ。何をどういう形で受けるのかはまったくわかっていなかった。そしてこれはもしかしたら、着手してもう丸四年になろうとする今となって言えることなのかもしれないが、その影響を受ける何かが、リンチの映画の本質——または、私がリンチをおもしろくてもうどうしようもないと思っていることの核心部分のはずだった。そしてそれは今、間違いなくそうなろうとしている。

この影響の核心とか本質というのは、作品の題材や手法ではまったくない。さっき書いた、

自分が書いている文章や場面が作品全体の中で簡単に位置づけられることの不快感

だ。この際、「簡単に」は削除しよう。自分が書いている文章や場面が作品全体の中で位置づけられることの不快感。これは作品の手法などテクニカルなものを超えた本当の本当に本質的な問題で、作品と作者、作品と読者というそのあり方が別のものになる。浅薄な人はここで私が自作の価値や意義についての宣伝をするっと挿入したと考えるかもしれないが、そんなことではない。私は『未明の闘争』をずうっと書きながらこれに気づきはしたけれど、これを作品として実現させられるかどうかはまだわかっていない。

作品には、作品としてまとまろう、作品として意味あるものになろうとする求心力や凝集力がある。作者となる人と読者となる人が今までそのような作品にしか出会ってこなかったり、〝作品〟としてイメージされるものがそのようなものであるかぎり、作者となる人がある作品に着手した途端に、求心運動や凝集運動が必然的にはじまる。もちろん「まとまりを欠いた作品」という評言があるとおり、まとまり方の悪い作品とかまとまり方が弱くてそれぞれの題材が散らかった印象を与える作品はいっぱいあるが、それはまとまりがあることを前提とした批評や印象であって、いわゆるまとまりを欠いた作品が作品が持つ求心運動や凝集運動を意図して否定（無視）しているわけではない。

しかし、この〝意図〟のあるなしは考えてみるとどっちでもいい。小説の何たるか、映画の何たるかが全然わかっていない人が、思いつくままであるイメージに駆られてでも何でもいいが作品を作ったとする。それは細部がバラバラで全体としての統一感が全然なかったとする。でもそれが読んだ（観た）人はなんだかおもしろくてしょうがなかった。とか、読み終わった（観終わった）後にいろんな場面がすごく印象に残っていた。というようなことがあったとしたら、その小説（映画）は、求心運動や凝集運動を必要とせずに小説（映画）たりえたと言える。というか、私はダンスはほとんどそのようにしか観ていない。そういえば、ピナ・バウシュのヴッパタール舞踊団の『パレルモ、パレルモ』が、ちゃんとした意味があると言われたら私はむしろ嫌になるだろう。意味など考えずにその場その場の動きをただ観ているのが一番楽しい。が、同時に私は個別の作品を離れて、人間の体のことやフィクションのことがあれこれ頭を去来している。

フリージャズとなったらもっと全体を見ずに聴いているというかかけ流している。クラシックの解説で、第一楽章の主題が第二楽章でこう変奏され、第三楽章の×××を経て、最終楽章でこうなるという説明が面倒くさくてしょうがないし、だいたい私は主題とか主旋律とかが何か、聴いていてもう全然わからない。サックスの歪んだ音が私はただ気持ちいい。緩んだ音も気持ちいい。トリオやカルテットがいっせいに鳴らしまくる音も気持ちいい。

意図せずにまとまりを意図しないものに日記がある。日記にはその日突然去来した思いが書かれることもあるし、何の説明もなく人名・地名が出てくることもある。その日に書かれた思いがいかにも大切そうで、書き足りていないから翌日にも書かれるのかと思えば書かれず終わることもある。私は二〇〇五年頃、ミシェル・レリスの日記を読み出して日記のおもしろさに目覚めたが、それ以前にカフカの遺した断片は好きになっていた。私の本棚には書簡集とか日記とかけっこういっぱいすでにあったのだから、私は何年も前から日記や断片を好きになる準備ができていたということらしい。アントナン・アルトーの『ロデーズからの手紙』なんか、書いてあることの半分は意味がとれない。

この詩人にとって絶対的なものとは死であり、相対的なものが彼の永遠なのです。なぜなら、私がいつも何かするとしたら、それは何かに関して相対的にであるからです。絶対的なものとは、時間の永遠の永続性の中に全体として存在させるべく探究すべき相対的な存在にすぎない。――存在があるときそれは絶対であり、存在が絶対なのであって、絶対があるのではありません。しかし今まで存在の存在は決してそれ自体の絶対性を獲得してこなかったのです。――ポンプの動きは、その中にある力の絶対性に関して、力においては絶対である。しかしこのポンプの動きの前にも、後にも、無限に別のポンプの動きがあるのです。

これは一九四五年に書かれた手紙（宇野邦一訳）だが、すごくわからないが全然わからないわけではない。私はそれでも意味をとろうとして線を引いたりしながら何回も繰り返し読むから疲れるし、一冊の本が全然読み終わらないどころか前に進んでいかない。私はこの文を理解しないが、この文と関係なく私の中であるイメージが生まれる。それもまたすぐに消えてゆくがそれはきっといつか思いもかけないときに、わたしの考えや感情やイメージに私自身は気づかないところで、少し離れた場所でやられている工事のドシンと機械が地面を打つ振動が私の家の床を揺らすように揺らすだろう。

意図せずまとまりを欠いた作品を作る人でない作り手は、キャリアの前半とそれ以前のトレーニング（?）期（修業時代）を通じて作品に求心力・凝集力を与える訓練をさんざん経ているから、彼にとって作品とはほとんど自然に求心運動・凝集運動を持つものとなる。細部と全体との連関もつねに考えている。細部と全体との連関とは求心運動・凝集運動のことだから、このセンテンスは前のセンテンスの言い換えでしかないが、あって邪魔になるものではない。

しかし彼は作品の求心運動・凝集運動がうっとうしくてしょうがない。――と、ここまで来たら、もう「彼」とはほとんどデイヴィッド・リンチのことだ。しかし私はリンチその人について何かを言いたいのではなく、『インランド』と、それに至るリンチの映画のことを言いたい。

私は最初の方で、作品とそれに向き合っている作者の姿を書いた。作品に向き合う作者の姿（作品と作者の小競り合い・駆け引き・綱引き）は作品ができあがれば、作品に反映する作者が作品がオーソドックスに持つ求心運動・凝集運動と折り合っていれば、作者の姿（作者が作品を作っている時間）は作品に吸収されて見えなくなる。と同時に、作品に吸収されて見えなくなった作者を想定して、ふつう「作者の意図」などと言われる。

が、作者と作品との闘争がついに最後まで緩解しないとどうなるか。オーソドックスな作品に馴れた受け手にとって、「わけのわからない作品」となる。

私は本当に小林秀雄（小林秀雄的文学観）と合わないんだなと思う。鈴村和成が未来社のPR誌『未来』に今年の六月号から連載をはじめた『書簡で読むアフリカのランボー』という連載があり、それは詩をやめたアルチュール・ランボーがいわゆる「砂漠の行商人」となって活動しているあいだに、おもに自国の母親に宛てた手紙のおもしろさについて書かれている。私はその連載をこのあいだ八月に四回目の九月号を偶然読み、これがおもしろくて一回目からさかのぼって読んで、ランボーのアフリカ書簡を読みたくてしょうがなくなって、ジャン＝リュック・ステンメッツ『アルチュール・ランボー伝』（水声社）の後半の、詩をやめてからオランダの兵隊となってジャワ島に行ってそこですぐに脱走してからあとのところを読み、鈴村和成の『ランボー、砂漠を行く』（岩波書店）を読んだりしても、手紙は全文載っていない。

そしたら九月にみすず書房からその鈴村和成の個人全訳による『ランボー全集』が出た。六三〇〇円だ。高い。高いとか言いながら古本屋に入るたびに読みもしないだろう本をいっぱい買ってるくせに、高くて、一度本屋であまり時間がないときにその『ランボー全集』の書簡のページをぱらぱらめくってみたら、あんまり収録されているように見えない。それでまた、『アルチュール・ランボー伝』と『ランボー、砂漠を行く』の書簡部分を読んだり、もともと持っていた青土社の『ランボー全集』と角川文庫の『ランボオの手紙』に、アフリカ書簡が少しはあるかと思ってみると、これがまったく収録されていない。角川文庫の訳者は解説で、

「しかし、これらの手紙や紀行文は、多くこれまでの彼の文学的手紙、「言葉の錬金術」の作者の作品《もの》とは凡そほど遠い内容のものばかりで、その文体は張りもなく、味もなく、実に平板で、もちろん文学的価値とか色調とかいうものはてんで感じられない。」

と書いているがこの人が「この邦訳にとりかかった当時、わたしは事業の失敗やら女のことで、いっそ死んでしまい度いほどのつらい思いをさせられていた最中だったが、……」と書くような、典型的な無頼派気取りのくさぁい文学男で、こういうやつは小林秀雄で文学に入ったに違いないと思っていたら、別の方向から小林秀雄がアフリカ書簡を価値ナシとしていたという話を聞いた。

で、結局しょうがないからみすずの『ランボー全集』を買うことになるのだが、なんということ！　ランボーが書いた手紙はほとんど収録されていたではないか！　私はあのとき本屋で何を見たというのか。だいたいその本屋とはどこなのか。よくわからない。

アフリカ書簡とは言っても、ランボーがまず行き、おもな拠点となったのはアラビア半島のずうっと先端に行った外れ、スエズ運河から一番遠い、紅海の出口に近いあたりのアデンというところで、ここはもう完全な砂漠で猛暑もひどい。もう一つの拠点がエチオピアのだいぶソマリア寄りのハラルというところでこっちは高原で過しやすく、ランボーはそこをとても気に入った。

手紙の内容は、どこからどこへの行程がラクダを使って何日かかるということと、その土地の気候。フランスで買って送ってほしい本のリストと自分が今何を売り買いしているか（コーヒー、象牙、金、香水、武器）ということ。だいたいそれに尽きる。文学者の手紙とはとても思えない内容だが、そこを鈴村和成は素晴らしいと言う。私もそう思う。感想もないわけではないが事実の記述がほとんどだ。一八八〇年から九〇年が中心だが、十九世紀のそんな時代に、

ソマリ砂漠を二十日間馬に乗りつづけて横断したのち、この土地に着きました。ハラルはエジプト人が入植した街で、彼らの統治に服しています。駐屯地は数千人の兵士がつめています。ここに商会の支店と店舗があります。土地の産物はコーヒー、皮革、象牙などです。高地ですが、作物がないわけではありません。気候は涼しく、体に悪くはありません。（ハラル発、一八八〇年十二月十三日の一部）

そちらは夏ですね。こちらは冬です。ということは、かなり暑いということです。しかし雨がよく降ります。数か月、こんな調子でつづくでしょう。コーヒーの収穫が六か月したらはじまります。（ハラル発、一八八一年五月四日の一部）

こんな素っ気ない記述で、フランスに住む母親に現地のことがどれだけ想像できただろうか？が、しかし。道の石を拾って理想宮を造った、郵便配達のシュバル。シュバルがそれをしたのは一八七九年から一九一二年までとされている。その頃ヨーロッパでは世界各地の風景・気候を紹介するイラスト豊富な雑誌がたくさん出版されていて、シュバルはそこからインスピレーションを得たと言われているから、ランボーの母親もそういう雑誌を集めればあるイメージは得られたかもしれない。

が、一方、ランボーはフランスの地理学協会に自分が赴く土地の報告を出すことを画策し、ランボーがあまりに高い報酬を要求したからそれが受け入れられなかったというくらいで、そこはやはり未知の土地と言っていい。ランボーはイタリア人探検家と途中で知り合ったりもする。探検家が行くような土地だ。母親はイメージを自分なりに持ったとしても、それはかなり現実とかけ離れたものだ。それがイメージであるかぎり母親は現実とかけ離れたものでも現実と近いと思い込むことは可能だが、ランボーの文面は現地を知らない人が抱く想像を砕くようになっている（と、私は思う）。

それにしても感情を交えず客観的というより無味乾燥の記述ばかりの手紙やメールというのを私はもらった記憶がない。手紙とは一対一ゆえの親密な感情の発露の場であり、小林秀雄とまでとは行かなくてもやっぱり文学的なのだから、ランボーは違うことをやった。

作者たる者、作品を無から生み出す、とかたく思い込んでいる人がいるが、作者が作品として表わせた（顕わせた）ものは、作者が受け取ったものの一部なのだと考えてみると、どうか。

「どうか。」というのは、私もそこのところが今はまだイメージを把めていないから、一番いい加減な「どうか。」という言葉しか書けない。

このあいだある指揮者がテレビで、ベートーベンの交響曲の楽譜と演奏について、

「私たちはベートーベンの大きな宇宙の一部を楽譜で垣間見ているだけなんじゃないか。」

と、たしかこういうことを言ったが、ベートーベン自身も同じことを感じていたのだとしたら、どうか。

宇宙の中で壮大な音が奏でられている。その音の一角を聴き取れたと感じたときにベートーベンの中で一つ、交響曲が生まれた。

ベートーベンが無から交響曲を生み出したと考えるよりも、宇宙で奏でられている音を聴き取ったと考える方が、ベートーベンがずっと大きなものに奉仕していたと私は感じる。ジミヘンは宇宙のイメージが大好きだったが、ジミヘンは少なくともそう感じていたんじゃないか。

境地という言い方は、何かを極めたような響きがあるから、〝心の構え〟ぐらいにしておく方がいいが、心の構えとして自分が何を今したいのかを自分の内面にぐっと掘って下っていくような構えでなく、外に向かって開く。自分をかなり無防備な状態にして、外に対して敏感であろうとすること。そこに訪れる音や言葉を風景のように素早く手短かに書きつけておくこと。ランボーはアデンとハラルでは本人の自覚では金儲けをつねにたくらんでいる山師というのが本当のと

ころではないかと思うが、そのとき「自覚」は何ほどのものでもない。

彼がせっかちで長期にわたるプロジェクトを練って金儲けを成功させる道を選ばなかったことか、イギリスとフランスの力関係に振り回される土地だったためにもし彼が長期プロジェクトを練るほどの根気の持ち主だったとしてもそれはきっと成功しなかっただろうそのこともしかしやっぱりランボー自身、自覚せずとも彼の人生はそれをわかっていただろう。あれこれ画策するがどれもうまくいかない人は、画策それ自体がもともとうまくいかない類のものだったり、うまくいかないやり方を選択していたりするもので、とにかくその人はうまくいかない方に、ここで「主体」という言葉を使えるなら、主体的に関わっている。この主体は最も自覚から遠いところにあるように思えるが、自分の人生を少し冷静に振り返れば、うまくいかないことこそが自分の願望だったことがわりと簡単にわかるだろう。

ランボーはそのように外的条件に振り回される人生を送る最中に訪れた音や言葉を素早く書きとめた。というのはランボーのことをほとんど知らずにこれまで来た私が、周辺の本を二冊ばかり拾い読みしたかぎりでのテキトーな想像だが、それをリンチに置き換えてみる。

『マルホランド・ドライブ』を作ったあと、作品としての結構をしっかり持った映画を作りたくないと考えるようになった。そこでどんなものになるかは考えないように努めて、まず身近なところでローラ・ダーンが出てくる映画（前・映画）を撮った。次に、ピーター・J・ルーカスの出身地のポーランドに行って映画（前・映画）を撮った。とにかくそういうことなんじゃないか。

こういう風に書いていてもやはり、作品を作者が作り、作者は意図を持ってるようにしか聞こえないが、ここでの〝作者〟とはもうふつうの意味での作者ではまったくない。

ただ、リンチが撮るものには見ていて胸が苦しくなるような緊迫感というか、見ている私を「この人、これからどうなっちゃうんだ」という気が気でない気持ちにさせるものがある。『ワイルド・アット・ハート』で、ニコラス・ケイジとローラ・ダーンがどこか知らない土地に行って、そこにたむろしている男たちにじろじろ見られるシーン、もしそんなシーンがなかったとしたらそれに類するシーンを見ていて、私はこの二人が心配でたまらなくなった。それはしかしけっこうたわいのないシーンなのだが、私は心配でどうしようもなく、こんな気持ちのままずうっと観ていたら心臓がどうかなるかもしれないと思ったほどだった。だから『マルホランド』で、ナオミ・ワッツが記憶喪失のローラ・ハリングを引っぱって貸家みたいなところに大胆にも侵入していくところでも、ものすごくハラハラした。

そのような緊迫感は二度目からは味わわなくなるから、すでに何度もリンチの作品を観た私はその緊迫感について書くのを忘れていたことを危惧するが、書いた気もする。たしか書いたはずだ。リンチの映画を一回目に観るときはまずこの緊迫感に引きずられるわけで、作り手のリンチとしては、この緊迫感さえあればストーリーやエピソードの整合性に関わりなく、映画として成立しうるという自覚はあるのではないか。

映画や小説のことをわかっていない人は、ストーリーやプロットなど客観的に記述可能なところを取り出して映画や小説を説明し、ストーリーやプロットをきちんと作れれば映画や小説を作れると思っている。しかし映画を映画たらしめるもの、小説を小説たらしめるものは、そこにはない。

前回私は、「すべての判断は感情の説明のようなものでしかない」と書いた。映画を映画たらしめるもの、小説を小説たらしめるもの、その一つが受け手をある感情の状態にさせることだ。観る側は映画の中にいる当事者自身かその人を思う人の気持ちから離れられない。ということはそこで起きている観ている私の判断なり感情なりは、感情の説明でしかない。人が映画と呼ぶかどうか、ということは観た人たちの共通了解を取りつけられるかどうかが、リンチにとってこの緊迫感だけだとすれば、あとはもう退屈な（不快な）意味など捨てて、ストーリーの要素をどんどん解体することができる。その方が外からの要請に対して心の構えを開いていられる。

私は二〇〇三年から世話をしている外猫のうちの一匹、私がとりわけ可愛くて可愛くてしょうがないその猫がいよいよ具合が悪くて、家の前にいるはずの時間にいないと心配で、三十分と机に向かっていられず外に見に行く。私は元気に遊び回っていたそのマーちゃんがもう一度、あの元気を取り戻せるように去年の夏からいろいろしたがすべて効果がない。私はいよいよ別れの覚悟を決めなければいけないと思うと、もうこの世界に楽しいことなど一つもないような気持ちにさえなる。死んだらどうするか？　区役所に連絡して引き取ってもらうか？　隣りの空き地に埋めてやるか？　ペチャたちと同じ霊園に葬るか？

区役所に火葬を頼むと、いろいろ言うが結局は他のゴミと一緒に処分されるという話だ。マーちゃんのお母さんといとこにあたる猫はこうしたが、いまはその頃よりずっと気持ちが移っている。隣りの空き地にもいとこが一匹埋めてある。私はこれが一番マーちゃんも望む場所だと思うが、隣りの空き地は埋葬した翌日にマンション建設の工事がはじまって、土が掘り返される可能性がある。妻は霊園に葬ってあげようと言うが、霊園にはマーちゃんの知り合いは一匹もいない。こんなことを私は最近毎日深刻に考えている。「死体は死体じゃないか。」と私には考えることができない。マーちゃんに関して私の判断は完全に感情だけによっている。

もう一度『インランド・エンパイア』へ（1）

『インランド・エンパイア』を恵比寿ガーデンシネマに観に行ったのは、二〇〇七年九月六日だった、私は午後三時くらいの回に入った、その日は台風が接近していた、朝から雨模様だったが激しい雨にはなってなかった、ちょうど今日みたいに細かい霧雨のような雨が空間を埋めていた、映画館に入ると外が雨だから湿度はあっただろうが気温は三十度に届いてなかったから館内の冷房は私は寒かった、私は十月には五十一歳になる、それでも私は麻のシャツ一枚に麻のズボン、このペラペラの薄着は今は考えられない、今なら一時間以上冷房の効いたところに入るときは上着を持っていったり下にTシャツを着る、だいたい今は真夏でも下にTシャツを着る、シャツと肌の隙間に通る風が涼しいより寒い、とにかく私は年々寒がりになる。

　二〇〇七年のその日、台風接近で雨だったと思い出すと二〇〇四年の五月に一度激しく具合が悪くなったジジはよく大丈夫だったと思う、ペチャも二〇〇四年の夏に激しく具合が悪くなったが便秘がひどく二、三日に一度摘便していた以外は問題なかった、花ちゃんはまだ八歳だから心配するところはなかった、ペチャは二十歳、ジジは九月に十八歳になる、それでも私は台風接近の日に妻に猫の世話を任せるだけで三時間の映画を観に家を空けることができた、その後の、とくに二〇〇九年から一一年一月のジジの死までいろいろいろいろあったことが優位の記憶で、そのように外出することが可能だったことが実感としては信じられない、しかしその気がかりがあったから私は台風が接近していたこと、細かい雨が霧のように降っていたことから『インランド・エンパイア』の記憶ははじまる、ジジの様子がちょっとでもおかしければ私は外出するはずはないからそのような天候にもかかわらずきっとジジはけろっとしていた、台風はその夜に関東に最接近し激しい雨を降らせ、朝までには三陸沖に抜けて行った、その三陸は三・一一以前の三陸だ、マーちゃんたち外の猫たちはまだ五匹いた、私のまわりも日本列島も、以前だった。

「ペチャの隣りに並んだらジジが安らった。」と私は、二〇一一年一月十七日に死んだジジを翌日府中のペチャとチャーちゃんが眠る霊園で火葬して、初七日を待たずその日にジジの骨壺をペチャとチャーちゃんが並ぶ棚の隣りに並べたら感じた、これでうちで飼った歴代の四匹の猫は今こっちの世界にいるのは花ちゃんひとりで向こうの世界に三匹いる。

霊園の納骨堂の棚に最初に置かれたのはチャーちゃんで九六年の十二月だった、そのときはまだ花ちゃんはこの世に存在してなかった、私はたった四歳ちょっとであっちに行ってしまったチャーちゃんがかわいそうでかわいそうでしょうがなかった、チャーちゃんの命日は十二月十九日で、私は毎月の十九日にチャーちゃんのところに行くのがむしろ楽しみだった、ペチャが死んだのが二〇〇九年八月二十六日だったそのときペチャの骨壺がチャーちゃんと並んだところを見て、私はやっとチャーちゃんが淋しくなくなったと感じた。

チャーちゃんはとびきり社交的な猫だった、人間のお客さんが来てもそばに寄っていったし外の猫が来ても家の中から、ふつう家の中にいる猫は「シャーッ!」とか「フーッ!」とか外の猫を威嚇するがチャーちゃんはそういうことはなくとてもフレンドリーで、向こうが寄ってきたら網戸ごしに手と手、つまり前足と前足をタッチしたりした、外の猫は家の中に興味を示すタイプの猫はだいたい穏やかで、よっぽど何か特別な事情がないかぎり、わざわざこっちに寄ってきて「シャーッ！」と威嚇するようなことはしない。

チャーちゃんはだから、ひとりであの納骨堂の棚に置かれてもきっと他の猫や犬たち、場合によってはウサギや亀やインコとも仲よくやっていけると思った、そうは思ってもやっぱりチャーちゃんが淋しがっていないか……というこちらの心配は完全に晴れることはなかったが、あのひとりで置かれた状況がチャーちゃんでなくペチャかジジだったら私と妻はやっぱりペチャやジジが感じている淋しさに耐えられず、納骨堂でなく家に連れて帰ってきただろう。

猫を飼っていた友達が猫が死んで私に電話してきて、

「お寺のお坊さんから、四十九日が終わるまでに×××しなければいけないって言われたんですけど保坂さんもそれしました？」と私に訊いた。

私はその×××に該当するところを聞いたこともなかったのでもちろんやったりしなかった、だから私は「やってない」と言った、それはもうホントにどうでもいい、カネばかりかかるくだらないことだったからそのお寺はひどいと思ったが、私は友達の気持ちがよくわかった、一緒にいた猫が死んだとき、その猫がちゃんと死ねて、あの世で不幸なことにならないように、こっちは真剣なのだ、子猫のときに遊びながら世話し、年をとったら献身的に介護したそのままの時間を飼い主である私も友達も生きている、死んだから何かが終わるというものでなくそれはまだまだずうっとつづく。

私は繰り返してきたが、今はあまりこれを根拠づけようと思わない、それでもまったく、

「ほら、そこにリンゴがある。」とか、

「けさ、リンゴを食べてきた。」

というときの「リンゴ」のようにみんながそれのあるを疑わないようにも書けない。

世界にはみんなが共通了解としてあるを疑わないもの（こと）、そのあるがつねに一定してあるもの（こと）、それらと別に、特定の瞬間（時間帯・時期）にのみあるもの（こと）や特定の人、特定の気持ちの様態にのみあるもの（こと）がある、芸術に接することは広く後者の行為・出来事だ。

この世にもういない人の姿が見えるとする。その姿が見える人が複数いるとする。そのときその人の姿を見えるという複数の人が同時にたとえば絵に描いて同じだったらその人が見えていることが確かめられるか？

これはまったく自分が今いる物理現象優位の世界観を一歩も出ない、

「俺がわかるように説明しろ」

という、文学・哲学・芸術の世界にいる人が若い頃にきっと必ず何度も親戚のおじさんやそれに類する人たちに言われたことがあるはずの、壁のような言葉と同じだ。

リンゴはあるわけだが、リンゴの絵をたとえば三人がそれぞれ描いたとき、リンゴを見たことのない人がそれを十全にイメージできるほどのリンゴを三人がそれぞれ描けるだろうか？　リンゴを言葉で説明したときにリンゴを知らない人はそれをわかるだろうか？

これはウィキペディアから拾ったあるヒット商品の説明文だ。

「従来の大人のおもちゃ（アダルトグッズ）を手に取りやすくオシャレに変身させた。これがオナホ?と思えるほど、オナホ（オナホール）のイメージを一新!女性でも抵抗なく手に取ることができるほどの洗練されたデザインと、独自に研究された機能性で、販売以来多くの男性芸能人がテレビやラジオで話題に取り上げています。もう後ろめたさはいらない。もっとオープンに!女性にまじめに向き合い開発された健全な商品として支持され、同じコンセプトのもと、女性用やカップル用も登場!現在、海外でも40ヶ国以上で販売されている、日本が誇る世界に広がる注目のアイテムです。」

別のところでの説明はこうだ。

「ケンドーコバヤシ、アンタッチャブル、カンニング竹山、松本人志、有田哲平、福山雅治など多数の男性芸能人が愛用している。

また、深夜ラジオ番組「JUNK」（TBSラジオ）でも話題になることが多く、製造元から頻繁に新製品サンプルが番組宛に送られてくるほど売り上げに貢献したようである。伊集院光は貰ったそれを若手芸人に譲り、そこから起こった出来事（もらった後輩芸人が翌日過労で倒れた、など）をラジオでよくネタにしている。」

どちらも写真が掲載されているが、写真だけでは、何に使うどういうものかわからなかった、しかし一つ目の引用元はウィキペディアなのだがそのウィキペディアは本当のウィキペディアだったんだろうか？　ともかくエピソードばっかりで、どういう使い方をするのか私は形だけでは見当がつかなかった、というかだいたい中学高校生の頃、女性器がどういう形をしているのか謎だった、ストリップを見ても、それから自分が実際にセックスするようになっても女性器がどういう形をしているのか、よくわからなかった、今はネット上で女性器はいくらでも閲覧可能だが、じゃあ絵に描けと言われて私はちゃんと描けるだろうか？　細部にこだわると全体がごちゃごちゃになる、というかごちゃごちゃしている、かつて私はどうして女性器をあんなに見たかったのか、ストリップ劇場に行って女性器が見える瞬間に目を凝らした。

隠すから見たくなるんだと言う人はいる、それは確かにそうだ、ストリッパーがいきなり女性器を見せたら食傷しただろう、しかし見たいのは隠されているからだけじゃない、かと言って、「ここから生命が誕生する」とかそういう抽象的なことを考えたりはしなかった、私はただ即物的に女性器を見たかった、胸を見たい、お尻を見たい、陰毛を見たい、の延長だ。たしかパスカル・キニャールだ、キニャールは女性器と性行為に異常なほどこだわる、日本でもキニャールは十冊くらい翻訳が出ている、フランスでは日本での知名度とは比較にならないほど重要な作家のようだ。

キニャールの性へのこだわり方はどうしてもわからない、ブランショが死にこだわるようにキニャールは女性器と性行為にこだわる、あるいは魅了されている。三人が三人、憶えで女性器の絵を描く、あるいは女性器の説明を言葉にするとしたら、三人の絵や説明は三つともほとんど別物だ。この世にいない人の姿が見えるという人の描いた絵や説明が三人別々になるだろうことと同じだ、科学的・実証主義的な検証というのは、何かとてもつまらない安定の仕方をした世界像を想定している。

一回性や検証不可能性に心を奪われている人がいるはずだ。あるいは、いま自分に見えていることが他の人たちにもだいたい同じように見えていると感じたらそこで自分として見ることはどうでもよくなって他の人が見ることにそれを投げ渡してしまうような人、資料を調べているとき、ざっと目を通すか見出しだけチェックして付箋をつけたりコピーしたりスキャンしたりして中身は精読せず後回しにするように他の人にも見えているならそれはその人に任せておけばいいと。戦国大名や幕末の志士のことはよくわからないからその話は俺じゃなくて石川君に訊いて、と言うように。

みんながいつでも共通して安定した知識をやりとりできる、ウィキペディアはそういうものだ、私だってウィキペディアをしょっちゅう調べる、ウィキペディアが浸透すればするほど世界がつまらなくなってくると感じる、暴れ出したいほどそう感じることがある、ウィキペディアはネット上に開かれた百科事典だが何か決定的に違う、いや私は百科事典を愛読したことはない、それでも私はいろいろな事典が好きだ、物の名称を図解で網羅した事典とか持っているがそこにある、「事典つくる人ってすごいな！」

という感慨がない、事典が持つオーラがウィキペディアにはない。ウィキペディア的営みは世界を閉じて安定させるように感じる、物としてある厚い事典は世界を安定させよう、自分のこの営みによって世界を安定させよう、という情熱がむしろ世界をどんどん不安定な方へ引っ張る感じがする、事典や博物館の類いはない方がもっと私はいい、事典や博物館は物と事に対する人間の支配という楽天的な願望によってきっとはじまったものだろうが、何かを集めている人が収集マニアとなってそれに時間もカネも労力もひたすら注ぎ込んでとうとうふつうの世界に戻ってこられなくなるように、事典や博物館は結局、物と事に対する人間の敗北、という風に今ここで私は書いているその事典や博物館は私の頭の中にある、現実の事典や博物館とは乖離したものだったり、物や事の側についた私の願望だったりするだろうか。

　マニアとなって時間もカネも労力もひたすらそれに注ぎ込む人は不幸ではない、または不幸とか幸福とかと別のところにいる、端から見て大変なことをしている人は大変なことができる人なのでそこには大変とラクというその大変さに突入する以前の二分法はもうその人にはない。

　このあいだ批評家養成の講座にゲストとして呼ばれたときに私は、一つの小説を書いているその過程が小説家にとって前に進む過程なので、一つの小説の書き出しと終わりで書き手である小説家は変わっていないとおかしいと言った。しかしふつうは作者というのは作品の外にいるので作品を書く過程＝時間の影響を受けない、形而上学的な位置にいると考えられている、作者は作品の書き出しと結末で変化せず一貫性を持った存在とされている、作者は結末を見据えて冒頭部分を書く、一般的な言い方をすれば「作者の頭の中には事前に作品の設計図ができあがっている」。

　私は設計図ナシ、結末の考えナシに小説を書き出す、小説の途中になっても結末の考えはない、話はわかりにくくなるが結末の考えはそのつどあるがそれは便宜的なものであって結末がそのようになることはない、ということはそのつどある結末というのは、その結末に向かって書いてゆく結末ではない、それでもそのような結末でも便宜的にそのつど必要とするのは、どこかに向かって書いているという担保のようなものが少しは必要だということだろうか。

　書きながらそのつど結末が変わるというのは書きながら進行中の小説に対するイメージが変わるということだろうし、書きながらということは資料を調べることも進行中の小説と直接には関係ない本を読むことも書くことと関係のないいわゆる日常生活を送ることも家の中で飼っている猫や外で世話している猫の死に出会うことも書きながらの時間＝歳月に含まれる、書きながらと私が書くときは書くだけのことを指していない。

読者よ、どうか、そのような、夾雑物を捨てた、モデル化された考え方は今ここではしないでいただきたい、――と小島信夫なら書くところだ。

その批評家講座でひとりが手を挙げて、

「書きながら自分が変わるということは、はじめの頃の自分が否定されるということになると思いますが、そういう自己否定は苦しくないのでしょうか？」

という質問をした、自分というのをこの質問者は自分の外にあって自分が対象として観察することができるようなものと考えている、自分が変わると自分は変わったのだから変わる前の自分のことは実感として捉えることが難しい。たんに肉体が衰えて腕立て伏せが十回できなくなったというとき、肉体と限定された肉体は自分の外にあるようなものだから変わったことをある種客観的に言えるわけだが本当のところはどうか、私は腕立て伏せの回数で、その数字だけで肉体の変化を理解したつもりになっている、私は本当のところ肉体の感覚として変化をわかっているだろうか、腕立て伏せをいま十回できなくなった腕や腹筋の感じから逆算して三十回できたときの腕や腹筋の感じを自分の頭のイメージか身体感覚のどこかにリアルに再現することはできるだろうか、私はできない。

あのとき質問者が口にした、私はじつに久しぶりに耳で聞いた「自己否定」という言葉は、自己・自分・私というのがこの体の中にあるだけでなく、他人の目や言葉という全体として厳然と私の外にある体系、それら外にあるものから私を規定する、あるいは私の輪郭をつくっているようなベクトルによって自己・自分・私が通常あることを巧妙に言い表わしている。

体のことで気がついた、私は腕立て伏せする自分の体の変化は気がつかないが走るとすぐに、自分として長年馴れた自分の体ではないことにすぐに気がつく、最近は駅まで電車の時刻に間に合わせるためにちょっと走るのでも、走り出した途端に私はいま走っている自分の体が私が記憶している私の体ではないと感じる、その体はたぶん三十代半ばぐらいまでのもので子どもの頃から三十年間ぐらいその感覚で走ってきた、そうではなくなってすでに二十年経つのだろうが私はいまだに子どもというか若かった頃の感覚で走ろうとするが走る感じが全然違う、私は昔の自分の体を憶えていて、その後の自分の体の変化を記憶していない、ということだろうか、走り出すとすぐに息が切れるがその前にほとんど一歩目から重い、たまに足が軽いことがあり、むしろその方が驚く。

横浜ベイスターズの投手の井納は、まあたぶんベイスターズファン以外はほとんど知らない名前だろうがセ・リーグの投手の中で10勝に一番乗りした、七月中のことだ、しかし八月に入ると三回連続で打たれて早々に途中降板した、そのことを投手だった解説者が、

「井納はまだシーズン通して投げたことがない。夏場に入ると四月からローテーションを守ってずっと投げてきて疲労がたまっているのを自分では気がつかないからこれまでと同じ球のキレがあるつもりで投げる。しかし実際はそうではないから打たれる。」と言った。スポーツ選手にとって体は私の体のように他人事じゃない、スポーツ選手は頭より体で思考できるように体を鍛える、だから思考や感覚が体に埋もれる。

私は皮肉やおちょくりで言っているのではない、私がこういう風に書くと必ず「バカにした」

と解釈する人がいるが、スポーツ選手は体を鍛えるからこそ体を対象化できなくなる、これは当然のことだ、しかしまったく、なんでもかんでも私がちょっと人と違った見方をすると「バカにした」とか「否定した」とか解釈する人がいるのはメンドッくさい。私は二月四日に東京芸術劇場で朗読した、そのリハーサルで舞台から落ちて足を骨折した、その朗読のあとのトークで、「どれだけ丁寧に書いても誤読する人は誤読するから丁寧に書くことはやめた。」と言った、それから、

「『未明の闘争』は、センテンスをガーン！　と鳴らして、そのガーンの余韻がまだ残ってるうちに次のセンテンスがはじまるイメージで書き出した。」と言った、そしたら司会者が、

「さっき保坂さんがおっしゃった文章をフェイドアウトさせるイメージ」

と、すでに勝手に誤読した。ここで司会者の誤読した理解力は置いておく、もう一つの原因は、彼はおそらく短い言葉によって自分の考えを進めるのが習慣になっている、「センテンスをガーン！　と鳴らして、そのガーンの余韻がまだ残ってるうちに」という字数をいちいち持ち歩くのでは考えを前に進めにくい、考えが前に進みにくい、それでこの人にかぎらずたいてい人は短い言葉でそれを置き換える、こうして人は文章や考えの外に立つ。

私はフェルマーの定理の中身はまったくわからないがフェルマーの定理を解いたイギリス人数学者のドキュメンタリーを見て何に一番感心したのかというと、フェルマーの定理の証明のプリントされた紙が何センチもの厚さがある！　証明するために使った証明とか論証とかが一つ一つがすごい長さでありフェルマーの定理を証明することはその一つ一つがすごく長い論証をまとめあげることだった、それは『失われた時を求めて』とか『存在と時間』とかの全部を暗記するこ

とにちかい、深い深い森に分け入って戻ってこなくなること。

フェルマーの定理を解いた数学者は深い深い森に分け入って、遂には戻ってきたから証明が完了したのだろうがドキュメンタリーでは一年間は家族と別の仕事場に籠った、私は戻ってきたことの方には今は関心がなく、深い深い森に分け入ったことが興味を掻き立てられる、そのような森に入っていけることが素晴らしい。何かをわかる、知るとはそういう状態ではないのか。

物事を外に立って俯瞰すること、物事の不要な細部を捨てて構造を取り出すこと、ふつうそういうことをわかると言ってきた。猫を飼ってみればわかる、わからないことだらけだ、病気になったり年もとったりすればどうしたらいいか途方に暮れることが次から次へと出てくる、しかしそのような現実の中にいる人の方が、猫について何かをわかったと言う人よりは多くをわかっている。わかったようなことを軽々しく口にできない気持ち、深い森が広がっていると感じている状態。男女の関係もそうだ、男としての自分の性欲もそうだ、それの外に立って対象化することはできない。夫婦もそうだ、家族もそうだ、小島信夫は途中からほとんど夫婦と家族のことばかり書いた。

それは題材として選んだのではない、そんな主体的に小島信夫は小説と関わっていない、小島信夫はある時期から夫婦と家族のことにしか考えがいかなくなった。猫が死んで四十九日までに××××をしなければいけないとお寺に言われて本当にそれをしないといけないのか、それをしないと死んだ猫はどうなっちゃうのか、保坂さんもそれをしたのか？　と私に訊いてきた友達は冷静じゃないが、冷静じゃないときにだけ感じられることがある、友達は感じてたからお寺から言われたことを無視できなかった。小島さんは小島さんがすると他の人ならすんなり行くはずのところがなんだかいちいち混線して全然順調に進まなかった、いま人はそういう小島信夫という人が書いた小説を読むという恩恵に浴す、しかしカフカとベケットの小説が一種の災厄であるように小島信夫の小説は災厄でもある。

『ゴドーを待ちながら』のゴドーは何を指すのか？　ということを作者のベケットに質問する人は、作品が比喩として何かを指す、作品が全体として何かの比喩である、ということは作品はそこで直接描かれていることともう一つ別の意味を持つ、という誤解を持っているのともう一つ、作者は作品の意味を知っているという誤解をしている。この誤解は作者に訊けば答えが得られるという依存心もあらわしている。

夢はなぜおもしろいのか。

夢の中にいるあいだ本人は何歳になっても夢の状況に真剣である、それはなぜなのか。

もっと言えば、

夢はいつでもおもしろい。

夢の中にいるあいだ、本人は何歳になっても真剣である。

だから、夢がおもしろいように書けばいい、というか、夢がおもしろいように書きたい。小島信夫はいきなり切羽つまっている、その切羽つまり方は夢のようだ、文章のどこがどう作用して切羽つまっているかいまだに私はわからない、というのは私はそのようには書けないが、とにかく切羽つまっている、不穏な空気に染まっている。

私は『インランド・エンパイア』のことをこれを書きながらずうっと併行して頭に置いている、私は囲碁のことは入口しか知らないが自分よりはるかに強い人と打っているときにその人が全然関係ないとしか思えないところに一つ石を置いた、その人はそのあともそんな石がないかのように打っている、しかし石はそこにある、という風に『インランド・エンパイア』はずうっとある。『インランド・エンパイア』の作者は『アブサロム、アブサロム！』の作者の位置と同じではないということだ、フォークナーはすべてを知っている、作者として作品の外にいて作品の全体を見渡している、私はもうこれは何度も書いた、何度でも書く、フォークナー作品の世界はいったんバラバラに解体され、世界とは神が一望するような一つの視点によって描くことはできないと言われ、多くの支持を得た、私もフォークナーは今でも嫌いじゃない、しかし作者として知っている世界が小出しにされてゆくなんとも息苦しい感じが作品世界が少し見えてくるまでずうっとつづく、その息苦しさは同時に南部の息苦しさなのかもしれない、読み進めるあいだの息苦しさはリアルだ、しかしその息苦しさは同時に作者が何かに柔順であることからも来るように今は感じる、何かに柔順であることが小島信夫を知り、小島信夫を経由することで像が変わったカフカとベケットを知り、『インランド・エンパイア』に出会った今では耐えがたい。

このあいだテレビで流れた松本清張原作の、テレビドラマだったか映画だったかもうすでに忘れた、ともかく最近作られたそれは終戦直後や昭和二、三十年代の風景や小物をたぶん細密に再現しているのだろう、その資料的柔順さ、ウィキペディアなら出典がすべて明記されているような柔順さ、そういうことに柔順であればあるほど全体としてあるいは作ったり考えたりすることの基盤として、作品が社会の抑圧を肯定しているように感じる。「——でなければならない」ばかりが見え、「——でもいいんだ」がない、課題を一つ一つクリアすればちゃんとしたものになる、という作る姿勢の怠慢さ。

フォークナーはそんな安易じゃない、しかし何かへの柔順さは抑圧と感じる。フアン・ルルフォ『ペドロ・パラモ』はフォークナーと同じように世界が断片化されているが抑圧や息苦しさがない、何しろ私は初読時どころか二回目も三回目も、断片が一つの世界に統合されうると思わなかった、今でも統合された世界がどんなものなのかちゃんとわかってない。

『ペドロ・パラモ』は全体像など考えずに、メキシコの乾燥した土地や雨季のようなじとじとした天気や夜の暗さがそのつど、場面が替わるたびにリアルなそれを感じながら素朴に前から順番に読んで行ける、そうしてると自分がいま作品内の時系列のいつのエピソードや光景を読んでいるのか、説明もなしに出てくる登場人物が誰なのかわからなくなる、読む気分としてはかなり五里霧中だが「そういう小説なのかも」みたいな気楽さというか抑圧からの遠さがある、それになんといってもフォークナーと違い、途中で読むのをやめても読んだところまでの満足感がある、フォークナーはやはり最後まで、せめて作品世界の全体像がわかるところまで読むことを強いる、途中で読みやめるのをたぶん読者に挫折と感じさせる。

『ペドロ・パラモ』はしかし作者フアン・ルルフォは『インランド・エンパイア』や小島信夫のようでなく、フォークナーのように作品世界を隅々まで知っている、書かれていることにその場の思いつきによる偶然はたぶんなく作品世界の全体を作者が操った、ということはここに『ペドロ・パラモ』を出したのは話の流れでは整合性がない、私は前の段落でやめておけば気づかない人は気づかなかった、しかし書いた本人である私が気づいた。

しかし『ペドロ・パラモ』と『アブサロム、アブサロム!』や『響きと怒り』は私には同じに見えない、断片化された作品世界ということと作品世界の隅々まで作者が知っていることの二つは同じだが、同じなのはそれだけだ、その二つが同じならここまでの話の流れでは決定的に同じ、致命的に同じ、ということになる、しかし『ペドロ・パラモ』とフォークナーの諸作は似てない、私はいま自分の感想をこじつけ的にデッチ上げているのかもしれない、『ペドロ・パラモ』の作品世界はそれでもやっぱり作者フアン・ルルフォから離れて作中のたとえば、最初の語り手であるおれと一緒に土の中に寝ているドロテアやおれを最初に迎えてくれたおれのおふくろの親友だったエドゥビヘスの語りの方に吸い取られるように感じられる。

私はもう三日も四日も一〇〇〇字くらい前のところから書きよどんでる、今年はもう夏は返ってこない、前は夏があんなに好きで秋になると淋しくて仕方なかったのに最近は猛暑日から解放されてホッとする、しかし今年はいきなり涼し過ぎる、秋は私が私にメランコリックになることを許す、あるいは楽しむ、唯一の何日間だ、まだまだ暑いのに日暮れが早い、夜は涼しい、虫の音がずうっと聞こえてる。フアン・ルルフォは自分に先行するフォークナーがいることは知っていた、フォークナーがいたからきっとこのような小説を書くことができた、ルルフォとフォークナーはどこが違うのか？

と考えること自体がたぶんすでに問いとして間違っている、小説家が二人いれば違うに決まってる、ルルフォは文学の近代がまだ始まってないメキシコという土地で、フォークナーなどを拠り所にしつつも手探りで書いた、「こんな小説を誰が受け入れてくれるのか？」と思いながら書いた、一方フォークナーは、――。

ところがフォークナーは人から顧みられない中で、ひとりでヨクナパトーファ・サーガを書きつづけた、注目されたときには代表作はもう書き終わっていた、ヨクナパトーファ・サーガの最初にあたる『サートリス』は読みやすいが今は絶版だ、断片になったのは二作目の『響きと怒り』からだ、もっともフォークナーを大真面目に読んだのは私は二十代でまだ学生だった、今ではたまに読み出すとあまり抑圧とも感じない、『八月の光』はなんかすらすら読んだ、一度読んだという安心感か私自身の読み方がズブズブになったからか、私はここ十年くらいか小説の読み方がそれ以前と全然変わった。

もう一度『インランド・エンパイア』へ（2）

私は前回『インランド・エンパイア』のＤＶＤは持っているがそれをほとんど観返さないでこの連載を再開するのに書いた、ほとんどと言っても全然観なかったに等しい、私は『インランド・エンパイア』のことはもうだいたいのところ頭に入っていると思っていたわけではないがもう一回観たところで何か新しい発見はもうないと思っていた、しかしそれ以上にまったく時間がなかった。

まったく時間がないといっても長いとはいえ三時間の映画を観返す時間が細切れにすればとれないわけはない、しかし私は『インランド』は、さあ観るぞと構えるのでなく音楽を流しっぱなしにするように漫然とＤＶＤをかけっぱなしにして観たかった、そういう時間は前回の私はなかった。ＤＶＤを漫然と流しっぱなしに再生して、「あ、ここはあそこのあのあたり」と思いながら観る、「へえー、このシーンはこんなに早い段階だったか」とか「ここは何だっけ？」などと思う。

その時間と気持ちが昨日やっとできた、『インランド』を漫然と再生すると私はいきなりものすごい懐しさにつかまれた、私は『インランド』に、『インランド』はもうとっくに、『インランド』を観る私は、『インランド』は観る私・観た私の経験・記憶・時間と切り離して『インランド』は私にとって存在しなくなっていた、私はそのような濃密な七年間がこのような年齢になってありうると思わなかった、うーんと唸ったりはしなかったが小説的表現をするなら、私はうーんと唸ったと書くところだ、私は唸るよりもっと感心した。

『インランド』は冒頭で映写室から出る細い光の筋が映る、それでINLAND EMPIREというタイトルが出る、それはそのままどこかの部屋で涙を流しながら見入る若い女性が見入っているものを映し出す光となる、若い女性が見入っているテレビにはウサギの着ぐるみを着たウサギ人間たちが映っている。

ここまで書き、私は一度『インランド』のDVDをデッキに入れっぱなしにしておきたかったが他の録画をダビングする必要があったので取り出しておいた『インランド』のDVDをもう一度入れたのでまた頭からの再生になり見ると、冒頭は私が書いたのとだいぶ違っていた、というのはもっとずっと冒頭でいろいろな場面が映っていた、私の映画の記憶はこんなものだ、私はあらためて『インランド』を見ると私はふたたび、映画館で観た一回目二回目のように「これは何か?」と考えたくなってもいた、と同時に、私はそれら今になっても説明できない場面を説明できないそのまま受け入れ、楽しんでも懐しんでもいた。

「これは何か?」「ここはどういう意味か?」「ここはどこにつながるのか?」という誘惑と私は闘う。この一見探究心は本当に探究心か？　「村上春樹の『1973年のピンボール』というタイトルは大江健三郎の『万延元年のフットボール』を連想させるようになっている」とか、「デレク・ハートフィールドの活動期間は庄司薫の活動期間と一致する」とか、「作中の誰々が死んだ日は三島由紀夫の自決の日と同じである」とか、そのような謎本的な読みというより一致の発見は、民放のバラエティ番組で誰かが発言する直前にCMを入れるのと同じ反射神経的な脳の反応（快楽や不快）にすぎない。

たとえばアルバート・アイラーがイースト川に変死体で発見されたのは一九七〇年十一月二十五日だ。と知れば、それは三島由紀夫の自殺の日と同じだ。スゲー！　でもそれだけのことだ。D・リンチが『インランド』以前にもやってきた説明不能な出来事を観ることは私に備わった「これは何か？」を考えてしまう性癖に向かって鍛錬する、あるいは相対化あるいは外在化させる、あるいはそんなことはつまらないことだということを発見するきっかけになった、もともと私は探究心を良しとする私もその一員であるこの社会の常識がなんとなく嫌だった、探究するのでなく出会いたい、自分がそれまで持っていなかった思考様式を身につけること、いま説明できないフレーズや概念やセンテンスに対して違和感を持たなくなること、思考様式が部分的にであれ変容すること。

そしてまた今日『インランド』を再生した、今日はだいぶ先まで進めて、ローラ・ダーン演じるニッキーが翌日、前日に迷い込むあたりから見た、映画はいよいよ混乱していちいち書くのが面倒くさいほどいろいろなことが取っかえ引っかえ出てくる、だいたい一時間を過ぎたあたり、ちょうど映画の半分のところ一時間半にはたぶん娼婦と見える女の子たちが『ロコモーション』をローラ・ダーンの前で踊る、ローラ・ダーンの前といってもそれはカットつなぎで交互に踊る女の子たちとローラ・ダーンが映るからこっちは映画の約束として目の前と思い込んでいるだけでローラ・ダーンがその場にいるとは誰も言ってない、映画の約束とこっちは当面書くわけだがリンチがそんな約束をしたとは言ってない。

それにしてもこの圧倒的な懐しさは何だ！　この『ロコモーション』を踊る少し前から映画は何でもありになる、この映画にいまのように私の心が親しむ前には映画館の中で理解不能要素による退屈も心あるいは体に少しずつ生まれた、私は退屈・苦痛と映像というかリンチらしさ満載の展開の喜びの同居と闘いながら映画を観たがいまでは、この混乱が楽しくて仕方ない、私の目の前ではこうしなければよみがえってこなかった高校時代の文化祭の思い出というよりその時そのものが展開しているようにさえ感じる、その過去がそれ以前でなく高校であるのはリンチの映画に漂う、または映画を染める性的な感触だろう。

すべてフィクションは「××××という夢だった」でカタがついてしまう、それを内側から食い破らないかぎりフィクションは通り一遍のリアリティをこえてリアルな、石のようにリアルな消化しがたさ・飲み込みがたさを獲得できない。飲み込みがたいフィクションだけが丸飲みするのに値する、飲み込みがたいフィクションは丸飲みして持ちつづけることでしか私はそれを得られない、ふつうそれを理解すると言うがそのような対象化されたものからは何も私は得られない、食べ物は理解するのでなく得る。

二〇〇七年の九月に、七月に封切りされた『インランド』をようやく私は観た、そしてそれから私は小説をまた書きたくなった、それ以前、『カンバセイション・ピース』を〇三年に出して以来、『小説の自由』の三部作を『小説をめぐって』という表題で「新潮」に連載しつづけた、私は自分でもこのまま小説を書かないかもしれないと考えていた、というのは小説を書きたい気持ちにならなかった、といいつつ、小説論を小説を書くことにどんどん近づけた、小説を読むこともまた小説を書くことだ、というのは小説を読むのも読むように読むのと書くように読むのがある、私は小説家になった最初の何年間よりずっと小説を書くように小説論を書いた、しかしそのときの私の欲する小説とは小説論は違っていた、それが『インランド』によってはっきりした、ということは私は小説を書きたくてどうしようもなくなった。

　映画好きな人は映画が好きで好きで、こんなに好きだということを好んで語る、喜々として語る。児童文学を好きな人も児童文学を自分はこんなにこんなに好きだと語る。私は児童文学は読まない、映画も人にこんなにこんなに好きだと言ったことはない、そんなに好きじゃない、映画がなくちゃ生きていけないと思ってない。いまはミステリー小説ファンも、アニメやコミックのファンもこんなにこんなに好きだと語る。私はそうは思ってない、しかし相手がいればカフカとベケットと小島信夫のことはこんなに変だ、こんなにおかしいとしゃべる、きっといくらでもしゃべる、しかしそれは映画好きや児童文学好きやミステリー好きやアニメ好きと違う、長嶋ファンが長嶋の思い出を手放しで語るのに対して大洋ホエールズのファンが語る感じに近いのか？ちょっとよくわからない。たぶんそれは違う。

　私は好きなものは苦痛をともなう、無邪気にそれが好きだ、好きだ好きだ大好きだと語る気にならない、小島信夫はおかしい、カフカもおかしい、ベケットもおかしい、そのおかしさ、変さの向こうには、と、空間的な模式で語ってはまずい、それはあとで書く、とりあえず人は、いつの頃からか、それは私が生まれるずっと前からイメージを語るのに空間と物理的な模式を使うようになった、しかし江戸時代もそうだっただろうか、おかしさ、変さの向こうにと書くとき自分でも向こうだというカン違いをはじめている、それは奥とか手前とかのことではない、

「愛はひたすら与えることだ」と言うとき、人はまず愛を物理的にやりとりする量的なものと考える、しかし愛はひたすら与えることによって自分自身がそれを得る、愛は物理的な量ではないからひたすら与えても尽きることがない、というかひたすら与えることが愛の中にいることだ、それが愛だ。

ハイゼンベルクは、フロイトは自身の心理学に当時隆盛だったエネルギーを借りて模式を作った、フロイトがもし光学から心理学の模式を借りていたなら心理学はまったく違ったものになっていただろう、とどこかに書いていた、私は又聞きでなくそれを自分で読んだ、ただ文献は忘れた、もっとも日本語で読めるハイゼンベルクのエッセイは二、三冊しかないからそのどれかに書いてある、問題はサイエンティストは往々にして名を為して自分の専門領域以外のことまで発言し出すとピント外れなことを言うことだ、私はハイゼンベルクの発言を根拠にフロイトの学説を批判したいのではない、フロイトは心理学を作るのに別の分野の模式を借りてきた、みんなそういうことをする、しかしそれは確かにおかしい、つまり怪しい。

人はどこかで必ずや模式に寄りかかりそれを根拠にする、それはきっと厳密には根拠にならない、自分が根拠を必要としていることを顕わにしているだけだ。

カフカ、ベケット、小島信夫をおかしい、変だと言って笑いながら読んだりしゃべったりするとき、私はきっとたぶんいつもそれを読んでいたはじめの頃に「よくわからない」「これは何か」「ここはどういう意味か」とずうっと考えながら読んでいた記憶を遠くあるいは小さく響かせながら読んだりしゃべったりしている、遠いとか小さいとか相変わらず物理的な模式を使うのは抵抗がまったくないわけではないが当面仕方ない。それはきれいに解消されたわけでなく、もしかすると少しも解消されていない、それはこの三人について語るときつねにストレスであると同時に弾力でも剛性でもある。

しかし本当にそうだろうか、私がカフカ、ベケット、小島信夫について語るとき私は「あの小説のあそこがおかしい」ということしか言わないのだから映画好きと同じことをしているのかもしれない、「あの小説のあそこは何を意味するのか」でなく、あそこがおかしい、ここが変だ、ここは笑わずにはいられないと言ってるだけだから映画好きとどこも違わない、なんか楽しくないがとりあえずは仕方ない、そういうことにしておこう。

二〇〇七年九月に『インランド』を観てからの仮りに今日までの七年何ヵ月はまさに『インランド』とともにあった七年何ヵ月だった、『インランド』のＤＶＤを見ていると私は本当にそう感じた、〇七年十一月に私は小説を久しぶりに書き出した、それは自分でもどこがおもしろいのかよくわからないから二週間も書くと、いや一週間だったかもしれない、先を書くモティベーションを見失いしばらく放置した、二週間ぐらいしてそれを少し重い気持ちで読んでみる、するとそれは案外おもしろい、それに励まされてまた一週間だったか二週間だったかつづきを書く、また自分が書いてることがおもしろいのかどうかわからなくなる、その頃私は『小説をめぐって』の連載をしていた、そっちを書くために書き出した小説はまた放置した、そしてまた二週間ぐらいして少し重い気持ちで読む、案外おもしろい、また一週間だったか二週間だったかつづきを書いた、私はまたそれに倦んだ。

〇八年の秋になるとジジがはっきり痩せてきた、いつも行ってた獣医師で検査するが高齢の猫に一番多く、体重減少の原因となる腎臓の機能はしかし悪くない、十一月か十二月だった、車で行く距離の獣医に連れていってみると甲状腺機能亢進症だと診断された、ペチャが二十一歳と半年、ジジはそのとき十九歳だったが、「ジジの方が先になるかもしれない」と妻と私は言った。

〇九年の三月にペチャが突然口の中を気にして前足で唇の縁あたりを食べると引っ掻くような仕草を必ずするようになった、これは何日経ってもおさまらずそのうちに左目の涙腺の辺、鼻梁との境い目の辺が腫れてきた、腫れはいっこうに退かず獣医に行くと節外型リンパ腫と診断された、治療法はない。ペチャは八月二十六日に死んだ、ペチャが死ぬとジジは淋しくて毎日「アオーン！　アオーン！」と鳴いた、ペチャの最後の一ヵ月くらい、ジジはよく少しだけ離れたところからじいっとペチャを凝視していた、花ちゃんは家の中で起きてる事態が自分の許容量をこえると丸くなって寝たふりをした。

磯﨑憲一郎が芥川賞を受賞したのはその七月だった、七月十九日に私は「文學界」に掲載する受賞記念対談をした、対談が終わって携帯を見ると「ペチャがトイレの外でオシッコした」というメールが入っていた、一時的に症状が抑えられるＬ－アスパラキナーゼという抗ガン剤があり、五月のＧＷのときにはじめて射つと劇的に効いてペチャはまるっきり元のように元気になった、それは一ヵ月弱効いた、二度目は効く期間がもっと短くなった、七月はじめに三度目を射ったがほとんど効かなかった。

トイレの外にオシッコをしてしまうのはペチャが弱ってるあらわれだった、私は対談が終わるとみんなと夕食も食べずに家に帰った、その夜中、ＮＨＫは深夜のプログラムで日本の夜景を映していた、函館からはじまり、横浜、神戸、広島、長崎、憶えていないが仙台も名古屋も大阪もあったと思う、私はその夜景の映像を、「ペチャがこんなじゃなかったらどんなに良かっただろう」と思ったり「この映像はきっとこれから見るたびにペチャと過ごした今夜を思い出すんだろうな」と思ったりしながら見ていた、実際いまでもたまに流れる夜景のこの映像を見ると私はペチャのあの夜だと思う、そこにペチャがいることは貴重だがペチャにとっては苦しい夜だから私はそれを思い出したくない。

〇七年の十一月にしばらく書いては放置するを繰り返す書き方ではじめた小説はペチャが死んだその年の十一月号から連載すると半ば強引に決められた、七月末に最初の三回分くらいに相当する原稿を渡した、タイトルを「未明の闘争」とした、口頭で伝えたから編集者は「未明の逃走」だと思っていた、私はゆっくりゆっくりだったとはいえペチャのことで三月からあんなに気持ちを患わせていたのに書きつづけていたことが信じられない、もっとも『小説をめぐって』は〇八年の前半に終了していた、『小説をめぐって』と併行して交互に書き出した『カフカ『城』ノート』は中断していた、いまも中断している、ということは〇八年の秋ぐらいから私はだいぶ新しく書き出した小説に本腰を入れていたということだろう。

本腰を入れると慣用句を書いた途端に自分のことじゃない気持ちになる、しゃべっているとひんぱんに、それこそしゃべるたびに慣用句を使う人がいる、話し相手である私のことにもしゃべっている自分のことにもしゃべっている話題にも慣用句を使われると私はいまここでしゃべられているのと関係ないことが紛れ込んだ気がする。『インランド』をＤＶＤで見ることは私はそのような『インランド』以降の時間が気持ちの中で併行して併行した気持ちの状態で『インランド』を見る、『インランド』を見るとは今ではそういう経験となっていた、まだ『インランド』以降の私の時間あるいは歳月は〇九年八月までしか来ていないがその全部をここに書くのが目的ではない。

『インランド』を見るのは私は気持ちが重い。この重いは暗い意味合いでなく重い腰をあげるというときの重いだ、中に入るために開ける扉が重い、パタパタ軽く開閉する木戸ではない、その重いはつまらないとか退屈をまったく意味しない、行為するのが簡単じゃないというだけだ、最近突然読み出した『正法眼蔵』もつづきを読むのは重い、重いが読み出せばおもしろい、『正法眼蔵』（岩波文庫）の第一「現成公案《げんじやうこうあん》」にこういうことが書いてある。

「証究《しようきう》すみやかに現成《げんじやう》すといへども、密有《みつう》かならずしも現成《げんじやう》にあらず、見成これ何必《かひつ》なり。」

石井恭二による現代語訳（河出文庫）はこうだ。

「究極の覚りは必ず現われるのではあるが、仏法が普遍の究極に存在しているという真実はかならずしも顕在化しないし、見てとれるように現実化することはかならずしもないのである。」

「密有」は岩波文庫の注釈によると「知覚の対象とならない真実。」、「何必」は「「何ぞ必ずしも……ならん」という、説明不可能な事実。」

石井訳だけ読んでいる方が原文と合わせて読むよりわかった気持ちになれる、しかし原文を合わせて読んでわかった気にじゅうぶんにならない現代語訳というのはいいのか？　というのは、私はいいのか？　現代語訳は現代文として文法的にあるいは文の作りとして違和感がないからするっと入る、それで何かわかった気になってるだけなんじゃないか。

石井訳と照らせば、知覚の対象とならない真実という「密有」は、仏法が普遍の究極に存在しているという真実ということだ。「現成」は顕在化することだ。「すみやかに」を石井訳は必ずと訳しているが手元の古語辞典に「すみやか」に「必ず」の意味はない、もっとも私の手元の古語辞典は小さい、それに古文は書き手ごとに語の意味の幅が広い、しかしここでの意味は「証究」＝究極の覚りが起こる速さを言っているのではないか、速く、瞬時にして悟りは起こる、悟りは瞬時にして起こり瞬時にして去る、速い遅いという時間の感覚はそこにない、それはいい、「見成これ何必なり」がしっくりこない。

だいいちなぜ「見成」にはルビがないのか、道元が書きながらここで作った言葉なんじゃないのか？「何ぞ必ずしも……ならん」の語法をここに当てはめると、「密有は何ぞ必ずしも見成ならん」あるいは「見成は何ぞ必ずしも起こらん」あるいは「見成はどうして必ずあると言えよう」、仏法が普遍の究極に存在しているという真実は、どうして必ず目に見えようか、か？あるいは、密有が見成する（目に見える）とは必ずそうなると言えるようなことではない、か？

私は自分の語学の適性のなさをつくづく感じる、そしてそのうちに「何必」ということではじめて出会った、ここ以前には人生で一度も出会ったことがない「何必」という語が、ここのままでいいじゃないかと感じられてくる、「何必」というのはそれが誰にでもわかるようにつねに一定して起こる現象と別の現象のことだ、山を見て山がただ盛り上がっているだけでなく自分自身の力で大地から力をこめて立ち上がっていると感じた瞬間、マチスのひと筆描きのようなミルクピッチャーにリンゴが三つピッチャーの口に置いてある絵になんともいえない丸みを感じそのうちにミルクピッチャーの質感やリンゴの実在感を感じ出した瞬間、それが「何必」だ。V・ウルフの『灯台へ』は何度読んでもどういうわけか冒頭から頭に入らず三十ページくらいで挫折した、それがあるときするすると頭に入り像が結ばれた、これもきっと「何必」だ、『灯台へ』は私のまわりで何人も「少しも頭に入らない」と言うのを私は聞いた。

　こうして、いろいろ迂回し、あっちこっちから攻めているとそのうちに原文の、「証究すみやかに現成すといへども、密有かならずしも現成にあらず、見成これ何必なり。」にだいぶ近づく、しかし私はまだ原文に重なったわけではない、もっとも道元もこの一文で覚り・悟りをじゅうぶんに書きあらわせたと感じはしなかっただろう、文とはそういうものだ、そういうものだから読む側はそのつど文に働きかける、とくに宗教や哲学の文は文からこっちに来ない、こっちから文に近づくしかない、そのつどの働きかけが私の経験をほじくる、あるいは経験の貯蔵に向かって探索の触手を伸ばす。「現成公案」の終わりに麻浴山宝徹禅師と僧の会話がある、禅師が扇であおいでいると、

「風性は常に変わることがなく、あまねく場所に吹いている、何故に師はさらに扇であおぐのか。」

　と僧が問う、すると禅師は、

「お前は風性は変わることがないということを知っていても、『いまだところとしていたらずといふことなき道理』を知らない。」

　と答えて扇であおいだ。

「風性」は仏性に通じる、と注釈されている。仏性は不変で普遍だが「密有かならずしも現成にあらず、見成これ何必なり」だ、仏性は普遍だがつねに現成するわけではない、こちらがあおがなかったらそれに出会わない。

　こうして書いていると私は道元の原文から離れ、自分がかつて書いた「小説は読んでる時間の中にしかない」という言葉の意味の方が強くなってしまうそこにつまずきを感じる。文は意味を

持っていると同時に形がある、形は文ごとに固有のものだ、意味は他の言葉によって同じ意味を表現できる、しかしその意味は固有のものである文の形によって生成する、意味が他の言葉によって表現できると油断した途端に固有の形をした文が生成させるものから離れる、そこに生成はない。

文が理解しがたく、こちらからの働きかけを必要とするから文は生きている、というか動きを止めない。文は世界を昆虫の標本のように殺して固定させるのでない、世界を動かす、世界を動かすから文も動く、標本にされた昆虫も見るのが私だから動かないが虫を愛している人が見れば標本の昆虫も動くに違いない、そうでなければそれを愛している人が生きて飛んだり跳ねたり這ったり蜜を吸ったり葉をかじったり虫が生の営みをしているそれをいまその目で見ているそれを愛している人が殺してピンを刺して止めたりしないだろう。

それに対して愛や情熱や強い感情を発動させていない人が動きがないか少ないふつうの社会の目や言葉で見たら混乱や倒錯と映る行為には動きがないか少ないふつうの社会の言葉では説明できない論理がある、手触りでなくそれは論理だ、

「かのたき木、はひとなりぬるのち、さらに薪とならざるがごとく、人のしぬるのち、さらに生《しやう》とならず。しかあるを、生《しやう》の死になるといはざるは、仏法のさだまれるならひなり。このゆゑに不生《ふしやう》といふ。死の生《しやう》にならざる、法輪《ほふりん》のさだまれる仏転《ぶつてん》なり。このゆゑに不滅といふ。生も一時のくらゐなり、死も一時のくらゐなり。」

石井訳はこうだ、

「薪が灰になってしまったならば、ふたたび薪とならないように、人が死んだならばふたたび生

きた人にはならない。こうした事情について、生が死になると云わないのは、存在という現象は空であって実体がないのだという理にかなったことである。生が死になると云わないのは、すべて存在という現象は空であって実体でないからである。こうしたところから、仏法では、実体のない生を現象として不生と云うのである。死が生とならないことも、仏法によって現われる全現象のなかのことである。そのゆえに死にも実体がないからこれを不滅と云うのである。実体のないものに滅があるはずもないから、死は不滅と云うほかはない。生と死とは対立していない。つまりは、生も時に等しい現象である。死も時に等しい現象である。」

私はラグビーのごちゃごちゃしたモール状態からそのままボールを押し込んだトライのように感じる、いったいいつボールはゴールラインを越えたのか？　いったい誰がボールを地面につけたのか？　しかしともかくトライになった、確かにトライになった、……気はする。

『インランド』は一つに作品内でかつてクランクインしたものの頓挫した、出演者が自殺したか死んだかがたしかその理由だったいまわしい過去を持つ映画を撮ろうとする映画内映画の話だ、ローラ・ダーン演じる主人公は現実のニッキーなのか映画内の配役名スーザンなのかわからなくなる、観る者も途中からというかすぐに今どっちなのかわからなくなるというかむしろはじめのうち観る私はローラ・ダーンの役の名前がニッキーであることなど意識してなかった、混乱がはじまる途中からいまはニッキーなのかスーザンなのか確かめる、しかし観る私はニッキーが現実の方か映画内映画の役名だったかわかっていないことに気づく。

それとともに時間も混乱し出す、明日が昨日になるのからはじまって、ニッキーは別の世界に迷い込む、別の世界では現実には大金持ちのニッキーとピーター・J・ルーカスの夫婦は貧乏でニッキーは夫の暴力にたびたびあう。

このあたりが一番記憶に残る枠組みだが、それにしても何故ピーター・J・ルーカスはキャストとしてほとんど名前が出ないのか、私はこの映画の一番の謎はこれだ、彼はラストのみんなが踊るところでもノコギリをひくとても印象的な役割をする、何度も書くが私はこれだけは理由を知りたい。ここに娼婦が絡む、冒頭で部屋で一人『インランド』が映るテレビを見ながら涙を流している若い女はスラブ圏の言葉が交される雪道にいる娼婦だ、それ以前、テレビを見る前に(いやその直後だったか)彼女は娼婦として部屋の中で男とやりとりしていた、その男はピーター・J・ルーカスの貧乏な方の、エンドロールのクレジットではポーランド・ユニットとなっている方の、サーカス団の一員でもある、私は不意に思ったのだがこの男もまた『マルホランド・ドライブ』のカウボーイのように、この『インランド』ではハリー・ディーン・スタントン演じる助監督がそうであるように、映画の中と外を出入りする天使や悪魔のような存在なのかもしれない。

別の娼婦たち、あるいは娼婦と断定しなくても煽情的な女たちは作品のちょうど真ん中で『ロコモーション』を踊る、この煽情的な女たちはニッキーにとっては圧迫とか怖れとかそういうものとしてあらわれるが『インランド』を観る私には開放的な風となった、風は心地良いそよ風でない木の枝ぐらいなら揺らす強さだ、強いから最初私は開放と感じなかった記憶がある、最初観客である私は主人公と同化というのは大げさか、だいたいちかい気持ちの状態で映画を観た、そのときは外からの風だがこれを心地良く感じることは完全にはできなかったかもしれない、しかし今ではその辺は完全に映画の眺めがかわっている、私はほとんどローラ・ダーン演じる主人公に感情がちかづかない。

私はだいたいにおいてリンチと女性の趣味が重なる、『ツイン・ピークス』でダブルRダイナーというアメリカの田舎町にあるファーストフードの、いやファミレスか、とにかくそういう店のウェイトレスでレオ・ジョンソンという凶暴な男の妻で家庭内暴力を受けているシェリーがいいなと思って私は見ていた、シリーズのだいぶ終わりの方だったかD・リンチ本人がFBIの捜査官役だったと思う、それで登場しシェリーが働くダブルRダイナーの窓際の席にリンチは座った、シェリーがオーダーを取りにくるとリンチは唐突にシェリーにキスした。

『ツイン・ピークス』のメイキング・ビデオでリンチはもう一人の誰か男の俳優とシェリーを話し相手に『ツイン・ピークス』の裏話をあれこれしゃべるのだがシェリー役の女優はメッチェン・アミックという、メはaの上に点々がつくドイツ語表記だ、リンチはメッチェンと言わず、「マンチキン、マンチキン」とさかんにからかう、それがもう完全に中年男が気に入った若い女性にちょっかい出すからかい方そのままだった。

私はテレビを見つめながら涙を流す若い女も好きだ、『ロコモーション』を踊る煽情的な女たちも好きだ、私はリンチの映画で感情の部分で映画が求めてくる感情に染まるあるいは同期させられる。しかしローラ・ダーンは私は感情的同期が起きない、『ブルーベルベット』の頃はかわいいといえばかわいかったが『インランド』では観る立場として気持ちの構えがどうしていいかわからない存在になっている。それでも映画の習慣としてなんだろう最初は主人公に気持ちを寄り添わせて観たわけだが、その観方、気持ちの構え自体がそもそも違ったのではないか、主人公ニッキーから気持ちが離れてこの映画を見ると感じがずいぶん違っている、それが最近DVDを再生させて見ている見方だ。

私は基本的なトーンとして全体を見馴れたものと同時に懐しさをもって見る、二〇〇七年の九月から今までのことをいろいろいろいろ考えたり回想したりする、私は娼婦たちの存在の大きさをあらためて知る、『インランド』をずっと思いながら書いた『未明の闘争』に途中から登場する村中鳴海という恋人はこの娼婦たちの反映だったと自分で今になって気づく、娼婦という言葉はいまの日本ではそれによって指し示される実体を持った対象はいない、この映画でも『ロコモーション』を踊る女たちはストリート・ガールと言うべきか。

そのような既知だとかよく馴染んだとか思って見ているところに不意に、「あ、ここはそういうことだったのか。」という思いが出る、フィクションでない現実世界の中で経験する思いにそれはちかい、私は世界と断片的に出会ったり、世界を俯瞰するのでなく世界の一側面だけを見る、それら断片や側面があるときには離れたもの同士が相似関係であったり響き合ったりして、私は何か奥にあるもの遠くにあるものを知った気持ちになる瞬間がある。

しかし本当にそうか、現実に生きてる世界の中で私は本当にそんなことを思っているだろうか、そういう啓示のような経験はフィクションの中でかそうでなくても風景などを眺めているときにそれが世界と響き合うのでなく、あいまいで保留にしていたフレーズやセンテンスと響き合うのではないか、しかしそうであるとかないとか、そういうことは性急に決めつけない方がいい。

私は『インランド』を見ながらウサギ人間たちをもう「これは何か？」と考えていないことに気がつくわけだったが、私はたんにそこを見てないだけなのかもしれない、それがなければむしろずっと理解しやすいがそれがあることによってその人らしいと思わせる言い回しのようにウサギ人間は『インランド』を見るときにスルーしてはまずい、ウサギ人間へのひっかかりもまたこの映画では他の情景と響き合う（はずだ）。

この響き合う感じ、遠くにそれがある感じが、私はいま『正法眼蔵』を読む感じととても似ている、ということは私は『正法眼蔵』を理解したいのでなく『インランド』のように、人に「これは何か？」と訊かれても明快になど答えられない、ただ自分だけが不可解なものをその不可解さを極力残したまま、言葉を替えれば不可解さが色褪せないまま、それを丸暗記することなどできないから丸暗記とはいわない、フレームや要点を理解する仕方とはまったく別の、丸暗記に代わる何かとはどういう状態か。

そういえば先に書いた娼婦とやりとりする男は『マルホランド・ドライブ』のカウボーイのように映画の中と外を出入りするわけではない、彼は映画の中で居場所が縛られていない、映画の外を示すのは冒頭で登場するニッキーの豪邸を訪ねてくる隣人だ、居場所が縛られない人物ということでいうとローラ・ダーンを含めてほとんど全員がそうだ、時間が乱れるとか空間が唐突につながるとか言うより、人物の居場所が縛られていないという方がこの映画にはふさわしいかもしれない。

路地の闘争

「お父さんはいったい、あたしと猫のどっちが大事なの？」
「それはおまえももっと猫を好きになればいいんだ。」

年明け、というより年末から、この冬は十一月は例年より暖かく暖冬の期待さえもたせたのに十二月に入ると突然寒くなった、半ばには何年に一度という寒気が本州全体を包んだりした、そのため二〇〇三年七月に生まれた、オス、メス、メス、メスの四匹の猫のオスはひじょうに警戒心が強くとうとう捕まえて去勢手術できなかったまま〇五年の一月だったか二月だったか、あるいはもっと春になっていたのか姿を見せなくなりそれっきりいなくなった、メスのマーちゃんは一一年の十月に鼻風邪からはじまった体力の低下で死んだ、残った二匹はずうっと元気だった、しかし十二月のその寒気でどうも口内炎になった、それまで食べていた缶詰を食べなくなった。

年が明けるとホタテ、マグロ、サーモントラウト、カツオを買ってきて、それをラップに小分けして冷凍する、下手な包丁でそれらを薄く切る、切っていると家の中の花ちゃんが欲しがる、花ちゃんはマグロとサーモンにアレルギーがあってあげられない、花ちゃんはストレスがたまる。

二匹のうちの一匹が入るようになっていたワインの木箱と段ボールとエアパッキンで作った猫ハウスを断熱補修した。入るようになっていたというのは去年の冬まではこの二匹は寒さに強い、だからいままで外でやってこれたわけで寒さをあまりいとわない、ハウスに入ったりしなかった、元は一一年から一二年の冬にこの猫たちのおばあちゃんにあたる猫のために作ったハウスだった、それを捨てずに曖昧に置いておいた、去年も雪が降ったときなど中に入っていた。

しかし一月八日の午後の三時頃だった、中を覗くとタヌキが入っていた、タヌキの一家がうちの近所に棲んでることは一二年の梅雨の頃から知っていたがタヌキを見るのは夏のはじめと終わりだけだった、その中の一匹がたぶん巣別れした、それで手近な暖かい猫ハウスに入り込んでしまった、タヌキには悪いがそこにいられると猫が入れない、タヌキを追い払った、タヌキはものすごく臭い！　犬の匂いを十倍に濃縮したような感じだ、いなくなっても匂いが残っていた、猫ハウスはいったん解体して新しい段ボールで作り直した、別の木箱を下に置いて一段高くしたがタヌキはまたすぐ入った、それで紆余曲折を経てホームエレクターを組み立て、地面から七〇センチくらいの高さに猫ハウスを置いた、ホームエレクターというのは金属製のポールと棚板がいろいろなサイズがある、それを自由に組み合わせて棚を組み立てられる。

そんなことをしているあいだに日本人ジャーナリストがイスラム国に捕えられた、人質救出の交渉は失敗した、国はどういう理由でたった一人か二人の人質にあんなにも人と時間と労力と金とその他いろいろを投入してくれるんだろうか。ちょうどＮＨＫ・ＢＳで飯田譲治脚本・演出、大竹しのぶ・室井滋Ｗ主演のドラマ『アイアングランマ』が全六回で放送されていた、設定六十代前半の二人は元・諜報活動員だった、任務はどこかから一方的に来るらしい、最近二十年間は任務はまったく途絶えていた、ところが室井滋演じるグランマが孫の小学生がいじめが原因で転居し転校した先の学校の理事長に大竹しのぶがおさまっていた、転居した家の隣りのご主人が別の勢力の諜報活動を偶然にもしていた、室井滋はもう孫を転校させたくないという理由で孫を守るために隣りのご主人の活動の阻止に乗り出した。

このドラマの設定では、室井滋の動機は国を守るためでなく孫を守るためだ。

「もしこの路地が何か重大な事件の舞台になって巻き込まれたら、おれは猫を守るために室井滋のように必死になるんだ。」

しかし必死になるって、いったい何ができるか？　気温五度くらいの玄関先でホームエレクターを組み立て段ボール箱をエアパッキンつまりプチプチで包むので精一杯だ、発熱素材のズボン下をはいて、使いすてカイロを背中に貼って。福島の放射線立入り禁止区域のすぐ近くではブログ内ではぶたまるさんと呼ばれてる人がリーダーとなって、いまだそこに残っている猫たちのために自動給餌器を自分たちで設計して組み立て、立入り禁止区域に置いてきたらイノシシに壊されてた、テントは雪で崩落した、なんてことを日々やっている。

一月はそれに明け暮れた、やった仕事、というか書いた文字がメールも含めて一万字以下、いや八千字以下か。つね日頃、「小説家はそんなに仕事ばっかりしてちゃいけない。」と言いつつ、案外仕事していたのがとうとうホントに仕事しなかった、しかし作業はした、作業をしたから仕事ができなかったわけではない、ただ作業はした。

安藤礼二の『折口信夫』を毎日少しずつ読んだから安藤礼二が書いた折口信夫が考えたことを

少し考えた、折口信夫自身の文章もいくつか読んだ、折口信夫の書いてることは誰かに解説のような方向づけのようなことをしてもらわないと茫洋としてててどこに注意を置いていいのかわからない、だからいままで何度か、いくつかの文章を読んでは長くもないそれらを読み返せなかったんだということが今回わかった、折口信夫が遺した膨大な量の文章を安藤礼二のように読んでいけたら毎日が張り合いだろうなあ！　折口信夫の文章は批評・評論・研究というより小説のようだ、その力点の、馴れてない者にわからないのも含めた書き方において。

今回『折口信夫』を手にして、名前の字面が小島信夫と同じだということに気がついた、片やごくごくあたり前に「のぶお」、片や「しのぶ」、高校の同級生に信田と書いて「しのだ」と読む友達がいたが最初の授業で「しのだ」と読めた先生は一人もいなかった、その信田を思い出すまで、はじめて「しのぶ」という読み方を知って以来約四十年目にして、信夫を「しのぶ」と読むのが唐突でないことがわかった。

年末は水声社から刊行中の小島信夫短篇集成全八巻のうちの七巻目の解説を書いた、小島さんのご加護によって、これは素晴らしい文章になった、短篇集成は年代順で第七巻はおもに『月光』『平安』の二冊に収録された短篇だ、『暮坂』はそのあと最後の巻に収録だ。

小島さんの生前、短篇を軽視していたことが残念でならない。

「『マリフ』なんて、あんな題材で、あんな書き出しで、こっちはただ『なんだろうなあ、……』って、気乗りせずに読むだけですよ。

それが黒田マリの話になって、先生っていうか、語り手ですけど、語り手が苛立ったり面倒くさがったり興奮したりするところでは白熱しちゃってて、こっちも一緒に苛立ったり面倒くさがったりしてるんですよ、あれはスゴイ！」

小島先生は照れて、なのかどうかしらない、あまりちゃんと返事をせずに顔を真横に向けて喫茶店の国立駅のロータリーに面した全面ガラス張りの窓、というかガラス壁の外を見ている。死んでなお、あんなにおもしろい人はいない、もう会えないことが残念でならない、しかしこの残念でならないは必ずしも「また会いたい」を意味してない、遺された文章で出会うことができる、というのとは全然違う、それなら残念でならないとは思わない、しかしぜひともまた会いたいわけではない、その二つの気持ちが同時にあることが死んだ人の遺した文章を読むということだろうか。

オウム真理教の事件の頃もそうだったから、今回のイスラム国のことも小島さんは訊いてきただろう、小島さんは政治や社会に対して考えを持っていなかった、いや持っていなかったのは意見だけか？　考えはあったのか？　表明はいっさいしなかった、亡くなられて家族葬にちかい小ぢんまりしたお見送りで焼き場に行った、火葬が済むまでのあいだその頃三十代半ばくらいのお孫さんと少し話をした、

「小島先生の書いたものを読んで、家族の人はどう感じてたんですか？」

「僕はおじいちゃんが書いたものは全然読まないんです。」孫は小島さんに似て鼻筋が通り背が高く、見映えがした。「ホントに全然読んだことがないんです。

子どもの頃は夏休みに、これとこれとこれを読めって、ドッサリ本をくれたんです。それで本はヤになっちゃって。休みの日に立川の基地に連れていかれたりね。『基地がどういうものか、見ておけ』って。」

まさか、と思う基地のエピソードを聞けば「小島信夫らしい」と思う、聞かなければそんなことと考えもしない。

「私たちの頃は、社会参加、社会参加って、みんなが社会参加って言ってねえ、――」小島さんは自分はその社会参加ができなかったと言った、ここは嘆いたと言った方がいいだろうか。

「あなたたちは自由があっていいねえ。『途方に暮れて、人生論』というタイトルにしたってねえ、『途方に暮れることだって、自由だ』って言いたいわけじゃないですか。

兵隊にとられて戦地に行ってたら自由なんか何もないですよ。『燕京大学部隊』なんて、あんないい加減なことしてましたけど、それでも軍隊というところは自由はなかったんですよ。明日はどうなってるかわからない境遇にいたら、自分がどうしたい、日本に帰れたらどうしたい、なんて何も考えないんですよ。」

前の言葉と後の言葉は同じ日に言われた言葉ではない、半年か一年か、もしかしたらそれ以上の隔たりがある、後の言葉はしかし脳梗塞で倒れる一週間くらい前、つまり最後の電話での言葉だ、それだから憶えているわけではないがこれが最後にじかにこの耳で聞いた言葉であることは間違いない。

「ものの本で、ジャワ島の住民が、猿が言葉をしゃべらないという事実を、能力の欠如にではなく、猿の側の自制心に帰している、というくだりを読んだからである。そこには、「猿が話さないのは、仕事をさせられるのがいやだからだ」と書かれていた。」

これは、レオポルド・ルゴーネスの短篇『イスール』の冒頭の一節だ（牛島信明訳）、ルゴーネスはボルヘスに先行するアルゼンチンの作家だ、ボルヘス編纂の『バベルの図書館』の一冊としてルゴーネスは収録されている。ボルヘスもまた同じ意味のことをたしか『永遠の歴史』の中のどこかで書いていた、と思っていま捜したがこっちは見つからない、『永遠の歴史』でなく他の本だったのかもしれない。

「豚はバカじゃないから政府を作らない」ということだ。そう記憶してたら、正しい歌詞はこうだった、

「豚は悪くない　株で大金作らない
牛を襲わない　原爆造らない
豚はバカじゃない　ヤクでラリらない
スケをコマさない　宗教で儲けない
豚はゴミじゃない　告げ口をしない
刃物を使わない　無駄口を叩かない
豚は威張らない　お受験をしない
肉だけど人じゃない　政府を作らない」

豚がバカじゃないことを湯浅湾のアルバム『港』に収録された湯浅学作詞作曲の『豚は悪くない』で、こうして歌われなかったら豚はどうだったのか、ジャワ島の住民に言われなかったり、それをルゴーネスが書いたりしなかったら猿はどうだったのか、何年か前までだったら、言われなかったり書かれなかったりしていたら「それはない」と考えていたように思うが今はそうではない、

言われたり書かれたりした途端にそれはずっと前からそうだった。行為が起こった瞬間にずっと前からそうだった。オセロの黒は一手先には白になる、というよりオセロの黒は白でもある、その変化、というより生成は瞬時にして徹底している。

それにしてもなぜ政府はたった一人の人間の命をあれほどまでに大事にしてくれるのか？　それはほとんどの人にとって形だけという印象を与えたし、後藤さんでない湯川さんに対してはずっと無関心な印象を与えた、そこはとても不徹底だったが、ともかくもたった一人の人間が人質に捕えられるだけで政府は一所懸命になる、「それが国際社会の常識だから」とか、「すべての国家がそうするから」という消極的な理由以上の理由を日本の政府の関係者に正しく説明できる人がいないとしても、現代の政府というのはそうする、ミシェル・フーコー講義集成の『生政治の誕生』の巻を前に読んだのはその理由を知りたかったというより、広く、なぜ政府は国民の命を守るのか？　を知りたかったからだったんだと思う。

この本は二〇〇八年八月初版だが持っているのは一〇年五月の二刷だ、それに対する答えのようなものはそこには書かれていなかったというのが記憶だが、それでも何かヒントはあるんじゃないか、本棚から捜し出し開くと、ポストイットのメモが貼ってあった、

何日も前からごはんにマーちゃんも来ていることに気づく。

「この柄は絶対マーちゃんだよな。こんな柄でマーちゃん以外にいないよな。」

死んだはずのマーちゃんがいる理由はわからないが、とにかくうれしいと思う。何しろもう二度と見られないと思っていたマーちゃんがまたいることがうれしい。

じんとなった、夢でなくリアルの方の世界でこのような再会が起こったメモのように感じた、こんな素晴らしい夢をどうして私は忘れていたのか、忘れるには忘れるなりの理由がある、という理屈が本当に成り立つのだとしたらその理由は何なのか。

あるいは私はいま外の二匹のことで毎日、時間と心を使っている、私はこのポストイットのメモを見つけるために、「フーコーのあの本を開いてみよう」と思ったのかもしれない、という考えは面白いが、妻が好きで見ているうちに私も見るのが習慣づいた、そのためにイマジカBSまで契約した、本は一冊も読んだことがない、ドラマの『名探偵ポワロ』の考えに寄りすぎている。NHK・BSで放送している『ミス・マープル』もそうだ、アガサ・クリスティは心理学を因果関係の基盤に置く、『ポワロ』と『ミス・マープル』を見ていると、ベケットが私は一度も不条理と思ったことはない、だいいち不条理ということがわかってないが、ベケットが不条理とされた理由がよくわかる。テレビは後半三分の一か四分の一の事件解明のところは点けていれば勝手に流れてゆく、本で読んでいたらそこから先はもう読まないなとだいたい毎回思う。

三島由紀夫の『金閣寺』の放火にいたるラスト二十ページが退屈で退屈でどうしようもなかったことを思い出す、それでも殺人の動機をポワロが説明すれば先を知りたいと思う、それはバラエティ番組で誰かが発言する寸前にCMで切られその先を聞きたいと思うのと同じほとんど動物的反射だ、殺人の動機を知って感心したことはない、しょせん殺人は殺人だ。殺人に創造性はない、それでも「動機は――」と言われれば動物的反射で聞きたくなる、そのそういう非知性に働きかけるあるいはそれをつっ突くのはよくない、弄ぶようなものだ、その作者心理が犯罪者の心理と通じ合うといえば通じ合う。しかし要領をえすぎてて汚らわしい。

大学のたしか四年生でベケットという名前も知らないまま偶然古本屋で手に取った集英社のソフトカバーの三輪秀彦訳の『モロイ』に引き込まれたことで本を読む、小説を読むことが本当にはじまった人間にとって因果関係は魅力がない。フロイト的な夢の解釈というのは無意識なのか忘れた過去なのか隠蔽された過去なのか、それらが明確になるのでない。その先には霧に隠された世界がさらに再び立ち上がる、誰がそう言わなくてもそうなのだ。

私はマーちゃんとの再会を書き留めたこの夢のメモが書かれたポストイットを大事にずっとこの本の同じところに貼ったままにしておくことにした。

この一週間あと、外の二匹のうちの一匹、このマーちゃんと同じ腹で生まれた姉妹の一匹が、予報では日中も雪になる怖れがあったが雪は朝だけで済んだ、日中は雨だった日にとうとう一度も来なかった、雪になるほどの寒さではなかったが気温は五度か六度しかなかった。この冬は、去年までなら冬でも夜にご飯を食べに来たがこの冬は夜には来ないことが多くなっていた、たぶん寒さで出て来られない。

この猫は私が作った猫ハウスに入らない、子猫のときに雨をしのいだ斜向かいの家の庭のどこかか縁の下か台所の裏の塀との狭い隙間のどこかにいる。こっちはそう想像するだけで本当はどこで夜の寒さをしのいでいるのかわからない、ひじょうに警戒心が強く怖がりなので新しい猫ハウスに対応しようとしない、しかも近所のオス猫は発情期だ、オス猫は三匹いる、その誰かが冷たい雨の中をニャアニャア鳴きながら歩き回っている、それがまた怖い、調子がよくないからいっそう警戒心が強い、私の前でご飯を食べていても二軒先あたりでオス猫のニャアニャアというよりアオンアオンという発情期の鳴き声が聞こえると食べるのをやめて逃げる、オス猫は猫ハウスを下から覗いたりする、中に入ってるもう一匹の方は中でそれを平然と見返すか、シャーッ！と威嚇する。

あの猫の夜の寒さをしのぐねぐらがじゅうぶんに暖かければ夜、ご飯の気配を聞きつければ出てくるだろう、じゅうぶんに体が暖まっていればしばらく寒い外に出るのは厭わない、しかし今いるそこが冷たく体を小さくして体温を逃がさないことに精一杯ならもうこれ以上寒いところに行こうという気にはならない。これは人間の考えることだがそうでないというなら、寒い夜にだけご飯を食べに来ない理由を誰か教えてほしい。私はポワロやミス・マープルのような心理主義の因果関係思考に囚われているんだろうか。

ここに来ない今この時、あの猫はどうしているのか。四年前の冬には私が夜、みんながご飯を食べた器を洗うとその水が道の端の側溝の蓋のようなところを流れる、その子はその水が流れてくる一メートル先で待ちかまえる、水が来ると水の先端をパシパシ叩いた、それを見ながら、マーちゃんもこうだったと同じその時間にどこかに籠ってご飯を食べに出て来られないマーちゃんを思った、みんなのおばあちゃんのマミーがいた、その半年前にボロボロの瀕死の姿で突然あらわれたコンちゃんがいた、それより二年前だったか前から口内炎になり、食べられず毛づくろいもできないために雑巾のようにボロボロになっていた、それでもしぶとく生きつづけたピースもたまにいた、コンちゃんは見違えるほど様子がよくなっていた、いやコンちゃんがいた冬はその翌年だった、コンちゃんがいた冬にはマーちゃんはもういなかった、マーちゃんはコンちゃんと一番はじめに仲良くなったがその冬になる前に死んだ。

それより何年も前、マミーを中心とするファミリーは十匹以上いた、『ラスト・オブ・モヒカン』という映画がそういう話か知らないが一族や種族の最後の生き残りを見るのはこういう気持ちだろうか。これは私が結局囚われている人間の考えか、猫が来ないこの夜が世界あるいは事象を言葉にする癖《ヘキ》を私から剝がすきっかけなんだとしたらどうか。私は言葉にすることで業《ゴウ》を強めている、私は業によって守られようとしている、としたらどうか。動物はそんな業を持ってない、人間より格が高い。井筒俊彦が、

「禅の観点からすると、この基本的なデカルト的対立は、人が自分といわゆる外部の客体とのリアリティを見る前に、粉砕されるべきものである。」と言っている。

主体と客体という二分法があるのではない、私と世界、私と対象という二分法はない、〈私は見る〉をした瞬間に世界と私が同時に立ち上がる、つまり〈私は見る〉でなく〈(私は)見る〉、

「そこにはそれぞれ個人のiの背後に、知覚可能な〈何か〉が存在しているのであり、その活動は、(S→)あるいは(I SEE)という範式で表現できるものである。」

「経験的自我は自身を単独だと思う。経験的自我は、括弧の間の部分、つまり(S→)に全く気づいていないのだ。」

〈(私は)見る〉の〈見る〉をした瞬間に私と世界が立ち上がる、〈見る〉を終えた瞬間に私と世界は最初からない、と私は冬の夜、ひとり体を縮こまらせて寒さをしのぐ猫を想像して考えた、私は井筒俊彦が書いた(I SEE)の範式をあの猫を想像することでそれまでで最もわかったと感

じた。私のこれを今読んでいる人は私のこの理解を文章読解的に間違いであると言うことはできるかもしれない、井筒俊彦を井筒俊彦のレベルで理解している人や禅の修行をそこまでした人は今これを読んでる人にはいないに違いないから私の理解を内実として間違っていると言える人はいない、そんなつまらない次元にかかずらわらなくても、私は（I SEE）を媒介的実感として理解した。

しかし何日もこの原稿から離れていたあいだに私は理解したという（I SEE）の媒介的実感がどういうものかすでに忘れた、だいいちどういうつもりで媒介的実感などと書いたのか。今日もまた天気が悪い、最高気温はせいぜい十度にしかならない、陽射しはそれでも三十分ほどあったが今はない、気候はまだ何度か冬に逆戻りするだろう、外の猫の体調はまったく油断できない、それでも二、三週間前のせっぱつまった重苦しい気分は今は私はない、あのとき私はその状態に追い込まれて必死に突破しようとした、たぶん現に突破した、そのとき媒介的実感を得たと感じたに違いない。

過去は業であり過去は祝福だ。

過去は業であり過去は祝福だ、祝福であることが業でもあると気づくなら、猫は業を持たないなら祝福を持たない。

過去は業であり祝福だ、祝福であることが業でもあると気づくなら、猫は業を持たないなら祝福を持たない。持たないことは欠如でない、持たないことは充足だ。

過去は業であり祝福だ、祝福であることが業であると気づくなら、猫は業を持たないなら祝福を持たない、持たないことは欠如でない、持たないことは充足だ、ある時はある、ない時はない、

「ある」は余韻がない。

安藤礼二の『折口信夫』で言及された井筒俊彦の最初の本は『神秘哲学』であり井筒俊彦はネオプラトニズムのプロティノスの光の哲学が思想の完成だとか究極の思想だと書いたと安藤礼二は『折口信夫』に書いている、井筒俊彦は華厳経を仏典の中で究極の教えだと言ったと書いてあるのを読んだのもたしかこの本の中だった。

私は『折口信夫』以前、井筒俊彦が偉大な学者であるとされているのは知っていた、井筒俊彦の『ロシア的人間』はおもしろかった、思想を研究する人でこれほど文学に精通し文学を読める人は「思想を研究する人」という枠を取り払ってもいないと感心した記憶がある、ただし文学を読めるというのが一面においてとかある種の文学をという限定がつくことは言うまでもない、これでは小島信夫は読めない、ベケットもきっと外枠しか読めない、その井筒俊彦が神秘哲学に特化した人であるらしいことは『折口信夫』ではじめてわかった、私はそれをまわりの人に言うと井筒俊彦と神秘哲学の結びつきをきちんと知っている人はほとんどいなかった。

自我・私は有限である、有限な自我・私が消滅する、消滅したその場所に世界が流れ込み一つになる、いわく〈すべては一〉〈一がすべて〉。プロティノスの光の哲学はどういうことか知らないが華厳経は噂に聞いた程度に知っている、天上界の花が咲き誇り馥郁たる香に満ちた世界が展開する、華厳経が他の仏典と違うのは他の仏典が悟り以前のことを書いているが華厳経は悟りの世界そのものを書いている。

「有限の自我・私が消滅した／その場所に世界が流れ込み一つになる」／で切った前半だけ、自我の消滅だけではいけないのか。自我が消滅すればそこに世界が流れ込むのかもしれない、それが一つになるのかもしれない、しかしその先に光がある必要があるだろうか、プロティノスを何年も前に読みかじったとき私は薄っぺらく物足りなかった、古典が薄っぺらいときたいがいは読者のせいだ、読者がそれを受け取る器を持ってない。

天上界が光に満ちあふれているイメージは普遍的なものだ、世界中の歴史の中のあまたの人たちが実際にそこに行ったからだと言う人がいたらそれを否定できないほど普遍的だ、『神曲』だって『ファウスト』だってそうだ、私は読んでないが作品概要を読むと最後は光だ、私はいまその光をまるで疑っているように書くのは作品そのものを読まず概要や解説しか読んでないからなのかもしれない、華厳経だって当然読んでない。

しかしそれでも言う、光である必要があるのか、そこで神と出会う必要があるのか、神である必要があるのか、自我が消滅するだけではどうしていけないのか、どうして自我が消滅するその先が語られなければならないのか。それは当然、ふつうに考えれば自我が消滅したその場所は空白・空欄・空《あき》だから何かがそこに来る・流れ込む・満たされる、しかしそれは物理的模式だ、消滅した場所は空白ではないかもしれない、自我が消滅すれば空くとか満ちるとか有るとか無いとかそのようなことと関係のない事態になるとしたらどうか。

自我が消滅した後はどういう状態か？

自我が消滅することは空間の観念や時間の観念がなくなることだとするなら、自我が消滅した後という時間はない。

いや、こんなことを言葉で積み上げてもつまらない、ひとつの思考実験だとしても言葉は無意味に連なるのみ、その無意味さ、文字どおりの意味無しが外の猫の経験と触れ合うのかもしれないとしても言葉の連なりはそれに力を思いっきり込めなければ内実が満たされない言葉の本性を際立たせるだけだ。

しかしそれでもこのように言葉を連ねることでそれより前より私は外の猫の冬の夜の経験に少し近づいたと感じるのはどういうわけか、ただの錯覚か。

あれは二年前か三年前だ、酒井隆史『通天閣』に書かれたスラムのイメージに興奮した、スラムは不潔で貧しい、住人はゴミ集め、ドブさらいのような最低の仕事しかない、賃金は当然安い、しかしスラムの住人は食べ物に金を惜しまない、貯金せずにある金全部で食べ物と酒を買う、食べ物は肉が中心だ、昼間でもスラムの中では子どもたちが路地で串に刺した肉を食べたりしている。一方京都の旧家は食事が質素だ、使用人は月に一度だったか二度だったか、そのときだけおかずに塩鮭が出る、他の日は切り干し大根のようなものしか出ない。

ＮＨＫスペシャルでマネーの歴史のようなことをシリーズで放送したのは『通天閣』を読んだ同時期だった、アフリカのどこかの村は今まさに貨幣が入り込もうとしている、貨幣以前、村は収穫物も収獲物もすべて村人全員で分け合う原始共産制だった、財は貯えない。そこに貨幣経済が入ってきた、貨幣の効用に気づいた一人の男が貯えるということに手を染め出した、貨幣は肉やイモと違って腐らない、男は貯えという発想とともに計画・未来・時間の観念を持つようになった、男は外の人に売るためにゴムの木の栽培をはじめた、村の仲間だった人たちを労働力として雇うようになった、村人はみんな翳りのない目をしている、その中でこの男の目だけがなんだか暗くなっていた。

私はこの番組を録画してなかった、再放送も見そびれた、その男の目だけが暗くなっていた映像はほんの二、三秒のことだった、私の見間違いだと言えば見間違いかもしれない、思い込みだったかもしれない。私はあの目を見た瞬間、計画や未来が人に重くのしかかるというその頃私が感じ出してた思いが実証されたと思った。

スラムは不潔で貧しい、たぶん乳幼児死亡率も高い、平均寿命も短いだろう、しかし不幸であるかはわからない。スラムについて語る人はスラムの外の人かスラムから出た人だ、スラムの中の人はスラムについて語らない、なぜなら社会で流通している言葉はスラムの中にいてスラムを語る言葉ではない、スラムについて語る言葉はすべてスラムの外の言葉だ。言葉はすべての境遇・技能・体験に対してそれを共有しない非‐当事者がそれを共有できたかのような錯覚を持たせるものだから言葉は当事者を排除する、当事者の実感と別のものにすることで言葉は非‐当事者をその圏域に入れる、そして社会のような何かが形成されてゆく、その非‐当事者性がはなはだしいのがスラムだ、小説もまたそのような言葉でしか語られてこなかったがスラムがずっとひどい。

スラムに住んでいる人に、生活の安定や将来の設計について説いてもその言葉は伝わらない、

「なぜ、いま肉を食いたいのに我慢して貯金しなければならないのか。」

それが伝わるのはスラムを出た人だ。

金田正一はマイナーな野球雑誌のインタビューで、四〇〇勝も四四九〇奪三振も「そんなこと

は物語だ」と言った、金田は物語という言葉の意味を全然説明しないから記録に関わる質問はひたすら突っぱねられるだけの形になった、金田は記録じゃないもっと別の話をした、数字を積み重ねて数字ばっかりみんなを注目させるイチロー的野球の風潮に金田正一は苛立っていたのだ、野球をする実感が数字と言葉で台無しにされる、プロ野球を高校野球やリトルリーグと同じに見るな。

海外で拘束されたジャーナリストを政府は守ったがそれは本人の許可なくしたことだ、それによってジャーナリストの意志は無視された、というか無いものにされた。

三月になった、夜が零度ちかくまで下がることがなくなった、外の猫は夜のご飯に来る頻度が上がった、それをする私は三十分外にいるのに発熱素材のズボン下をはかなくてすむようになった、この気持ちの余裕は大きい、私は切羽つまって外の猫のことを考えていたはずだったが考えなずんで言葉を費やしていたあいだに寒さが緩んだ、言葉は寒さを緩めなかった。

時間は不死である

『さらば、愛の言葉よ』を新宿で五月、レイトショーで最後の週の火曜日の夜に雨が降っていたがこれを観そびれると東京近辺で上映の予定がない、私は雨の日の外出が極端に嫌いだがそういう理由で出掛けた、途中新宿の地下道で奥泉光とすれ違った、彼は大阪からの帰りだった、どこに行くの？　と訊かれて、「ゴダールのレイトショー」と答えたとき私は自分で映画青年みたいだと思った、彼もそう思っただろうと思ったが説明しなかった、わざわざ説明するのも変だ、私はゴダールはもう五、六年、あるいは十年観てない、この映画も3Dと聞かなかったら観ようとは思わなかった。

奥泉光のいつも元気で明るく笑ってるのはすごい、私は感心する、男はたいてい年とともに仏頂面になる、笑顔が似合わなくなる、カルチャーセンターや書店のトークでしゃべってると中高年男性はほとんどみんな仏頂面で黙りこくってすわってる、若い人も女性もそれはしゃべってはいないが黙りこくってるようには見えない、まだその顔つきに馴れていなかった頃私はその人たちがいつ、

「おい！　いい加減につまらない話はやめろ！」と語気を荒らげて立ち上がるか、少し緊張しな

がらしゃべった。その人たちは終わると、「サインお願いします」と、不馴れな笑顔で言ってくる、それを知っていても今でもビミョウに緊張する、私はそういう顔つきできっと映画館の受付で入場券を買った、入場料はデジタル上映につき割増しだと言われた、他に3Dメガネの代金百円だと言われたときにはホントにムッとした顔になった自覚があった。

私は二〇〇七年九月にリンチの『インランド・エンパイア』を二回観た、たしかそのわりとすぐあとに早稲田松竹で『マルホランド・ドライブ』を観た、併映は何だったかたしか『エレファント・マン』だったと思う、二本観る時間は私はなかった、それ以来私は映画館で観た映画は自転車で十五分くらいで行ける下高井戸シネマで公開の年の翌年の一月に『崖の上のポニョ』を観たのは憶えている、他に何か観たのか、ポニョは私はがっかりした、とても予定調和の映画に思えた、新作を観るたびナウシカにたまたま出会ったときの感動が懐しくなる、私はアニメには関心がないので何かとの併映でナウシカを観て、すごかった、アニメが好きな人はポニョを私と違うように観るだろう、セシル・テイラーの『ユニット・ストラクチャーズ』までしかいいと思ってない人が、

「セシル・テイラーも七〇年代以降はダメだね。」と言っても、私は、「おまえはお呼びでない」と思うだけだ。

タランティーノの女三人が車をぶっ飛ばしてたらひどい男の車が絡んできて、そいつにやられるかと思ったら女三人が逆襲して、男がボコボコにされ、そいつが瀕死の状態で、

「悪気はなかったんだ。」と言い訳したのが私は大爆笑だったが場内は存外静かだった映画はたしか『インランド』のあと、秋に観た、私はもうホントにそれ以外映画館で観てない、映画館に

行ってる時間がなかった、往復を入れて三時間半から四時間の時間を作ることが二〇〇九年の三月にペチャが変調になって以来ずうっと難しかった、四時間の時間を捻出する気になるほどの熱意がもう映画に私はなくなっていた。

　なくなっていた。……私はこの過去形がどうも違和感で、書き進めることができなくなったとしばらく思って机の前から離れたりしたその理由はこの「なくなっていた」という過去形だった、私はこう書いた途端に書いてる自分と私が離れて私は小説中の人物になったような気がしたのだった。しかし『さらば、愛の言葉よ』は面白かった、というよりあれは私が観たかったゴダールだった。

　冒頭から私は投げやりな感じがした、映る人物たちがたてつづけにスマホをスッ、スッと指で画面を横に流した、それが飛び出す3Dで観れる、これが飛び出す3Dである必然が何も感じられない、ここで必然という言葉を持ち出す私はまるでゴダールに不馴れな観客かもしれないがとにかくそうだった、3Dのメガネはやや茶色がかっている、そのため画面の色彩がくすむ、色彩がくすむことを計算に入れてかメガネを外してスクリーンを観ると色がものすごい鮮やかだ、この色をずっと観ていたい、しかし色彩を浴びようとすれば画面は3Dでなくなる、せっかくの3Dなんだからメガネをかける、メガネをかけると色彩が鮮やかさを失う。

　映画館は空いていた、私はここは入場前に席を指定するシステムだ、私がしばらく映画館に行かなかったあいだにどこも全席指定のシステムになってたらしいとそのあと友達と話してわかった、私は前後ではだいたい真ん中で通路際の席だった、もっと前のスクリーン真っ正面の席の方がもっと3Dが飛び出すかと思って席を残り半分くらいのときに移動したら犬が川縁りを歩く風景が驚くほど飛び出した、丈がやや高い草の生えた地面が私を包むように飛び出し向こうへずうっとつづいていた、今思いついたがそれは犬の視界にちかいんだろうか？　画面の色がくすんでいるのも犬の視界にちかいんだろうか？

私ははじまってすぐにゴダールの絶望、人類または人類史に対するゴダールの絶望という言葉が浮かんできたが絶望は違う、もっといい言葉はないのかとずうっと考えていたら、失望だなと思った、私はとりわけ何人かで短い映画を作ってつないだオムニバスの映画でその中でゴダールはベトコンが深い草の中を進んでいた映画を思い出した、ベトコンといってもごっこみたいな感じだったと思う、『ヒア・アンド・ゼア』も思い出した、兵隊に行ったという若者が戦場の写真だと言って観光地の絵ハガキを次々見せたのは『小さな兵隊』だったか、それも思い出した、アンヌ・ヴィアゼムスキーが毛沢東語録を持っていたシーンも思い出した、あれは『ワン・プラス・ワン』だったか、しかし私が思い出したのは映画の一シーンでなく有名なスチールの方だった、私は『中国女』は観てない、『彼女について私が知っている二、三の事柄』も思い出した、特に紅茶にミルクを入れてそれが渦を巻くのを真上から映したカットだった。

犬が全体の半分ちかくに出ていた、私はゴダールがとうとう俺みたいになったと思った、犬が川の流れに流されるシーンはどうやってそのまま流れないようにしたんだろうと思ったがまさか本当にそのまま流されることもないだろうと心配はしなかった、しかし今思えば流された犬がそのまま流されないようにした外枠まで映さないとゴダールらしくない気がする、犬がもし偶然あそこで本当に流されて自力でまた川岸に戻ったのならゴダールはそこまで映しただろう。

ゴダールの失望を感じたのは犬ばかり映したからではないと私は思っているが犬が映らないこ

の映画は存在しないわけだから「犬ばかり映したからではない」と言い張るつもりもない、失望しても失望は絶望と違って「おまえらには失望した！」と一声怒鳴ってその人は明るくいられる、ゴダールはこの映画で暗いわけではなかった、後付けの記憶だからこれも言い張らないが私は犬が映るより前、スマホをスッ、スッとタッチしているのを３Ｄで映しているところですでにゴダールの失望を感じていた、まだそのときは「絶望」という言葉しか思い浮かばずそれに居心地の悪さを感じていた、しかし自分が現に感じている気持ちに「絶望」という言葉を当てはめようとしてみたり、「失望」という言葉に思い至って、これだと思ったり、私は本当にそれをそう感じていたのだろうか、自分が現に感じている気持ちがただあればそれでいい、「絶望」は不適で「失望」なら良しとかそういうことじゃないと思えないのはどういう心のメカニズムなのか、心は自分の状態をそんなに言葉にしたいものなのか、私はこの映画について何か書こうと思って観ていなかったはずだがそれも今となっては確信はない。

私ははっきり思ったのは帰りの小田急線の車内だった、久しぶりに夜十一時すぎに乗った電車は座席が全部埋まり立ってる人はドアごとに二、三人、すわっている人は私と私の正面の六十代半ばかもう少し上の女性以外は全員がスマホをいじっていたそれを見たらそういうことを書こうと思った、ついでに『さらば、愛の言葉よ』のことも書くんだろうなと思った。

犬がもしあそこで偶然本当に流されたのだとしたら、自力で川岸に戻るところまで撮る余裕はない、カメラをそこで止めて犬を助けに行く、もっともカメラを回していたのはゴダールではないわけだ、他にもスタッフはいたわけでもある、そこまで映すのはしかし変だろうか、しかし私はやっぱり犬が流されるあのシーンには違和感がある、変に劇映画の一シーンっぽい。

　あれはゴダールの飼ってる犬なんだろうか、敢えて言う愛犬を自分の映画に撮れる、これは幸せなことだ。小説ではどれだけ熱心に描写してもあの映画で犬があのようにそのまま映るほどには猫の姿を読者の心の網膜に映せない、読者に姿をそのまま伝えることがいいことかそうでもないのかわからないがそういう判断をする以前に小説では正確に姿を伝えられない、読者は必ず自分の記憶のストックから書かれた猫の姿を思い描く、もっともそれゆえあの映画で映ったあの犬はあくまでもあの犬であることにとどまりもする、読者の記憶のストックと混じり合うことで読者が作中の猫から離れて自分の知ってる猫と重なるということはないのかもしれない、しかしそれも一つ先の話だ、とにかく私はあの映画であの犬の姿をしっかり観た。

　あの映画を観ていたあいだ私はスクリーンに映るあの犬から自分が飼っていたジョンとポチをまったく連想しなかった、あの犬を観る私の気持ちはジョンとポチと一緒にいた時間の何物も重なり合わなかったのは目の前にあの犬がはっきり紛れもなくあの姿で映っていたというのが理由だったんだろうか、ゴダールは観客が自分が犬を飼った経験や記憶をいま目の前で動いている犬に投影しない、ということは感情移入しない撮り方をしていたのかもしれない、犬はどんな物語も身にまとわずただうろうろ歩き回っている、と。関係ないが便器にすわってウンチのことと革命のテーゼだったかそんなようなことを映るたびに繰り返ししゃべっている男が立ち上がり横を向いて歩いていったとき一瞬ちらっとちんちんが見えた、この映画はぼかしを入れてない、女の人の股間の毛も映った、そのちんちんがバナナくらいの大きさでだらりと垂れ下がっていた、それは映画の中で性器として使われるわけでなく無用にだらりと垂れ下がっていた。

私は妻ともういないペチャやジジやチャーちゃんの話をする、私は妻とペチャたちの話をするときペチャがどういう猫だったかという前提を話す必要は何もない、これほど経験や記憶を共有しているのは妻だけだ、ペチャたちは映像としてまったく残っていないわけではない、八七年、私は発売まもない8ミリビデオを買って、ペチャを撮った、8ミリビデオ機はまだすごく大きかった、8ミリビデオのテープは家の中のどこかにある、それをVHSにダビングしたテープもどこかにある、それを捜し出せばDVDに焼くこともできる、8ミリビデオには鎌倉の実家の庭で父がまるでスローモーションのようなのろいスイングでゴルフのクラブを振りその脇でポチが動き回っている、それを見たとき父はまだ生きていたがポチはいなかった、そのポチが私の胸にいきなり飛び込んだ。

ポチは視覚でなくそのまま生きてるように私は感じた、動くというのはすごいことだ、それは視覚の領域をこえる、あるいは破壊する、見るというのはふだんふつうに見るときただの視覚でない体ごとの出来事だった。私は毎日ヒゲを剃る、電気シェーバーでなくカミソリだからタオルで五分間蒸らす、そのあいだ前はぼおっとただテレビを見ていたがここ何年かは私は片足を上げて爪先立ちをする、何の運動になるか知らないが片足の爪先立ちはけっこう難しい、蒸しタオルを顔に当ててるから両手を広げてバランスを取ることはできない、ゆっくり数を数えるのがすんなり百以上いくのは稀でたいてい三十か四十くらいしかつづかない、視線は外の一点にする、テレビの画面を見ているとカメラが動くと体がぐらっとして足をついてしまう。視覚というのは目という体の表面ないし入口だけで起きてるだけのことじゃないということがわかった、ふだんテレビを見ているときに体がぐらつかないのは安定した体勢でいるからだ。

目が疲れたときは遠くの風景を見るのがいい、それができないときは風景画や写真でもいいという話がある、風景画は平面なのにそれを見る目は手前の風景を見るときと遠くの山や空を見るときで目の何かが変わる、それはいわゆる焦点ではないかもしれない、見るという行為にともなう見るという行為を遂行するために起こる体の運動なのかもしれない、私はそれが体の芯、奥の方で起こる感じがする。

ポチの８ミリビデオの映像を見てポチと特別親しい関係がなかった妻は特別何も感じなかった、私は、

「スゲー、動くってスゲエ、死んでる気がしない、この中で生きてるみたいだ。」

とかそういうようなことをさかんに言った、妻はそれをまったく共有せず「ふうん」「そうなんだ」みたいな返事をしていた、妻は私のその気持ちを共有していないことを嫉妬したり苛立ったりしていたわけじゃなかったので私の高揚半分動揺半分の気持ちに水を差したり打ち砕いたりはしないでただ「そういうものなんだ」という顔をしていた。

感覚というのは目は目、耳は耳だがすべては生物として生きてゆくために発達してきたものなのだから、目から入ろうが耳から入ろうがすぐに体の奥まで届いて感覚に反応するようにできているだろう、ただ目からの刺激として風景や絵を味わうとか耳からの刺激として音楽を味わうとかそういうことは生物本来としておかしい、そういう目だけ耳だけで止まることは起こりにくい。動物がじっと動かずに音に耳を澄ませているときは危険か獲物の動く音を聞いているだろう。もしかすると、これは私は起こっていてほしくない、人としてつい自分のやりがちなことを投影してしまうからそう見てしまうがある音が自分の経てきた遠い昔の出来事を想起させそれに反応し

ている、だから動物たちが動物たちなりに音に刺激されて自分の体の中の記憶に耳を傾けていることもあるのかもしれない。

記憶は色褪せることなく保持されつづけるというようなことをフロイトは言った、私は最近またフロイトを読んでいる、フロイトは私はラカンよりずっと楽しい、ラカンは定まった説をこちらに押しつける気がする、フロイトはそうでなく自分がやっている精神分析という分野が科学の一分野である、あるいは科学と対等のものであると著書の中で繰り返し確認する、私はフロイトの言ったことが間違っていたとしてもフロイトが面白い、もっとも間違っていないと思っているから間違っていいたとしていいなどと言えるわけだがフロイトは自分が導き出した無意識やエスがずっと優勢である人間像に驚きつつも、

「しかし人間とはこのようなものなのだ。」と、

自分にも世間に向かっても言った、こうであってほしいと思ったそのとおりになったからフロイトはそれを言ったのでなかった、まさかこういうことになるとは思わなかった、これはあまり望ましくない、しかしそうなんだからそう言うしかない。

エスというのは無意識のようなもののことだが無意識は機能的な概念で構造ではない、構造論的に言うと自分の中にあって自分でも意識化できないものをエスと呼ぶ、しかしエスでも無意識でもどっちでもいい、大事なのは自分の中の薄っぺらい合理性を破るイメージが何によって得られるかだ、エスの中では記憶は変質しない、幼児期の体験が大人になってもその人を苦しめるのはエスには時間が通用しないからだ。

ということは困ったことになった、人間がエスの中にある記憶というか体験というかそれを意

識としては思い出さないのは言語が介在しているからだ、それはもう間違いない、フロイトの図では意識と知覚はほとんど同じものであり外界に対する知覚と内界である心からの信号の両方に反応するのが意識で内界からの信号が言語で整理されているからうまく意識できる、というか意識という機能がうまく働く、エスから発せられた過去の記憶もたいていは意識と言語の共同作業で古いと新しいに仕分けされる、しかし同時に意識は古い記憶でもナマナマしければそのナマナマしさを感受する。

私は本当に思う、最近とみに、外にいた猫たちを思い出すきっかけが多い、ただある程度自分の意識のコントロールによってかつていた一番人なつこかった、二〇一一年の秋に八歳で死んだ四匹のきょうだいの中では二番目の早死となったマーちゃんを今ここでしているようにただ思い出すときはどうということはないが、外から思いがけない刺激によってマーちゃんが思い出されたとき、私は思わずすわり込むような、たいていの場合、私は朝目が覚めて頭が覚めきらない無防備なときに思い出される、それが不意に来るからすわり込むのでなくそのまま布団から起き上がれなくなる、それはあの8ミリビデオの動くポチを見たときかもしかしたらそれ以上のリアルさで胸の中に生まれる。

このあいだも私は外の道路を掘り返す音で目を覚まさせられた、だいたい十時半か十一時まで寝てるのに工事は九時にはじまる、マーちゃんが具合が悪くもう長くないことを観念したのか、工事の音で毎朝目を覚まさせられているうちにマーちゃんがどんどん悪くなり私は工事がつづくうちにもう長くないと観念したのだったか、それが毎朝工事の音だった、このあいだ工事の音で起こされ、マーちゃんのときがそうだったと思ったら布団から起き上がれなくなった、私はいまこの外にマーちゃんがいるような気にさえなった。

人の心は自我と超自我とエスでできている、猫はどうか？　ごく薄い自我と膨大なエスか、あるいは猫には本能という規範がある、本能は人間の場合性衝動だから性衝動はエスだ、それなら猫の本能は当然エスだが猫の行動、立居振舞いや姿は往々にして崇高に見えるのだから超自我でもあるという考えに誰も異論はない、超自我は世代をこえて受け継がれる規範という側面を持つ、しかし超自我はエスの強さ、ナマナマしさを緩和しない。

超自我はそういえば言語的でもある、しかし超自我の指令としては言語であっても実現させるものは言語をこえる、武士の極端に抑制された立居振舞いや剣のさばき方は言語ではあるまい、そんな薄っぺらいものではない、猫の心はきっとエスと超自我からできている、ごくごく小さい自我があり全体を包括する知覚がある。フロイトは超自我が人間を社会道徳にとどめておくと言うがそれでは武士のことも猫のことも小さく見過ぎだ、人を芸術に駆り立てるものも超自我だ、超自我は集団行動を好まない、それはフロイトの言う超自我でないと言うならその超自我はいまここで言ってるもののことだ。

ウィキペディア的思考はたえず記述の外に正しいとされる像がある、ウィキペディアは外にある確定されている見解に異議を申し立てない、小説は記述の力動によって像が更新される、小説の外に確定した正誤の判断はない。猫は本能だけで動くわけではない、猫はしつけができないというが人間だから猫をしつけられない、猫は母猫から受けたしつけは絶対だ、猫はオスは家族を持たずあちこちをふらつき歩いて交尾の相手を捜し回っているだけのようなものだが交尾の決定権はメスが持つ、メスが自分の産んだ子どもたちの中心にいてテリトリーの意識も強い、だからメスからの教えがその子どもたちにとってほとんど絶対となる。マーちゃんの母猫はマーちゃんたちを産んで四ヵ月後に急死したがおばあちゃんであるマミが十年ちかくファミリーを束ねた、マーちゃんたちが生まれると私がみんなを避妊させたのでマーちゃんたちの世代きり世代は増えずそれゆえかそれ以上にマミの類い稀な統率力と母性によってファミリーはマミが死ぬまで安定した。

マーちゃんはあんなに人なつこかったのに「人にさわらせてはいけない」という教えが厳しく、マミのファミリーは誰ひとり人に体をさわらせなかった、マーちゃんは人なつこいのと食い意地が張ってるのでご飯を食べてる最中私はマーちゃんの首をつかんでもマーちゃんは逃げずにガツガツ食べつづけた、それを見ておばさんに当たるピースは怒ってマーちゃんをひっぱたいた、マーちゃんは首をすくめてやりすごした。マミは最期の十ヵ月間家の中の私の部屋に入れた、マミはされるがままだった、妻の膝の上で三十分も一時間もまったりした、当然それ以前外にいた頃は絶対にさわらせなかった、武士としての規範をそこで投げ出したのはすでに彼女の猫としての生涯は終わっていたということだろうか。マミのファミリーを束ねた生涯の立派を言い出したら私は尽きることがない。

人にさわらせないのは母親からのしつけだからこれは本能ではない、言語的なものであろうが言語ではない、教えは、超自我は猫においていっそう苛烈になる、猫はそれをいじいじ嘆いたりたやすく他人に助けを求める自我はない、だからそれに耐えられる、子どものときから家の中で人間と一緒に飼われた猫にはそういうことはできない、飼われている猫はすぐに淋しくなる、人が母猫の座に居すわるから飼われている猫は生涯子猫として甘える、しかしペチャのように最期はやはり崇高になる。

　言語の網目の中で生きる人間は言語によって繋がっている、言語によって繋がっているその言語はひじょうに深いものだから人は空間的にも時間的にも離れていても言語による伝達をこえて響き合う。と、少なからざる人が言う、ちょっとでも合理の枠を出た経験のある人ならきっとみんな言う、ところがフロイトは『続・精神分析入門講義』の「第三十講　夢とオカルティズム」で逆を言った。

「巨大な昆虫国家でどのようにして全体の意志が出来上がるかは知られていない。もしかしたら、これは、テレパシーの類いの直接的な心的転移の道をとってなされているのかもしれない。これこそが、個体どうしが意思疎通を行うためのもともとの大古からの道筋であって、この道筋が、系統発生的発展のなかで、感覚器官で受け取られる記号を用いたよりすぐれた伝達方法によって駆逐されて行くのかもしれない。」

　訳文は「ですます調」だが書き換えた。感覚器官で受け取られる記号というのは言語のことだ、言語は目や耳を使って一語一語伝達される、つまりフロイトが言うのは、人は言語の網目の中で生きるから繋がっているのでない、もともと繋がっていたからより正解な伝達方法として言語が発生しえた。

　フロイトは晩年、自ら長年築いた合理的思考を無にしかねない危険なところに踏み出した、とその世界では言われているのかもしれない、しかし自分を鍛錬すると同時に縛ってもいた枠から踏み出したところに別の風景が広がる、本当はみんなそうしたい、これは教えられるものでもなく教われるものでもないので枠を守る人は「モウロクした」と言う。フロイトは四十代で発表し

た『日常生活の精神病理学』の中で、

「しかし私も、近年、テレパシー現象としての思考転移を考えれば、容易に説明がつくと思われるような注目すべき現象をいくつか経験したことを白状しなければならない。」

と書いている、文脈の捉え方にもよるだろうがこの一文は展開されない、一種注釈のように挿入されている、この一文は前と後の考察によって否定されるのでなく浮いている、夢で解釈の網から洩れるものを「夢のへそ」とフロイトは呼んだ、フロイトは「夢のへそ」が一番大事だとたしか言った、私はへそでなく石と感じる、この一文は石でこれは解釈されて雲散霧消せず単独に生きつづける、フロイトはこの石を置き去りにしなかった、フロイトが正しいかどうかでなく、フロイトのそこがきっとフロイトを過去の思想家にしない。


私は『さらば、愛の言葉よ』の後半、席が空いているので3Dをもっとしっかり経験しようと前の方のだいたいスクリーンに向かって中央の席に移った、犬が川縁りの深い草の中を歩いていく風景が、草が私の胸の高さに迫ってきた、あれはふつうに見る視覚をこえたものだった、3Dはふだん周囲を対象として見る視覚をこえるフィクションか、本当は世界は3Dなんだからこのような奥深さで広がっているだろう、人間も林の中に分け入れば視界が近さから遠さへと何層もの層を持っていると少しは感じる、それを正確に感じつづけていたらきっと林はただの木立ちでも奥が深く広がりすぎて苦しくなる、草や土にいる虫を感じるだろう、草や木が土の中の水を吸い上げる音も聞こえるだろう、犬や猫たちは草むらをそのような空間として歩くのだろう。

『インランド・エンパイア』は説明がつかない石がごろごろしている、それは私だってただ面白いわけでなくその説明のつかなさ、説明とか文脈とか解釈とかそういう作品を対象として捉えようとする知的作業によって回収されざることが不快でもある、私は不快というのはここでとてもプリミティブなものを想像している、もう二十七年も前のこと私はごく初期のワープロとプリンターを持っていた、ワープロはEPレコードと同じサイズのソノシートのようなフロッピーで画面の文字は緑に光った、プリンターはリボンの印字式でこれがキーンという高音で印字していく、私は『プレーンソング』の前半だけ書き上げたのをそれでプリントアウトした、一時間くらいかかったがペチャが途中からイライラしはじめて畳をガリガリ引っ掻き出した、猫はほとんどいつもそうだがイライラしているとき何が原因でいま自分がこうなのかも、自分のこの状態がイライラだということも自覚がない、不快はとても原初的でそれはまったく対象化されない。

『インランド』はあのときのペチャのようにはっきりしたり何かを掻きむしりたくなったりするわけではない、しかし作品を対象化して知的作業で回収するというのは少し知的な訓練を経た人間にしてみればリズムに合わせて体を動かしたり行進曲に合わせて手を振って歩いたりするような単純なことでもある、だからこの不快というのは厚着してたら短時間のうちに部屋の温度か湿度が上がっててなんだか居心地が悪くなってて自分で自覚ないまま店の人にぞんざいな口をきいていた、いやこれらは喩えになってない、私は『インランド』のつじつまの合わなさはたんに居心地が悪い、それは『インランド』に対する居心地の悪さじゃない、それを回収しようとしている自分が不快だ、思いがけない場面を何度目かに見たときに別の場面との繋がりを発見してたぶん少し喜んでるその自分が不快だ。

冒頭でホテルと思われる一室の中で女の人がさめざめと涙を流しながらテレビに見入っている

そのときに流れている女性ボーカルによる歌は文句なしに心地いい、私は涙を流している女の人も文句なしに好きだ、それだけで私は簡単にどこかに連れていかれたわけだった、その世界とは昨日が明日になるような時間という観念を知らないエスの世界だった、とフロイトの自我とエスの理論を読んで何年もすっかり忘れていたそれを思い出したら私はすぐにそれを知的作業の一環として使い出す、私はちょっといいかなと思うその自覚が私は脱力する、手がかり取っかかりを摑んだと思ったら石が石でなくなる、石を石として『インランド』を思いつづけなければ一気につまらなくなる、『インランド』は石を石として観る側がわかりたい、解釈したいというあさましい願望をこらえる映画なのかもしれない。

　ちょうど私は偶然『ゴドーを待ちながら』のことを全然知らなかった人についこのあいだ、その芝居はみんな「ゴドーというのは何を指すのか？」ということばっかり作者のベケットに質問したんだと言った、ベケットはうんざりして「有名な自転車レースの選手の名前だ」と答えたりした、タイトルに「待ちながら」とあるのにみんな名詞のゴドーの方にしか注意を向けない、「それで結局ゴドーは来たんですか？」と、さいわいその人は私に訊かなかった、『ゴドー』についての話を聞いた人でさすがに「それで結局ゴドーは来たんですか？」と訊いた人はめったにいないだろう。しかし、

「測量師のKは城からの依頼を受けて雪深い村に赴く。村に着いたがKは城との連絡に困難をきわめる。Kは手をつくすが城に辿り着けないまま小説は未完に終わる。」

　とか何とかいう内容紹介文を書いたとしたらそれは「それでKは結局城に着けたんですか？」という『ゴドー』への質問と同じことになる、『城』はKの求める答えに対する返答が、変な論

法による際限ない引き延ばしか横すべりか、とにかく質問に対する答えがない、答えは答えでなく気ままなぐだぐだになっていく、迷い込みというより脇への逸《そ》れ、カフカの本来の意図がどうであったにかかわらず『城』を読むということは迷い込むことでさえなく逸れていくそれを読むことだろう。

『審判』は冒頭の章を書いてカフカは次にすぐラストの「犬のように殺される」処刑の章を書いた、だからラストは間違いなくカフカの意図によるものだ、と考える人がいるがそれはカフカの意図であっても『審判』の運動はそれに向かわなかった、だから順番が特定できない断片として中間の章群が残された、その章群はどれも最初にカフカが意図したラストに向かわなかった。

私は『ゴドーを待ちながら』をそれを全然知らなかったその人に説明したのは作者の意図とは何かということを言いたかったからではなかった、私ははじめてベケットを読んだのは『モロイ』だった、そのとき私も『ゴドー』を知らなかった、

「ぼくはいま母の部屋にいる。間違いなくこのぼくなのだ。どうやってここへたどりついたのか知らない。たぶん救急車かそれとも何かの車できたのはたしかだ。ひとに助けてもらったのだ。とてもひとりではこられなかっただろう。一週間ごとにやってくるあの男、彼の手助けでここへたどりついたのかもしれない。彼はそうじゃないといっている。」

『モロイ』のこの冒頭を読んだだけで私は持っていかれた（三輪秀彦訳）。その四ページ先はこうだ、というかずっとこうだが書き出すとなると取捨選択しようという配慮が生まれる、

「いや、たしかに彼はぼくを見なかった、それは前に述べた理由のためでもあり、またその夕方、彼は生きものには興味を示さなくて、むしろ移動しないもの、あるいは老人はもちろん子供さえ

嘲《あざけ》るほどゆっくりとしか移動しないものに興味を示したからだ。いずれにせよ、という意味は彼がぼくを見たにせよ見なかったにせよ、もう一度繰り返すが、ぼくは彼が遠ざかるのを眺めていて、(ぼく自身も)立ちあがって後を追いたいという誘惑に、それぱかりか近いうちにもう一度会って、彼という男をもっと知りたい、ぼく自身も孤独でなくなりたいという誘惑にとりつかれたのだ。しかしぼくの魂がこんなにも彼のほうへとびはねようとしたのに、その弾性がとぎれると、彼の姿はよく見えなくなってしまった。それは夕闇と地形のせいで、彼はその地形のひだのなかにときどき姿を消し、やがてまた遠くに姿を現わしたりしたが、しかしぼくの考えでは、彼の姿がよく見えなくなったのは、」

冒頭の部分もここの部分も、書いたことが次々否定されてゆくと感じるか書くことが何も確定されないと感じるか、ほとんどすれすれの差かもしれない、しかしベケットを好きになるならないでここは決定的な違いと思う、私は間違いなく否定でなく確定さ*れ*な*い*だった、この確定されなさがまさに私の呼吸だった、

「やるの? やらないの? どっちなの?」

「だから、やるかやらないかじゃなくてさあ、やるかやらないかを決める前に考えておかないとならないことがあんじゃん。」

と、AB二つの選択肢に対する返答を求められたときに三つ目の選択肢で返す、これが私の生き方の呼吸で生理だった、私は別にそれを意図して戦略的に選んだわけでなくだから呼吸で生理だった、私の自我はそこに形成されたというわけだ、私がベケットを好きなのは自我で好きなのでなくエスで好きだ。奇妙に響くだろうか、音楽も絵も人は自我で好きになるのでなくエスが自

我の了解を得るよりとっくの前に好きになる、しかし解説はエスの言葉でなく（エスに言葉があるかわからないが）自我の言葉でなされる。

私はさっき『城』のところで迷い込むという言葉を二回、使いかけては逸れると言い換えた、私はそのときたんに〈カフカ＝迷宮〉という図式を避けたいのかと自分に感じた、しかしそうでなく、迷い込むと言うとき迷宮はその代表だが山の中でも森の中でも入ったら出られない特定の空間がイメージされる、山中で迷って「けものみちに入ってしまった」という言い方もそうだ、しかし迷うというのは特定の空間から出られなくなることではない、ルートから外れて元に戻れないことだ、「けものみちに入った」というのはどこかに入ったのでなく出てしまったことだ、迷っているとき空間は境界なく広がってゆく、カフカもベケットも特定の、喩えるなら方位磁石の効かない地帯に入り込むのでない、道がなくなるかどれと決められない選択肢があらわれる、

「同じことじゃないか。」

同じじゃない、そこの違いを素通りして「夜の闇の深さ」か「夜の深い闇」か「漆黒の闇」かそんな表面的な言葉の違いを気にしてても意味がない。


猫は膨大なエスだというのは「言葉をしゃべらないから」というイメージで言うのではない、猫はたとえばペチャもジジも老齢になったら一階のリビングの中の三箇所ぐらいを居場所と決めてほとんど上の階に上がらなくなった、元気な頃は毎日三階の私の部屋まで上がっていたのにそんなことはしなくなった、しかしいつだったかペチャがペチャとして一階にいたくない、猫としての危険を感じたり緊張を強いられる状況になったときだった、三年も四年も来てなかった私の

部屋の、元気な頃に一番安全とペチャが感じていた場所に潜んだ。

この一回では記憶による行動でなく、安全と感じた場所、かつて潜んだ場所Aと今回潜んだ場所BがA＝Bだった、ペチャの記憶でなく判断力が同じ場所を選んだ、年月を経て変わらなかったのは記憶でなく判断の方だった、街でこれはもう絶対声をかけるしかない、こんなきれいな人を逃がしたらもう二度と逢えないと思って生涯一度の勇気を振りしぼって声をかけたら、

「あなた、このあいだもあたしに声をかけてきませんでした？」

と言われた瞬間に「そうだった」と思い出したA＝Bと変わらない。しかし猫といると、場所は何年経っても忘れてないとしか思えないことがたまにある、よくあるわけではないが決定的なときにそういうことが起きる。つまりエスは時間の経過を知らない、エスには時間が作用しない、エスは不死である、五年前と昨日の差がない、私は「エスは時間を知らない」という命題をあまりに単純化しているだろうか、私はそれはわからない。

私は『インランド』はエスの論理を映画にしたということを言いたいのではない、『インランド』を何度観てもどうしても気持ちがすっきりしないのはエスでの出来事はこちらが観る態勢を根本のところから変えないかぎり石でありつづける、観る態勢を根本のところから変えることは不可能に違いない、私はフロイトは夢の表面的な出来事から心の奥の願望を知るためには夢の変形の工程を解釈において正確に逆に辿らなければならないと言ったと記憶するのは私の記憶違いかもしれない、フロイトが言ったという私の記憶の正否はともかくそのような逆向きの作業を仮定したとしてもそれは石を回収する作業だから意味は抽出できても違和感を違和感として持ちつづけることはできない。『インランド』において、『インランド』にかぎらずすべての表現におい

て、違和感こそがリアルだ。

激しく愛し合う恋人同士が互いのすべてを知ってるわけではない、二人は抱き合ってるときはすべてが受け入れられ合っている心の状態になる、それは錯覚ではない、愛し合うというのはそういうことだ、『インランド』を観る私は『インランド』とそう結合したい、もしかして冒頭でさめざめ涙を流していた女の人はそうだったのかもしれない、あなたがあなたであることが私のすべてだと。

エスは満足することを知らないとフロイトは言うが猫のエスこそはつねに満ち足りていると私は感じはじめた、そうでなければひとりで外で生きていけない、エスの満ち足りている状態を小賢しい言葉によっておかしくさせるのが自我というものではないのか、宗教的法悦や悟りの状態はそうでなくどこから来るのか、ジジはペチャが死んだら取り残されてそれから自分が死ぬまでの一年五ヵ月大変な思いをした、外の猫たちは誰かがいなくなってもケロッとしている、同じ血筋のきょうだいやいとこたちが私が出す餌に集まってきた、同じ血筋の中でも仲の良い関係と良くない関係がある、仲の良い猫が死んでも残った方はケロッとしている、それは欠けているからでなくきっと満たされている。

エスは時間を知らないと言う、では自我や意識は時間を本当に知っていると言えるのか、意識はいつだって時間の変化に驚き、不意打ちされてるじゃないか、時間を年表のように数直線上に並べるとき意識が理解しているのは時間でなく数直線となった配置や空間だ。〈意識－前意識－無意識〉は局所論的に見た心で〈自我－超自我－エス〉は構造論だと言うが図示はすべて空間化で時間は図示できない、というよりイメージできない。

「心的なものの特性を表すには、線画や原始絵画のように輪郭線をくっきり際立たせるのではなく、現代画家がするように色域をぼかしたほうがふさわしい。」

「精神分析の意図するところは、自我を強化してますます超自我から独立したものに仕立てあげること、自我の知覚領域を拡大し、自我の編成を拡充して、自我がエスのさまざまな部分を新たに獲得できるようにすることにある。つまり、かつてエスがあったところに、自我を成らしめること、これだ。

それは、たとえばゾイデル海の干拓にも似た文化事業なのだ。」

「第三十一講　心的パーソナリティの分割」から書き写した傍線部はすべて空間からイメージを借りてきている。心的なものとは空間的でなく時間的な何かのはずだ、しかし意識はエスや無意識より時間を摑んでいるわけではない。私は玄関のドアを開ければ死んだマーちゃんもコンちゃんもいる、マーちゃんはこっちに走ってくる、コンちゃんは距離を置いてこっちの様子をうかがう。

テレパシーやエスや無意識には助詞や時制がないから私が外の猫を見ながら、「これからあと二、三年のうちにこの猫の年を取った姿を見なくちゃならないのか、つらいな。」と考えたことを猫は聴き取って、

「この人を悲しませないように、」と、今のうちに姿をくらましてしまう、私は「そういうことじゃないんだ。」と思う、それは正しく伝わってないと言いたい、しかし本当に正しく伝わってないだろうか、現に私はやきもきし、居ても立ってもいられず、何も手につかない状態が何日もつづくが悲しみはしない、無事を念じる私は悲しまない。第二次大戦のとき戦地に行って音信が

途絶えた身内や友人がいた人たちはテレパシーがどれだけよく活動していたことか、それは経験した人たちでさえそれが過ぎ去った社会では説明のしようがない、自分の心の中でも再現できなくなってそれがあったことを自分に向けてさえ言えなくなった。

あとがき

「壊われてる」と言われる映画はいくつかあるがリンチの映画のようには壊われてない、たとえば「狂人日記」と題すればその中でどんなつじつまが合わないこと、突飛なこと、荒唐無稽なことが書かれていてもそれは狂人の日記なんだからと読者は安心できるというか読む構えが決められる。知り合いが手紙やメールを定期的に送ってくるその知り合いが少しずつ頭がおかしくなったりしているときの居心地の悪い感じは「狂人日記」と題されたそういうものとは全然違う、予定調和的に壊われていない、困ったことにそれでもなおこっちは笑ってしまう箇所もあるわけだが笑ったからといって私も救われない、書いた方はそこで笑いをとれるとは思いもしていない。

喩えになってるかわからない、すべての喩えは説明したい対象への説明を離れてその喩え自体が面白い方がだいいち面白い、喩えとしては面白くないが説明としてはよくできてるなんてことがしかしだいたいあるだろうか、それでは「狂人日記」みたいなものだ。

私はこのあとがきをわざわざ書くより、水声社から「小島信夫短篇集成　全八巻」が出ているその七巻目『月光／平安』の巻が四月に出たその解説を書いた、この文章が最近自分が書いたものの中で一番気に入っている、この『遠い触覚』の最終回の前かその一回前に書いた文章だ、

『遠い触覚』などの文章をずうっと書いてきて小島信夫の小説を読んできて、「こういう風に書けるようになったか！」と自分でなかなか興奮した。私はリンチとか小島信夫とかカフカとかたいていいつも何か触媒を必要としている。

小島信夫は作者でなく作中の人物になっていったんだと私は今朝気がついた、こういう一瞬のひらめきは意味がないとも言えるしひらめきでしか訪れないことを語っているとも言えるが、地の文を書いている自分がつまらないとあるときから感じる作者がいるのだ、地の文といってもこれはもっと広い、小説を書くという行為全体のこと、作者が小説に対して語り手であること、書き手であること、書き手であるということは作品の外に自分がいる。作中の「私」や「彼」がおろおろするほどに作者はおろおろしない。

しかし作者はそれを顔には出さないが自分だって作中の「私」や「彼」と同じくらい困ったり途惑ったりしている、それは「私」や「彼」と違う次元とか階層でのことだ、というのも本当ではない。いやむしろカフカ以来、カフカのそこに魅せられた書き手は作中の「私」や「彼」のおろおろ、迷い、途惑いに飲み込まれたい、書くというのはいままで思われてきたような冷静なところに自分を置くことでない、「私」や「彼」の置かれた事態に飲み込まれることだ、それこそが作者の特権というものじゃないか。

「昭和二十五年三月、私たち一家は、千葉県佐倉町から東京都西多摩郡の国立町（村）にあった、東京都立新制第五高等学校の見心寮という学生の寮に引越しをしてきた。そしてその年の秋頃には東京中野の焼野原に近い五十坪の土地に建坪十二坪二合五しゃくの家を建てた。そこから中野駅まで走り中央線の電車に乗りこみ、東中野駅にやってくるまで宮園川や宮園通りの谷をへだて高台の中野本町通りが見えるが、その通りに昇りはじめる土地に一軒の小さい家が建っているのが見える。そこまでのあたり一面の焼あとの野原に一軒の家が見える。登り坂から大谷石の階段をのぼって敷地にあがってくる、ということまで見える。息子は五つになり、脳性の小児マヒだ。二つか三つの女の子は、今は五十七、か八になる私の娘である。私の最初の妻がそこにいる。」

遺作となった『残光』の一節だ、読んでいて胸のあたりがムズムズしてくる、この居心地の悪さ、この不穏さはいったいどこからくるんだと思う、これは地の文、小説の背景を説明する役割の文だ、ふつうはそうだがこれはそうなってない、どこがどうと言われると説明に困る、これのおかしさがわからない人にそれを説明すると小島信夫の読者三人いたら三人が三通りのことを言い出すに違いない、するとこれのおかしさがわからない人は、

「なんだ、この人たちはわかってないじゃないか。」とか、もっとひどい人は、

「説明できないものはダメだ。」

とか言う、それでいい、それでかまわない、無理に理解や共感を求める必要はない。カフカの書いたものが読者にある不安な気分を喚び起こすその原因は題材ではない、カフカは書くものに対してコントロールする作者の位置にいない、書き手である自分が書いたものに飲み込まれた、動物の話であってもなお読者がここにカフカがいると思ってしまう、あるいはそのどこかにカフカの姿を捜している、作者は作品に対して能動的にふるまうべきだ、作者は作品の外にいて作品を制御すべきだと信じる読者にそれが不安となり、カフカは不安や苦悩の作家となったそれはカフカの不安でなく読者の不安だ。

よく聞く話だがコメディアンとプライベートで会って話してみたらコメディアンがひと言も冗談を言わなかった、彼はむしろ気難しい人だったたと、そういう誤解を世界はカフカにしていないか？　しかもカフカの場合、それが不安や苦悩だという規定さえ読む側の勝手な解釈だったと。

カフカは恋人のフェリーツェやミレナに短期間に大量の手紙を書いた、それこそ昼間書いて投函してまた夜に「あなたからの返事が待ちきれない」とか「私は返事がほしくて書いているわけじゃない」とか「こんな手紙は読んだらさっさと破り捨ててくれ」とか「一番いいのは読まずにそのまま破り捨てることだ」とか「週に一度は返事をくれ」とかひたすら書きつづけた、恋愛の苦しみは恋愛の喜びでもあるのだから手紙を書くことは愛するあなたを忘れては私は片時もいられないんだという他の人には絶対見られたくない弱さをさらすことでありそれが愛されていると実感できるしばらくの時間でもある。手紙を書くことと愛することをカフカは混同しているとしか見えないということは書くことは生きる喜びだった、恋愛の苦しみが恋愛の喜びなのだから生きることの苦しみばかり見ることが喜びであって何の不都合があるか。

手紙を書くことに埋没することが恋愛の高揚なのだから、小説や物語を書くその中に埋没することができないような小説や物語ならそれを書く喜びはない。

「わたしの喜びはわたしの苦しみなのです。」

カフカはたしかそう書いたが書いてなかったとしても書いたと同じことだ、ここで喜びも苦しみもカフカを知る前から知っていた喜びや苦しみ、もっと言えば自分の喜びや苦しみと同じものと思ったらもうカフカには近づけない、カフカが何か具体的なことを言うときそれは最も抽象的なことが心のどこかにあるがその抽象的なことはひとつひとつの言葉がその言葉として「喜び」

とか「苦しみ」とかとして形になったというか語の一覧表的なものに登録されるに至るにはあまりに多くの具体的な経験や感情が経験されたその具体的な経験や感情にまでカフカの想像力は延びていた可能性さえありうる、その具体的な経験や感情の中にはいま「喜び」なり「苦しみ」なりと言われているものと似ても似つかないものだってあるに決まっている。

私はいまここにいるわけだ。私がこの私であるかぎりいま私はここにいることしかできないというわけだ。「私はいまあそこにいる。」という文は、文法的に正しくても事実はありえないというわけだ。

私は学生時代、映画制作のサークルにいた、私はそこでついに一本も映画を撮らずしかし態度はデカいから私のいたサークルはとうとう映画を撮らないやつばかりが残った。私はそこで、「どうして主人公の姿が画面に映るのか？」というようなことを言ったりしてた、主人公がその人なら映画に主人公の姿は映らず、映るのは主人公の視界だけなんじゃないか？　しかしそういう映画があるとしてそういう映画はわかりにくい、主人公の姿が映る方がずっとわかりやすいそれは映画作法上の習慣によるものか人間の認識によるものなのか？　と、この問いは学生時代はたぶん問いの後半はだいぶ後になって、私が四十歳あたりに付け足した問いだとしても「どうして主人公の姿が画面に映るのか？」という最初の素朴な問いにはそこまで含まれる。

映画作法上の習慣から来たものでなく人間の認識がそうさせる、私は自分で小説を書いてきて確かにそう考えるようになった、

「私はいまここにいる。」

というセンテンスがすでに変だ、これはいかにも最も自然な一人称のセンテンスだがこう書いた途端に、あるいは途中から、あるいは書く前に、私が三人称化というか外在化している、私は何かに没頭しているときでもないかぎり「私」という意識を持つそのもとは三人称かどうかはわからないが外の視線の要請に応えようといつもしている。このあいだからのつづきで言えば、「(まだ意識に上っていない)思考を翻訳する(=意識化する)際に、思考は現実的なものとして(すなわち外部から来たものであるかのように)知覚され、真実とみなされるのである。」

というのはフロイト『自我とエス』の一節だ、意識にとっていまこのときに意識化されていない思考や記憶や知識の総体や体のすわる姿勢を保持している運動や夏なら体温調整の発汗やまさにこの文字を読もうと焦点を調節する眼球の運動それら身体のいろいろな動きも現に休みなくつづいている内臓の運動やホルモンの分泌も意識にとっては全部意識の外にあるものなのだから、意識はいわゆる外界だけでなく体も心も意識には外部となる、そのときこの「私はいまここにいる。」と表明する直前までの自分はどういうものなのか、意識さんが体と心まるまる全体の自分を指して「私」と言ったんだとしたらやっぱりその「私」は一人称三人称ですっきり分けられるようなものではない。

そこで一つ出てくるのが〈見当識〉だ。いまがいつで自分がどこにいるかがいわゆる正常な人はだいたいのところをつねに押さえている、わざわざ意識しなくても目覚めたときに夏か冬か間違わない、自分の家にいるか旅行中かも起きて行動中に間違わない。認知症の人はそこが間違う、酔っぱらったり、頭を打ったり、脳の血流がおかしくなったりすると、自分がいまどこにいるかわからなくなる、それでも、

「私はいまここにいる。」

というセンテンスは文法上は不動だ、しかし。

私は簡単に調べた程度では見当識をつかさどっている特定の部位が脳のどこか一箇所にあるのかいくつか（いくつも）が連動して見当識を練り上げているのかわからないが、とにかく見当識は機能であるということ、そして壊われうるということ、見当識は心と体をつなぐ機能という言い方ができる、見当識のおかげで「私はいまここにいる。」と思うわけだが見当識が変調したら、「私は明日ここにいた。」とか、

「私はいまあそこにいる。」

という言い方が可能になるというより心は体の囚われを離れて自由になる、正常であることは不自由状態を不自由と感じないでいられることだ。

子どもが死んだおじいちゃんやおばあちゃんをよく見たり話をしたりする、子どもは現実と空想の区別がはっきりついてない、しかし子どもに見た夢の話をあんまり聞いてはいけない、子どもが現実と空想の区別はつかなくなる、大人にも寝言は返事したらいけない、チャーちゃんはよく寝言を言うとき私は「ミヤオ〜〜」と猫の鳴き真似をする、チャーちゃんはびっくりして跳ね起きる、チャーちゃんは動揺して激しくうろうろ動き回る、それなら妻はそんなことをする私を怒る、――とこんな風にてにをはや時制や接続詞をあまり正確に書かない文は書いたら読者がきっと居心地悪いのは読むという行為はそれらは文章の中に書いてあることと自分の距離や位置を作るのは作れなくなる、読むことにも見当識がある。

二〇〇八年 Early Summer 号で創刊した『真夜中』でこの連載をはじめて私は何匹の猫たち

を送ったか、『真夜中』では担当が熊谷新子さんだった、『真夜中』での連載は二〇一一年 Early Winter 号で『真夜中』が休刊すると連載はしばらくそのままになった、私ははじめの何回かこの連載で自分が何を考えようとしてこんなことを三ヵ月に一回ずつくる締切りに合わせて書いているかわからなかった、この連載と並行して『未明の闘争』を書き、それとも並行して『カフカ式練習帳』を書いた、他の文章は書いた、私は二〇一四年『文藝』の冬号でこの連載を再開した、一回だけ書いて締めるつもりだったが担当の尾形龍太郎さんに「何回か」と言われ書いてるうちに私はこの連載で考えていたことが『未明の闘争』と『カフカ式練習帳』になったんだと気がついた、『朝露通信』は新聞の連載という制約があったがこの連載をしてなかったらやっぱりああいう形は考えなかった。

二〇〇九年の八月にペチャが死んだ、一一年一月にジジが死んだ、東日本大震災をはさんで〇五年からずうっと鼻風邪だった外猫のマーちゃんが一一年十月に死んだ、マーちゃんが死ぬときおばあちゃんにあたるマミーはずうっとそばにいた、一一年六月に突然ボロボロの姿であらわれたコンちゃんはずうっと私を警戒しているから遠巻きにマーちゃんのいる方を見ていた、コンちゃんはマーちゃんの呼吸が止まるまでそこを離れなかった。マーちゃんはもともと気がいいから一番最初にコンちゃんを受け入れた、マーちゃんが死んだときにはコンちゃんはマミーのファミリーの一員になっていた。

口内炎を悪化させて三年か四年もろくに食べられず口が痛くて毛づくろいもできずコンちゃんがあらわれたときよりひどいくらいに無惨にボロボロになり、それでもこの路地を歩く犬が吠えて向かってくると「シャーッ！」と威嚇した気丈なピースはマミーの子どもでマーちゃんのおばさんにあたる、ピースが一二年六月に死んだ。その夏は猛暑でマミーはとうとう家の中に八月に入れられた、マミーはそれを受け入れた。しかし今年はあの夏よりずっと暑くなった。今年じゃなくてよかった、でもよかったというのは死んでることを意味する。

　九月の二十日すぎに急に冷え込んで冷たい雨が三日ぐらい降った、そのときコンちゃんはずうっと出てこず、雨が過ぎて晴れた日の朝、路地の隅にうずくまっていた、私が手を伸ばしてももう逃げる力はない、逃げなくていいとわかったのかもしれない、家の中に入れてマミーのそばに寝かせた、それから三十分もしないで息をひきとった。マミーは十ヵ月家の中で生きた、ああ、こんな簡単な書き方じゃダメだ。ちょうどいま木村拓哉主演の『ＨＥＲＯ』の映画の第二弾が劇場公開されるので土曜の午後に二〇〇一年に放送されたドラマの『ＨＥＲＯ』を見るとそこに児玉清が出ている、児玉清はもう死んでいるがテレビの中で動いてしゃべっていると私は児玉清がたぶんだいたいその頃書いたエッセイで三十代の娘さんが亡くなった、娘さんは近所の信頼していた内科のクリニックで定期的に胃カメラの検査までしていたのにあるとき胃ガンが見つかった、しかも末期で手遅れだった、児玉清がそのエッセイを書いたときにはもう娘さんは亡くなっていた。

　あんなにきちんきちんと検査していたのにいったいどういうことなんだ、カルテを見せて説明してくれと医者に詰め寄ると医者はしぶしぶ承諾した、そして約束の日にクリニックに行くと、こちらでもまったく理由はわからないのですが娘さんのカルテが紛失していましたと信じがたい言葉に出合った、もうこれ以上何を言っても無駄だとあきらめて児玉清は退きさがった、しかし当然憤りは今もまったくおさまっていない。その児玉清はいま私の目の前で動いてしゃべっているが児玉清はもういない、児玉清は憤りや無念さを抱えたまま最晩年を生きつづけた。

私は三十代半ばの友人がやはりガンで死んだ、通夜に行くと六十代半ばのお父さんは思いのほか平静に、にこやかにしていた、無宗教の式で友達がいっぱい集まりずうっとボブ・マーリィがかかっていた、告別式でいよいよ棺に蓋をするというとき、突然お父さんは棺に取りすがって悲鳴のような、文字ではまったくあらわせない音を全身から出して号泣した、悲鳴はいつまでもつづきお父さんは棺から離れられなかった、私は思い出したら涙が出てくる、思い出すたび私は心の揺れが大きくなっている。

子どもが自分より先に死ぬというのはどれくらい激しいか、テレビの中で動いている児玉清は娘さんを忘れられなかった、その思いも児玉清の死とともに直接にはどこかに消えた。

そういう人たちの思いや生きたことそれ自体、だからすべての人の生きたことと生きているあいだに思ったこと、それらは遠景で見るなら池や川や海に落ちる雨が作るあの同心円状の波紋のようなものだ、まったくそれは地球という水で被われた球体の表面に瞬くほどのわずかな時間だけ生まれて広がって消えてゆく。遠景で見ればそういうものだとしてもとにかく人も動物もそれを生きる。

私は人が生きることとそれ自体を雨の滴が作る波紋だと感じたとして、私はあの同心円状に広がって消える波紋に小ささと短かさとはかなさを見たのか。私は波紋に小さくないこと短かくないことはかなくないことを見ているんじゃないのか。

雨の波紋が小さいか小さくないか、短かいか短かくないか、小さいから××××である、小さいけれど××××である、私は人や動物たちが生きることを雨の波紋と感じたのは私だがそんなことはどうでもいい、人や動物たちが生きたこと、生きていたそのあいだに思ったり感じたりしたんだということ、それはそれ自体そのことが私の胸を叩いた、私はむしろその叩かれた力を緩和しようとして雨の波紋というイメージを喚び出した、それは誰かに向かって私が胸を叩かれたそれを説明しようとしてしたことだとしてもそれは緩和だった、というより私は誰かに伝えようとして私の中に純粋にそのときに生まれたのでない雨の波紋を持ってきたのではなかったか。

私と誰かをつなぐために二人に共通にあるだろう比喩やイメージを持ってくるというのはいかにも適ったやり方のようでそこが間違っていた、二人に共通にあるだろう比喩やイメージは共通にあるだろうだけのものだ、私自身から離れて私は共通と想定した場についてしまった、それは固有に起こったことではない、共通の項を入れたことでわざと計算を難しくした、というか胸を叩かれた思いや事や考えを計算のようなものにしてしまった。私はテレビに映る、テレビの中で動いてしゃべる児玉清を見て彼の抱えていた思いを思った、それをそう書いたんだからそれでじゅうぶんだった。

同じことを私は私のパソコンのデスクトップの左上の隅に外にいた猫のマーちゃんのサムネイルがある、児玉清のことを書く前に私は久しぶりにサムネイルをクリックして死ぬ何年も前、元気でひたすらかわいいだけだったマーちゃんが私を見て隣りとの境いのフェンスに体をすりすりして「ニャア!」と私に呼びかける、でもマーちゃんたちのファミリーは誰ひとり人にさわらせないから私が近づこうとしたらフェンスの隙間をくぐり抜けて向こうに行ってしまった、その間全部で十秒ちょっと、私は久しぶりに動くマーちゃんを見た、マーちゃんの声も聞いた。私はいままで出会った猫たちにまた会いたいのだ、会いたくてしょうがない、もう会えないと思う自分が許せないのだ。

二〇一五年八月

保坂和志

［引用文献］

□『万葉集』
□『流れよわが涙、と警官は言った』（フィリップ・K・ディック／友枝康子＝訳／ハヤカワ文庫）
□『見えるものと見えないもの』（メルロ＝ポンティ／滝浦静雄、木田元＝訳／みすず書房）
□アントナン・アルトー著作集Ｖ『ロデーズからの手紙』（宇野邦一、鈴木創士＝訳／白水社）
□決定版カフカ全集３『田舎の婚礼準備、父への手紙』（飛鷹節＝訳／新潮社）
□『シュレーバー回想録』（石澤誠一、尾川浩、金関猛＝訳／平凡社）
□カフカ・セレクションⅡ『運動／拘束』収録「判決」（柴田翔＝訳／ちくま文庫）
□『フランツ・カフカ』（マックス・ブロート／辻瑆、林部圭一、坂本明美＝訳／みすず書房）
□『ビーグル号航海記』（チャールズ・ダーウィン／島地威雄＝訳／岩波文庫）
□『ビリー・バッド』（ハーマン・メルヴィル／坂下昇＝訳／岩波文庫）
□バベルの図書館 18『塩の像』収録「イスール」「火の雨」「塩の像」（レオポルド・ルゴーネス／牛島信明＝訳／国書刊行会）
□『聖書』「創世記」（日本聖書協会）
□バルト・セレクションⅠ『聖書と説教』収録「不死性」（カール・バルト／天野有＝訳／新教出版社）
□『量子の社会哲学』（大澤真幸／講談社）
□決定版カフカ全集７『日記』（谷口茂＝訳／新潮社）
□カフカ・セレクションⅢ『異形／寓意』収録「いかに私の生活は変化したことか」（浅井健二郎＝訳／ちくま文庫）
□『弓と竪琴』（オクタビオ・パス／牛島信明＝訳／岩波文庫）
□『ランボオの手紙』「あとがき」（祖川孝／角川文庫）
□『ランボー全集　個人新訳』（鈴村和成＝訳／みすず書房）
□『正法眼蔵』（道元／水野弥穂子＝校注／岩波文庫）
□『現代語訳　正法眼蔵』（道元／石井恭二＝訳／河出文庫）
□『港』収録「豚は悪くない」（湯浅学＝作詞作曲／boid）
□『禅仏教の哲学に向けて』（井筒俊彦／野平宗弘＝訳／ぷねうま舎）
□フロイト全集 21『続・精神分析入門講義』（道籏泰三＝訳／岩波書店）
□フロイト著作集４『日常生活の精神病理学』（懸田克躬＝訳／人文書院）
□『モロイ』（サミュエル・ベケット／三輪秀彦＝訳／集英社）
□『残光』小島信夫（新潮社）
□『自我論集』（ジークムント・フロイト／中山元＝訳／ちくま学芸文庫）

［初　出］

「いや、わかってますよ。」……………………………「真夜中」 No.1　2008 Early Summer
『インランド・エンパイア』へ（1）…………………「真夜中」 No.2　2008 Early Autumn
『インランド・エンパイア』へ（2）…………………「真夜中」 No.3　2008 Early Winter
『インランド・エンパイア』へ（3）…………………「真夜中」 No.4　2009 Early Spring
『インランド・エンパイア』へ（4）…………………「真夜中」 No.5　2009 Early Summer
『インランド・エンパイア』へ（5）…………………「真夜中」 No.6　2009 Early Autumn
ペチャの魂……………………………………………「真夜中」 No.7　2009 Early Winter
『インランド・エンパイア』へ（6）…………………「真夜中」 No.8　2010 Early Spring
『インランド・エンパイア』へ（7）…………………「真夜中」 No.9　2010 Early Summer
『インランド・エンパイア』へ（8）…………………「真夜中」 No.10 2010 Early Autumn
二つの世界……………………………………………「真夜中」 No.11 2010 Early Winter
『インランド・エンパイア』へ（9）…………………「真夜中」 No.12 2011 Early Spring
「ペチャの隣りに並んだらジジが安らった。」………「真夜中」 No.13 2011 Early Summer
判断は感情の上でなされる……………………………「真夜中」 No.14 2011 Early Autumn
作品全体の中に位置づけられる不快…………………「真夜中」 No.15 2011 Early Winter
もう一度『インランド・エンパイア』へ（1）……「文藝」 2014年冬号
もう一度『インランド・エンパイア』へ（2）……「文藝」 2015年春号
路地の闘争……………………………………………「文藝」 2015年夏号
時間は不死である……………………………………「文藝」 2015年秋号
あとがき………………………………………………書き下ろし

保坂和志
HOSAKA KAZUSHI
★

一九五六年、山梨県生まれ。早稲田大学政経学部卒業。九三年『草の上の朝食』で野間文芸新人賞、九五年『この人の閾』で芥川賞、九七年『季節の記憶』で谷崎潤一郎賞と平林たい子文学賞、二〇一三年『未明の闘争』で野間文芸賞を受賞。他の著書に『プレーンソング』『猫に時間の流れる』『残響』『もうひとつの季節』『生きる歓び』『明け方の猫』『カンバセイション・ピース』『朝露通信』『世界を肯定する哲学』『小説修業』（小島信夫氏との共著）『書きあぐねている人のための小説入門』『小説の自由』『途方に暮れて、人生論』『小説の誕生』『「三十歳までなんか生きるな」と思っていた』『小説、世界の奏でる音楽』『猫の散歩道』『魚は海の中で眠れるが鳥は空の中では眠れない』など。

遠《とお》い触覚《しょっかく》

★

二〇一五年 九 月二〇日 初版印刷
二〇一五年 九 月三〇日 初版発行

著者★保坂和志

装幀★平野敬子
装画★SAHO
発行者★小野寺優
発行所★株式会社河出書房新社
東京都渋谷区千駄ヶ谷二―三二―二
電話★〇三―三四〇四―一二〇一［営業］〇三―三四〇四―八六一一［編集］
http://www.kawade.co.jp/
組版★KAWADE DTP WORKS
印刷★株式会社暁印刷（本文）
凸版印刷株式会社（カバー・帯・表紙・別丁扉）
プリンティング・ディレクション★田中一也（凸版印刷）
製本★大口製本印刷株式会社
Printed in Japan
落丁本・乱丁本はお取り替えいたします。

ISBN978-4-309-02408-0